JOSÉ DONOSO

Coronación

punto de lectura

© 1957, José Donoso
© 1995, de la edición de Aguilar Chilena de Ediciones, S.A.
© 2002, Suma de Letras.

ISBN: 956-239-210-4
Inscripción Nº 19.917
Impreso en Chile/Printed in Chile

Diseño de colección: Ignacio Ballesteros

Cubierta: sobre afiche de Evelyn Fuchs y Julio Villarroel para la película
Coronación de Silvio Caiozzi. Gentileza Andrea Films S.A.

Segunda edición: enero 2004
Impreso en Quebecor World Chile S.A.

Coronación

Índice

Para Carmen Orrego Montes

Primera parte

El regalo

1

Rosario mantuvo la puerta de par en par mientras el muchacho apoyaba la bicicleta en los peldaños que subían desde el jardín hasta la cocina, y lo dejó entrar con el canasto repleto de tarros, paquetes de tallarines, verduras y botellas. Dando un bufido, depositó su carga sobre el mármol de la mesa. Y al verlo quedarse con los ojos fijos en el vapor de la cacerola después de vaciar el canasto pausadamente, Rosario adivinó que algo le sucedía, que tal vez quisiera pedirle un favor o hacerle una confidencia, ya que había desaparecido su habitual atolondramiento de pequeño coleóptero oscuro y movedizo. Entre todos los muchachos que repartían las provisiones del Emporio Fornino, la cocinera, de ordinario seca y agria, siempre prefirió a éste, por ser el único que se mostraba consciente del vínculo que la unía al Emporio. A pesar de su larga viudez, nada halagaba tanto a Rosario como que se la considerara unida aún a tan prestigiosa institución, ya que Fructuoso Arenas había sido empleado de Fornino antes de casarse con ella y pasar a ser jardinero de misiá Elisa Grey de Ábalos.

—¿Qué le pasa, Ángel?

Ángel recorrió la cocina enorme con la vista ensombrecida, paseándola lentamente por el escuadrón de frascos y ollas en orden perfecto sobre las repisas. Respondió:

—Es que don Segundo me agarró ley...

—Es que usted es tan revoltoso, pues Ángel...

—Si no, señora Rosario, si los otros cabros la revuelven igual que yo no más. Es que me agarró ley. Y nada más porque soy amigo del Mario, usted lo conoce, ese cabro alto que tiene reloj con pulsera de oro.

—Ah, sí, es harto diablo ese Mario, a mí no me gusta. Parece que no le tuviera nadita de consideración a una. ¿Y Segundo por qué no le tiene ley? Está más mañoso...

—Bueno, es que el otro día lo pillaron que se quedó con un paquete que la vieja del 213 no había cobrado. Yo le dije al Mario que no se lo robara, a mí no me gustan esas cuestiones, pero lo pillaron, y don Segundo lo quiere echar por ladrón... y parece que me quiere echar a mí también, porque soy amigo del Mario.

La voz de Ángel se fue apagando hasta no ser más que un susurro desalentado. De pronto miró a Rosario, parpadeó como si quisiera llorar, y dijo:

—Y usted que es tan considerada allá en el Emporio, ¿por qué no le echa una habladita a don Segundo? No sé qué le voy a decir a mi vieja si me echan de la pega...

Rosario no tuvo que pensarlo dos veces para decir resueltamente:

—Claro. A mí me tiene que hacer caso no más Segundo. El puesto que le dieron cuando entró a Fornino se lo debe a mi Fructuoso, así que...

Ángel se animó entero. Con un gesto de la cabeza volcó hacia atrás el mechón de pelo negro que le había caído sobre la frente. Acordaron que dentro de dos días debía venir para saber el resultado de la entrevista con don Segundo; el muchacho se despidió, y bajando los escalones con un brinco tomó su bicicleta. La condujo por los senderos del jardín, y al pasar cerca de la desvencijada poltrona de mimbre en que reposaba don Andrés Ábalos, nieto de la dueña de casa, Ángel le hizo una discreta venia antes de abrir la verja y partir pedaleando calle abajo.

A pesar de que hacía más de un cuarto de hora que don Andrés estaba sentado allí, en la sombra verde del tilo, no podía resolverse a abrir el periódico plegado encima de sus rodillas. La necesidad de responder al saludo del muchacho por lo menos con una inclinación de cabeza rescató al caballero de caer en la modorra completa, y entonces, para despabilarse, estiró sus brazos y sus largas piernas enfundadas en los pulcros pantalones grises que convenían a un hombre de sus años y situación. Su garganta emitió un sonido, un runruneo casi, como si todo su ser crujiera de placentera somnolencia. Debilísimos impulsos de desdoblar esas páginas nuevas, fragantes a tinta de imprenta, rozaron su voluntad, pero gustoso los dejó desviarse y no lo hizo. Culpa, sin duda, de aquel vaso de vino que no pudo resistirse a beber

15

después del postre. ¡Pero los postres de Rosario eran tan exquisitos y de tan liviano aspecto que era fácil dejarse engañar y devorar plato tras plato! Entonces, claro, resultaba imposible prescindir de un buen vaso de vino para rematar, y durante la hora siguiente hasta el esfuerzo más trivial se hacía impensable. Por suerte que allí, descansando en la isla de esa sombra fragante y poblada de ruidos levísimos, de vuelos de insectos, de crujidos casi imperceptibles de hojas frescas y tallos tiernos, nada lo llamaba a hacer esfuerzos. Era suficiente mantener abierto apenas un resquicio de sus sentidos para inundarse entero de la complacencia brindada por la atmósfera, por la luz que al caer navegando entre las ramas encendía medallones en el brillo espléndido de sus zapatos negros, y por la tibieza justa de esa hora en el jardín apacible de la casa de su abuela.

Era verdad que tanto la casa como sus habitantes estaban viejos y rodeados de olvido, pero quizás gracias a ese vaso de vino o a la generosa hora del sol sobre la fachada, a don Andrés le fue fácil desechar pensamientos melancólicos. La casa donde misiá Elisa Grey de Ábalos vivía con sus dos ancianas criadas, Lourdes y Rosario, era un chalet adornado con balcones, perillas y escalinatas, en medio de un vasto jardín húmedo con dos palmeras, una a cada lado de la entrada. Además de los dos pisos, arriba había otro piso oculto por mansardas confitadas con un sinfín de torrecitas almenadas y recortes de madera. La casa tenía un defecto: estaba orientada con tan poco acierto que la fachada recibía luz escasas horas porque el sol aparecía detrás de ella en la mañana, y en la tarde la sombra del cerro vecino caía temprano. En otra época era costumbre pintar la fachada todos los años cerca del dieciocho de septiembre, como asimismo los rosales, de blanco abajo y rojos en la punta. Pero rosales ya no iban quedando y todo envejecía muy descuidado. Dos o tres gatos se asoleaban junto a la urna de mampostería, al pie de las gradas, pero afilarse las garras en el ágave que contenía era imposible ya, porque la planta estaba seca desde hacía mucho tiempo, seca o podrida o apolillada. Era frecuente ver que las gallinas invadían el jardín, cloqueando y picoteando por los senderos de conchuela y por los bordes del boj enano que antes, cuando Fructuoso vivía, se hallaban tan esmeradamente recortados. Pero Fructuoso había muerto unos buenos quince años atrás, y tal vez por deferencia a su viuda jamás se llegó a tomar otro jardinero. ¡Qué se iba a hacer! Los años pasaban y ya no valía la pena preocuparse. Misiá Elisita no salía de su alcoba desde el decenio anterior, levantándose de su lecho rarísima vez; ni siquiera para su santo y su cumpleaños, las únicas ocasiones en que recibía visitas. Ahora acudía muy poca gente a verla, aun para esas solemnidades. En realidad, fuera del doctor Gros, médico de cabecera de la nonagenaria, y de inesperadas ancianas de camafeo y bastón, las únicas personas que entraban a la casa eran los muchachos del Emporio Fornino que repartían las provisiones en bicicleta.

Don Andrés se dijo que debía hacer un esfuerzo para reaccionar y abrir el periódico. Sólo logró llegar a pasarse las manos por la calva y cruzarlas sobre la pequeña panza que sus años sedentarios venían ciñendo a su cintura. Era frecuente que Lourdes tratara de consolarlo por la mala distribución de los kilos aumentados, asegurándole:

—Pero don Andresito, si la gordura es parte de la hermosura.

El caballero miraba el ruedo desmesurado de la minúscula sirvienta y no se convencía.

Su holgadísima situación financiera, que jamás le exigió otra cosa que firmar vagos papelorios de vez en cuando, lo había redimido de la necesidad de trabajar, mientras que su temperamento tranquilo y libresco lo había salvado de toda vicisitud sórdida, con un despliegue igualmente escaso de esfuerzo. Sin contar esa discreta abundancia en el vientre, que delataba su incapacidad de moderarse ante las seducciones ofrecidas por la buena mesa, los cincuenta y tantos años fueron deferentes con su físico. Su rostro encumbrado en la cima del cuello, nervudo aún bajo un poco de pellejo suelto, había conservado perfiles firmes, la nariz corva, el mentón noblemente dibujado, y detrás de las gafas sus ojos de un azul ya descolorido nunca brillaban muy lejos de la sonrisa. Si bien poseía escasos agrados en la vida, éstos, por ser elegidos con la libertad proporcionada por su situación y su temperamento, eran considerables: leer historia de Francia, hacer más y más preciosa su colección de bastones, mantenerse informado acerca de los advenedizos que movían la política interna del momento, a quienes comentaba incansablemente en el Club de la Unión con los pocos y —¡ay, no podía negarlo!—

aburridísimos amigos que le iban quedando.

Don Andrés no recordaba la casa de su abuela sin Lourdes y Rosario. Sin embargo, una intimidad mayor y más afectuosa lo unía a Lourdes, porque la cocinera, a pesar de sus postres magistrales, siempre se le antojó un alquimista de alma refractaria a todo lo que no fuera sondear comprometedores secretos en el laboratorio de su inmaculada cocina. Además, como era Rosario quien pedía las provisiones semanales al Emporio Fornino, ese vínculo con el mundo exterior y con su pasado conyugal cimentaba en ella, cada día más, un convencimiento de su propia importancia que llevaba escrito en la tiesura de su labio superior y en la agresividad de su bigote de virago.

Como las relaciones de Lourdes con el mundo exterior siempre habían sido casi nulas, y el papel que desempeñaba en la casa, además de liviano, incierto, sus intereses se volcaron por completo hacia la familia Ábalos. Era ducha en parentescos, en fechas de nacimiento, en quién se casó con quién, cuándo y dónde y por qué. Como no era raro que a menudo resultara difícil para don Andrés mantener un grado mínimo de ecuanimidad en sus relaciones con su abuela, pasaba gran porción de esa tarde a la semana que destinaba a visitarla, charlando con Lourdes. Ésta, íntima y celadora, no perdía ocasión para amonestarlo por no casarse y, sobre todo, por la vida licenciosa que un soltero de su fortuna e independencia sin duda llevaba. Andrés se sonrojaba cada vez —se había sonrojado durante años—, sin poder más que protestar:

—¡Estás loca, mujer! ¡Cómo se te puede ocurrir!

Pero Lourdes movía la cabeza melancólicamente, sin creerle ni una palabra.

Lourdes se tomaba un mes de vacaciones todos los veranos, y lo pasaba en casa de su cuñado, que era inquilino en un fundo de la zona viñera. Pero como sus cuarenta o más años al servicio de misiá Elisita la habían habituado a la vida de la capital —aunque jamás salía de la casa—, generalmente se impacientaba por volver a la regalada vida santiaguina, porque el campo la agotaba con el trabajo en que, pese a las protestas de sus parientes, insistía en tomar parte, y con la estrechez de la casa mísera. Resultado, su mes de vacaciones nunca duraba más de quince o veinte días.

Así, días antes, había llegado un telegrama de la criada anunciando su regreso para esa tarde. Con el fin de darle la bienvenida, don Andrés acudió a casa de su abuela no obstante haber pasado otra tarde allí esa misma semana. El caballero miró su reloj. Faltaban cinco minutos a lo sumo para que Lourdes llegara, tomando en cuenta el tiempo que el taxi tardaría desde la estación.

Suspiró con alivio. Lourdes estaría de vuelta pronto, y con ella, según lo anunciado en su carta, la cuidadora para misiá Elisita. Era corriente que las cuidadoras de la anciana duraran poco a su servicio: todas partían humilladas después de corto tiempo, furiosas con las crueles sorpresas reservadas por un paciente de tan inofensiva apariencia. Precisamente una semana antes de que Lourdes saliera de vacaciones, la mujer que estaba a cargo de la enferma había abandonado su empleo al cabo de sólo dos meses. Esta crisis dio un objetivo cabal a las vacaciones de la atribulada sirvienta: el de cobrar a su cuñado la palabra empeñada por su mujer en su lecho de muerte —regalarle a Estela, la menor de sus hijas—. Ahora que Estela tenía diecisiete años, Lourdes se sabía con pleno derecho a hacer de ella su salvación en un momento de tan dura crisis. Sólo cuando esta muchacha llegara, misiá Elisita dejaría de ser una persona temible. Por lo menos por un tiempo, hasta que, desesperada como todas las demás, la joven partiera dejando que la suerte de su abuela cayera sobre sus hombros, que ya estaban comenzando a cansarse.

Sin embargo, don Andrés Ábalos no podía negarse que esa única tarde a la semana que pasaba junto a la enferma en el caserón húmedo era de importancia para él, le aportaba algo, algo distinto y tal vez de un orden superior a la trama usual de su vida. Era... bueno, era como si agradeciera a este único pariente que le iba quedando el serle causa de ansiedad verdadera, el hacerlo sentir y sufrir más allá de toda lógica, porque la anciana representaba el lazo más absurdo y precario con la realidad emocional de la existencia. Él ya no tenía otros lazos. Además, no osaría confesarse completamente solo hasta que la señora falleciera. Era su virtud que la larguísima enfermedad de misiá Elisita le enseñara más que nada a contemplar ese día, sin duda muy cercano, con un grado ínfimo de zozobra.

En el momento en que don Andrés por fin se había dispuesto a abrir el periódico para ahuyentar ese atisbo de pensamiento desagradable, un taxi se detuvo en la calle y Lourdes bajó acompañada de una muchacha que no podía ser otra que Estela. Entraron en el jardín cargadas de atados, ramos de flores, canastos, paquetes.

—¡Qué buenamoza vienes, mujer! —exclamó el caballero cuando se acercaron—. ¡Qué colores! ¡Pareces de quince!

—¡Ay, don Andresito! Me duele el lomo de tanto andar sentada todo el día. Una ya no está para estos trotes...

Las mujeres depositaron su equipaje en el suelo. Estela se hallaba detenida detrás de su tía, casi como si quisiera ocultarse. Eran las cinco de la tarde. Extendiéndose por el jardín, la sombra del cerro ya las iba a alcanzar.

—Ven... —dijo Lourdes a su sobrina—. Voy a presentarte a don Andrés.

Estela saludó apenas, seria, sin levantar la vista de sus grandes zapatos nuevos. Lo llamó «patrón». ¡Patrón! Era el colmo en esta época y en un país civilizado, reflexionó él, a quien sus amigos en el Club consideraban quizás demasiado democrático, lo que no dejaba de enorgullecerlo.

El aspecto de la muchacha le pareció notablemente poco agraciado. Observándola con más detenimiento, sin embargo, don Andrés concluyó que no tenía derecho a esperar otra cosa de una campesinita. Pero era fuerte y bien formada, con un curioso color cobrizo opaco y cálido esparcido

sin matices sobre los labios gruesos, sobre los pómulos levemente alzados, sobre los párpados gachos que ocultaban ranuras húmedas y oblicuas
bajo el espesor de las pestañas, sobre las manos
toscas. Don Andrés observó que sólo el dorso de la
mano era cobrizo como el resto de la piel; la palma era unos tonos más clara, un poco rosada, como... como si estuviera más desnuda que el resto
de la piel de la muchacha. Un escalofrío de desagrado recorrió a don Andrés. En fin, el aspecto de
la pobre sirvientita ganaría bastante con el delantal blanco de uniforme, y a su modo quizás llegara
a verse bonitilla.

—¿Sabes leer?

—Sí, patrón...

—Si es de lo más buena la rural que hay allá
en el campo —replicó Lourdes, sonriendo hasta
que sus ojillos quedaron convertidos en dos puntitos de satisfacción detrás de los lentes que se resbalaban por su exigua nariz.

El caballero hizo las preguntas de rigor para demostrar tanto a Estela como a sí mismo que,
si bien era *patrón*, era humano y estaba vivamente
interesado por el bienestar de los que de él depen-
dían. ¿Estaría contenta en Santiago? ¿Llegaría a
acostumbrarse a la vida de la ciudad? ¿No extrañaría a su familia, a sus amigos? Hizo votos para que
el tiempo que pasara cuidando a la enferma le resultara grato y fuera prolongado. Cuando le dijo la
cifra de su sueldo, las facciones de la muchacha no
se alteraron, pero en alguna parte de ese rostro
hermético había ahora una sonrisa.

—Llévatela y anda a instalarla —dijo don Andrés.

Y Lourdes, seguida por su sobrina cargada con canastos y envoltorios, partió rumbo a la puerta de la cocina.

Suspirando, don Andrés abrió el periódico. Era un alivio estar por fin seguro de haber encontrado a la persona indicada para que se hiciera cargo de su abuela. Alguien a quien no iba a ser necesario explicar nada de lo trágico de la situación, porque eso sólo la confundiría. En esta muchacha adivinaba esa capacidad de aceptación muda de los campesinos, esa entrega a cualquier circunstancia, por dura que fuera. Y por eso no sufriría como las demás cuidadoras. Estela era un ser demasiado primitivo, su sensibilidad completamente sin forma. En cambio, aprovecharía incontables ventajas, ya que lo tenía todo por aprender. Sí, era la persona justa, única, mejor que la docena de cuidadoras de las más variadas especies, incluso monjas, que en vano había probado durante los últimos años.

Sólo Lourdes y Rosario eran capaces de soportar a misiá Elisita, aunque rara vez se aventuraban al cuarto de la enferma en sus momentos malos. Por lo demás, casi no se las podía considerar sirvientas, puesto que el abuelo Ramón les había dejado generosas herencias a condición de acompañar a su viuda hasta que muriera. Condición innecesaria, porque ambas mujeres se hubieran quedado con misiá Elisita aun sin legados. Éste era su mundo, este cadáver de una familia y de su historia.

Quizás la presencia de la juventud cerca de

su abuela lograra paliar la angustia de la nonagenaria, ese odio insistente, esa potencia endemoniada que la hacía escupir insultos canallescos y procaces a cuanta persona se le acercaba. Afortunadamente la pobre no era así todo el tiempo. Había ciclos de horas, de días, hasta de semanas, en que la exaltación desequilibrada se alternaba con la paz.

¡Pero esta paz era un mendrugo cuando Andrés recordaba a su abuela en otros tiempos! ¡Tan armoniosa entonces, tan diestra y callada! Toda la casa había respirado serenidad en aquella época, lo que ella tocaba iba adquiriendo orden y sentido. ¡Y había sido tan hermosa! Su sangre sajona se acusaba en el colorido claro de su tez y sus cabellos, en la finura quizás excesiva de sus facciones, y en ese algo como de ave de corral que, a pesar de su innegable belleza, llegó a acusarse con los años, hasta que la senectud barrió toda individuación de su rostro, dejando sólo la osamenta de una nariz soberbia y cierta fijeza insistente en sus ojos de loca.

El mal que la aquejaba se había venido insinuando desde hacía tantos, tantos años, que el recuerdo de una abuela perfecta pertenecía sólo a la primera juventud de Andrés. Fue precisamente en aquel banco de mampostería, ahora en ruinas, donde él, muchacho de diecisiete años entonces, percibió por primera vez un síntoma de la dolencia que había de terminar con su claridad.

Andrés recordaba esa primavera como una de las más dadivosas. Parecía posible palpar la luz que caía sobre el césped en racimos verdes a través de los tilos y las acacias. El abuelo Ramón, grueso y colorado, terminaba de alistar el trípode de la máquina fotográfica cerca de la maraña de arbustos recién florecidos, deseando aprovechar la hora de sol antes de que la sombra del cerro se desplomara, con el fin de fotografiar a su mujer. Tenía el abuelo bigotes retorcidos como el manubrio de una bicicleta, y vestía chaqueta de alpaca y canotier. Andrés se había partido el cabello al medio con todo esmero y Lourdes le había colocado una rosa amarilla en el ojal.

—Listo... —exclamó don Ramón—. Corre a decirle a la Elisa que la estamos esperando.

El abuelo tenía prendida en la voz, de ordinario majestuosa como correspondía a un jurisconsulto y parlamentario eminente, una llamita de entusiasmo, porque la fotografía era su pasión más reciente. Se ponía y se quitaba los quevedos que colgaban de una cinta, se metía debajo del manto negro de la máquina, le estiraba y le recogía la trompa como de acordeón, todo asesorado por Andrés, que por fin se encaminó a la galería donde su abuela aguardaba balanceándose en su mecedora de Viena, en medio de una selva de helechos, palmeras enanas, begonias y toneles llenos de matas de bambú. Sonriendo al ver a su nieto, la señora enarboló la sombrilla y preguntó:

—¿Están listos? ¿Vamos?

Así como la pasión del abuelo era retratar, la de la abuela era servirle de modelo, de manera que cuando el caballero anunciaba sesión de fotografía, su mujer se pasaba la tarde ensayando vestidos, cada cual más suntuoso, para elegir el que diera más realce a su hermosura. Con los años, su vanidad se estaba volviendo pueril.

El abuelo los aguardaba cerca de la máquina, abanicándose con el canotier. La dama tomó asiento en el banco de troncos simulados, esparciendo en torno suyo la amplitud de su vestido color malva al curvar el talle para apoyar las manos en la empuñadura de la sombrilla cerrada.

—El perfil, Elisa, sí, así está bien. Pero que el ala del sombrero no te vaya a dar sombra en la cara. Sí, así, ahora... —exclamó don Ramón. Se caló los quevedos. Quitándose el canotier, se lo entregó a Andrés en el momento de meter la cabeza bajo el manto de la máquina—. No te muevas, mi hijita... ¡Clic! Ya está.

Irguiéndose, pidió su sombrero a Andrés porque nada temía tanto como tostarse la calva. Mientras cambiaba la placa, comentó:

—Ésta debe haber salido buena. La luz está justa y esa tenida me gusta mucho. La voy a hacer desarrollar y la semana próxima la veremos en el *taxifot*. Lástima que se te haya ocurrido ponerte ese sombrero. ¿Qué le pasa? No sé qué le encuentro de raro... como si fuera muy chico o le faltara la mitad de las plumas.

Al escuchar la última frase, la señora se puso de pie bruscamente, el rostro contraído, y corrió hacia la casa. Andrés la siguió hasta la galería donde se había dejado caer en la mecedora, tirando su sombrilla al suelo.

—¿Qué le pasa, abuelita? ¿Que no se siente bien?

La dama exhaló un suspiro y se cubrió los ojos con las manos.

—¿Quiere que le vaya a buscar un remedio?

—No, hijo, gracias. Anda... anda a ayudar a Ramón.

—No, algo le pasa a usted...

El silencio breve fue pesado. Luego, fijando a Andrés en el centro de su mirada azul, exclamó:

—Lo único que les interesa es mortificarme. No sé qué sacan...

Parecía estar hablando sola. Sus ojos rebasaron una fijeza abstracta.

—¿Mortificarla? —preguntó Andrés, extrañadísimo.

—¿Crees que Ramón no está de acuerdo con esas sinvergüenzas? Yo sé muy bien. No vayas a creer que a mí se me escapan las cosas.

—¿Pero qué sinvergüenzas, abuelita?

—¡Ah, tú también estás de acuerdo con ellas, entonces! Jamás lo hubiera esperado de ti. Ni tus pobres padres, que en paz descansen, te hubieran querido más de lo que te he querido yo. ¡Sinvergüenza tú también! No sé por qué todos han cambiado tanto conmigo ahora último, especialmente Ramón. ¿Qué le he hecho? Se lo perdonaría todo, todo. Pero la crueldad de insistir sobre el asunto de las plumas, eso sí que no...

—¿Plumas? ¿Qué plumas? ¿Qué le pasa, abuelita? Usted está loca...

Misiá Elisita se puso de pie impetuosamente. Clavando a Andrés con una mirada de odio, exclamó:

—¡Canalla! ¿Tú también?

Y entró a la casa dando un portazo.

Andrés corrió donde su abuelo para relatarle lo sucedido. El caballero guardó el aparejo fotográfico en cajas de latón pintadas de negro por dentro. Dijo a su nieto que no le diera importancia, que no se descompusiera por tan poca cosa. Se trataba sólo de los sentimentalismos de cierta edad, cuando las mujeres ven que no pueden seguir siendo... bueno, jóvenes y bellas. Esto producía escenas de sobra, por cualquier motivo, por nada, pero pasaban pronto. Lo más turbador, en realidad, era que Elisa después no recordaba nada de lo que había supuesto y dicho, hasta que tras semanas o meses de tranquilidad volvía a hacer escenas.

—¿Y el asunto de las plumas?

Don Ramón, atusándose los bigotes pensativamente, condujo a su nieto hasta un banco donde se sentaron a la sombra que el cerro había dejado caer.

—No hace mucho tiempo que a tu abuela se le ocurrió que Lourdes y Rosario, que son unos ángeles las pobres, le robaban las plumas lloronas de sus sombreros franceses para adornar los suyos cuando salen de paseo. Tú las has visto, ¡como si se pusieran otra cosa que manto cuando salen...!

Andrés no daba crédito a lo que oía. Don Ramón le explicó que había investigado todo el asunto, cuidando por supuesto de no herir los sentimientos de las criadas. Logró convencerse de que eran sólo fantasías de su mujer. Y eso no era todo. Poco a poco se le había ido ocurriendo a Elisa que ambas mujeres llevaban una vida de escandalosa inmoralidad, inventando detalles y escenas que demostraban la corrupción de sus sirvientas. Una tarde terminó por insultarlas, llamándolas prostitutas y ladronas. Sólo sus buenos oficios de abogado hicieron amainar la tempestad de llanto de las pobres. Pero Elisa insistía en que le robaban, plumas sobre todo. ¡Y él, sin pensarlo, había aludido a las famosas plumas! Era frecuente, además, que su mujer perdiera toda clase de objetos, objetos sin valor ni importancia, peinetas, guantes, pañuelos, y culpaba a Lourdes y Rosario de todos los «robos». Afortunadamente, estas cosas ocurrían sólo de tarde en tarde...

La explicación del abuelo sobresaltó a Andrés; él nada había notado, pero se propuso observar. No fue necesario que lo hiciera con mucho cuidado, sin embargo, porque durante el año que siguió, aquello que se había mantenido oculto por un tiempo bajo superficies armoniosas estalló con violencia. Ya no existía paz en la casa. Las escenas fueron haciéndose cada vez más frecuentes y más vergonzosas. El vocabulario de misiá Elisa Grey de Ábalos, que hasta entonces había aludido a las más comunes necesidades fisiológicas del ser humano en francés y como por casualidad, se tornó procaz, virulento, desesperado. Su marido se hacía cruces preguntándose dónde y cómo su mujer podía haber aprendido tales palabras. Lo peor era que se trataba no sólo de su vocabulario. Cuanto su imaginación tocaba se iba convirtiendo en suciedad, acusando a todo el mundo de amoralidad repugnante, de los más descabellados excesos sexuales. Era como si una nube de inmundicia hubiera invadido el campo de visión de misiá Elisita, una nube que ahogara el crecimiento recto de las cosas, que las oscureciera privándolas del derecho a luz, a aire, envenenando las raíces de todo lo simple y lo cotidiano, destruyendo. Y como Lourdes y Rosario eran quienes vivían en mayor contacto con ella, volcaba toda su ponzoña sobre las sirvientas, persistiendo en decir, además de otras cosas, que le robaban todo lo que tenía. Casi moría de angustia cuando notaba la falta de una de esas horquillas de carey con que sujetaba su moño rubio, que se iba poniendo día a día más y más blanco.

En un comienzo, a cada borrasca las criadas amenazaban con irse. Pero la palabra diestra de don Ramón, que tantas cosas allanaba poniéndolas en orden, las retenía. Lourdes y Rosario supieron agradecer tanto al abuelo como al nieto que se arriesgaran por defenderlas, porque al hacerlo las escenas y los escándalos eran aun peores; la señora acusaba a don Ramón y a Andrés de tener más afecto por las sirvientas que por ella.

Pasados los diez años, la enfermedad de misiá Elisita fue adquiriendo caracteres de gravedad. La casa, que en otro tiempo estuvo llena de voces tranquilas, de pasos que apenas se oían por las alfombras espesas de las salas, de puertas cerradas calladamente, resonó con los gritos de misiá Elisita —como las sirvientas nunca dejaron de llamarla— y sus discusiones exaltadas con todos, más que nadie con su marido. En sus palabras más insignificantes descubría una voluntad de herirla y de humillarla, celándolo día y noche.

En una ocasión Andrés escuchó con horror que su abuela tachaba a su marido de estar arrepentido de haberse casado con ella, de mirarla en menos porque era hija de extranjeros, ignorando que pertenecía a una familia mucho más aristocrática y refinada que los Ábalos, a una estirpe relacionada con toda la nobleza europea.

—Es espantoso este asunto suyo de la nobleza —confiaba don Ramón a su nieto—. Lo más insoportable de todo, porque es lo más ridículo. Lo curioso es que hasta ahora nunca se había hablado de eso; debe ser algún resentimiento que ha tenido guardado toda su vida y que sólo ahora, cuando su autocontrol se ha hecho defectuoso, sale a la luz. ¡Por qué le habrá dado esta manía tan absurda de los apellidos y de la nobleza! Su padre era un comerciante inglés bastante rico de Valparaíso, un caballero muy digno y respetado, hombre de club muy conocido. Pero jamás se habló de pergaminos. Y aunque se hubiera hablado, ésas son cosas de vieja. Cuando yo me casé con ella fue lo más natural del mundo, nadie hizo el menor comentario adverso, nadie la miró en menos ni pensó que yo me casaba mal, como ahora dice la Elisa que fue la opinión de todos. ¡Y esto de decir todo el día que está emparentada con reyes y duques y príncipes, y qué sé yo cuánta cosa más! Y de leer en esas revistas europeas a las que me ha hecho suscribirla todo lo que se refiere a las familias coronadas... No, es demasiado absurdo. Ya no hace más que hablar de esas estupideces. Me tiene loco a mí también...

—¿Está completamente loca mi abuelita?

—Arteriosclerosis cerebral, dicen los médicos; le dio muy temprano. Y aunque ahora es más una persona maniática que loca, se irá poniendo cada vez peor... y todo lo que durante años ha mantenido guardado por miedo o inseguridad o vergüenza, al debilitarse la esclusa de su conciencia irrumpe en su vida, llenándola de presencias fantasmales.

La retórica parlamentaria de don Ramón siempre había impresionado a Andrés, como si la claridad de su cerebro apuntalara un mundo incapaz de desplomarse. Pero con los años el nieto pudo comprobar que esa claridad de su abuelo no era indestructible, resultando tan frágil ante la locura de su esposa, que tuvo que ceder. Don Ramón Ábalos, antes tan digno de carácter y de vida, tan agudo de entendimiento, se fue deteriorando. Se volvió irascible y desconfiado, pasando casi todo el tiempo en el Club, lo que producía escenas y escándalos horrorosos. Llegó a cuidar poco de su persona y nada de su profesión. Lo curioso fue que cuando Lourdes y Rosario supieron que don Ramón tenía una querida, cambiaron su conducta hacia él. Apenas le dirigían la palabra. Lo acusaban en secreto de ser la causa de la enfermedad de la pobre misiá Elisita.

En fin, don Ramón murió cuando su mujer tenía casi setenta años. En el último tiempo el caballero no fue más que una sombra que estallaba por cualquier motivo, que no llegaba a su casa por semanas enteras, y que, cuando llegaba, se escondía detrás de algún libro, que ni siquiera leía, colocado en el atril del sillón Chesterfield de su biblioteca.

El estado mental de la viuda de don Ramón Ábalos era tan poco notorio para los que vivían alejados de su intimidad, que los médicos no se opusieron a que partiera de viaje a Europa por un tiempo, con la condición de que llevara una dama de compañía. Ésta regresó a Chile furiosa después de pocos meses de viaje, dejando que misiá Elisita siguiera sola.

Andrés echó mano de este interludio para independizarse. Era imposible seguir viviendo en casa de su abuela, tenía derecho a una vida propia, de hombre, a buscar ambientes nuevos, amistades. Tomó un departamento de soltero que llenó con sus libros, su colección de bastones y su vida tranquila. Al regreso de su abuela hubo violentas querellas respecto a ese paso, que ella consideró egoísta, pero a pesar de encontrarse en varias ocasiones a punto de ceder, Andrés logró derrotar una compasión que hubiera terminado por destruirlo.

El estado de misiá Elisita empeoró con los años. Ya no gritaba, es cierto. En cambio escupía insultos silbantes, acusaciones monstruosas a todos, aun a las sombras que se deslizaban por las paredes de su alcoba, de la cual ya no salía a la vuelta del decenio, viéndose obligada a guardar cama casi permanentemente.

A veces, algún muchacho del Emporio Fornino que entraba con su bicicleta divisaba entre los visillos de una ventana del segundo piso el rostro blanco de la nonagenaria, que miraba la luz, que miraba el aire. No veía el tiempo transcurrido, ni que los pájaros estaban quietos como ovillos de acero entre el follaje frondoso de los árboles que ella misma había hecho plantar en su jardín, más de medio siglo antes.

2

Ella, Rosario Candia viuda de Arenas, era la
única persona capaz de arreglar el asunto. No iba
a permitir que ese sinvergüenza de Segundo, que
le debía su puesto en el Emporio a Fructuoso, des-
pidiera injustamente al pobre Ángel con el único
propósito de hacer sentir su autoridad. A ella no le
contaban cuentos, a los Fornino, al fin y al cabo,
los había conocido *naranjos*, cuando el almacén era
un despacho como el de cualquier esquina y don
Narciso chismorreaba en una jerigonza ininteligible, de igual a igual, con todas las sirvientas del barrio, mientras su señora ahuyentaba a los gatos que
en verano tenían la costumbre de dormitar sobre
el frescor del montón de lechugas. Ahora que uno
de los nietos de don Narciso había modernizado el
local, transformando el Emporio en una institución comercial de prestigio e importancia, Segundo, claro, se sentía con derecho a mirar en menos
a todo el mundo. Por eso quería despedir a Ángel,
sí, sí, a ella no la engañaba. Iba a ponerle las peras
a cuarto y le tendría que hacer caso. Era verdad
que hacía mucho tiempo que ningún Fornino le
daba la mano a Rosario al verla llegar de compras,

porque en el Emporio ahora sólo Segundo sabía quién era. Pero que Segundo García no se engañara, ella no le tenía miedo...

Rosario no había salido de la casa desde la partida de Lourdes, casi un mes atrás, así es que ya estaba notando necesidad de hacer una escapadita al Emporio. Se sacó su delantal y tomó un bolsón, *por si acaso*. Ella siempre contemplaba el por si acaso de las cosas, no como Lourdes, a la que cualquier eventualidad encontraba desprevenida. ¡Así le había ido en la vida a la pobre!

Muy alta y cuadrada de hombros, la cocinera caminaba con paso marcial rumbo a la plazuela que era necesario atravesar antes de llegar al Emporio. Varias personas la saludaron, los mayores con respeto, los niños con algo de miedo. Y no era para menos. Su rostro era caballuno, surcado, oscuro como vieja madera sin barnizar, y la única concesión que hacía al ornato de su persona era la espiral del moño apretado en la nuca.

En otros tiempos, estando Rosario y Fructuoso recién casados, Segundo solía ir a comer a la casa de los Ábalos invitado por el jardinero y su mujer. A menudo permanecían hasta pasadas las doce de la noche en la cocina tibia, olorosa de especias y guisos y misteriosas tisanas aromáticas, acompañados por Lourdes, comentando los acontecimientos del Emporio y todo lo que sucedía en casa de los Fornino y de los Ábalos. A pesar de que rara vez iba allí, Lourdes comenzó a interesarse por todo lo del Emporio, preguntando tanto detalle acerca del precio de la mercadería y de la parentela de los almaceneros, que pronto fue claro que estaba dispuesta a casarse con Segundo. Pero como ambos eran tímidos, jamás llegó a hablarse del asunto. Rosario sabía que Segundo no se atrevía a hablarle a Lourdes porque era un cochino, como decía misiá Elisita que eran todos los hombres. No tardó en ser claro que las intenciones más serias de Segundo no consultaban la presencia de Lourdes, y después de la viudez de Rosario la única relación que se mantuvo con él era el llamado por teléfono, una vez a la semana, para encargar las provisiones.

Rosario iba atravesando la plazuela cuando, detrás de unos arbustos, muy tranquilos en un banco, sorprendió a Ángel y a Mario comiendo uvas que sacaban de un cucurucho de papel de diario. Mario, que era fornido y de largos miembros, tenía las piernas estiradas y los brazos en el respaldo del banco, como si no conociera la menor preocupación. Su cabello era un jopo castaño suelto sobre la frente.

—Nos echaron, señora Rosario, nos echaron... —exclamó Mario al verla.

—¿Y qué están haciendo aquí?

Ángel, cabizbajo, tenía el ceño fruncido.

—¿Cómo voy a llegar a la casa así? La vieja no pudo salir a lavar esta semana... y ando planchado...

—¿Qué importa, hombre, qué importa? —dijo Mario—. Aquí se lo ha llevado este... este gallina toda la mañana, y no se quiere mover. Y yo por no correrme le digo que vamos a pescarnos un cortecito

38

por ahí, para llenarnos el buche que sea... Ya, no seái leso... vámosle...

Mientras hablaba, el sol hacía reír sus ojos castaños.

—Déjelo pensar, oiga, no sea revoltoso —mandó Rosario—. Usted en vez de ayudar lo molesta. Usted es el ladrón y por culpa suya lo echaron a él...

Al oírla, Mario se incorporó y el sol huyó de sus ojos.

—¿Yo? ¿Yo, ladrón?

Rosario iba a reprenderlo, pero, atemorizado y vivo, Ángel interrumpió:

—Váyase, señora Rosario, váyase por favor...

—No, no se vaya nada, mejor —dijo Mario—. ¿Qué hai estado contando de mí por ahí, mierda?

Ángel permaneció mudo.

—¿Qué hai estado contando de mí? —repitió Mario. Las sombras del fondo de sus ojos se hicieron agudas, amenazadoras.

—Nada... —respondió Ángel débilmente.

—Que usted es un ladrón, así es que tenga cuidado —terció Rosario.

Mario dio a Ángel un manotazo furioso que casi lo botó del banco.

—¿Yo? ¿Yo, ladrón? ¡Desgraciado de mierda! ¿Quién fue el que no devolvió el paquete que iba de más en el pedido del 213, ah? ¿Ah? Contesta... ¿Quién fue el que me lo dio a mí para que lo escondiera, y a mí, por no desteñir, me pillaron, ah? ¿Ah? ¡Contesta...!

Se había puesto de pie. Tenía los hombros cuadrados y las caderas chicas, firmes. En el momento en que iba a agarrar a Ángel para pegarle, Rosario tomó a Mario de la chomba para impedírselo.

—Oiga, oiga, mire, no le pegue, no sea cobarde, mire que es más chico que usted...

Mario zamarreaba a Ángel.

—¿Así que yo soy ladrón, ah? ¿Ah? A mí me pescaron pero el ladrón soi vos, sí, vos, yo no he sido nunca ladrón. Déjeme tranquilo, señora —dijo a Rosario, que le había dado un golpe con su bolsón—. Déjeme, si no le voy a hacer nada a este maricón. Ladrón no he sido nunca, nunca, vos soi el ladrón, vos no más. Párate, mejor, si no querís que te saque la mugre por bocón, ya, ándate, ligerito... Ya, andando...

Ángel se puso de pie. Metiéndose las manos en los bolsillos, se alejó rápidamente, como si quisiera huir pero no se atreviera a emprender la carrera. Mario, hostil aún, se quedó vigilándolo hasta que desapareció detrás de una esquina. Se sentó en el banco. Parecía haber olvidado la presencia de Rosario junto a él, y musitó entre dientes mientras daba vueltas y vueltas el reloj de oro en su muñeca:

—Culpa mía... Diciendo cosas de uno por ahí, cuando lo único que tiene el pobre es la fama...

Rosario lo miró sorprendida, como si lo viera por primera vez.

—Eso... eso es lo mismito que decía mi pobre Fructuoso...

¡Tan mal que había interpretado a Mario, que era un chiquillo de lo más bueno, cumplido y todo, y que tenía las mismas ideas que su Fructuo-so! ¡Así es que el tal Ángel no era más que un mos-quita muerta! Los desengaños que se llevaba una... de puro buena le pasaba. Tenía que ir sin tardanza donde Segundo para explicarle la verdad de las co-sas. Lo obligaría a tomar de nuevo a este pobre chiquillo, aunque tuviera que sacar a don Narciso de la tumba. Mario murmuraba:

—¡...y yo que no le conté nada a don Segun-do y por no ser poco hombre fui a perder mi pe-ga! ¡A ver si otro no se corría! Es más llorón el Án-gel, se lo pasa quejándose no más. ¡Como si él fuera el único que tiene cosas! ¡Uno también tiene sus cuestiones, pero no se lo lleva quejándose! Y yo que lo convidaba al teatro cuando no tenía pla-ta... Yo tampoco tenía, ah, pero un cabro amigo de allá del barrio, que es acomodador de la galería en el Baquedano, me deja entrar...

Hablaba vorazmente, como si quisiera botar todo su veneno. A medida que iba hablando, su fu-ria pareció agotarse, hasta que terminó en la mis-ma actitud lacia, indolente, en que Rosario lo ha-bía encontrado, la luz comenzando a bailar de nuevo en el fondo de sus ojos amarillentos.

—Oiga, Mario, yo voy a contarle la verdad a Segundo, al tiro. Es amigo mío y en el Emporio siempre me hacen caso. Vaya mañana en la tarde a la casa y le tengo contesta...

Sin despedirse, Rosario partió repleta de su proyecto. Mario la miró alejarse mientras picoteaba los restos de uva. De pronto, como si recordara algo, la luz huyó de nuevo de sus ojos. Dijo en voz baja:

41

—¡Qué te van a estar haciendo caso a vos, vieja de mierda!

Una nube desolada tiñó su rostro.

—Ladrón... —se dijo.

Al oírse pronunciar esas sílabas apretó los ojos, los apretó hasta que sus facciones jóvenes quedaron convertidas en un mapa de arrugas, como si con eso quisiera borrar el perjuicio causado por la palabra. Después relajó sus músculos, quedando con la misma expresión vacía y la actitud indolente de un rato antes.

Mario erró toda la tarde por las aceras y los parques. Si algo pasaba, no sabía qué exactamente, toda la tensión que estaba manteniendo a raya para alejar el desaliento completo y el llanto se quebraría. Cuando el frío de la noche otoñal bajó hasta las calles y el hambre comenzó a quemarle el estómago, se dirigió a su casa.

La Dora, mujer de su hermano René, estaba pelando papas. Tenía un pañuelo anudado a la cara. Iba echando una a una las papas dentro de la olla, que tardaba en hervir sobre la llama débil del anafe. Mario retiró el montón de trapos multicolores listados, escoceses, a cuadros, colocó sobre ellos el conejo a medio recubrir de percala a lunares verdes, y se sentó a la mesa para hojear una revista ilustrada.

—Me duele más este diente de porquería... —murmuró la Dora.

—¿Qué te pasa?

—Es que se me estaba soltando y para que no me doliera le di un buen tirón y me lo saqué. Y como hace frío aquí y me lo paso al lado del fuego y después salgo al aire para llamar a los chiquillos...

No era raro que hiciera frío en la pieza. Los dos cuartos que René ocupaba al fondo del pasadizo estrecho y oscuro —con la Dora, sus dos chiquillos y Mario— eran de madera mal ajustada. La Dora los había empapelado con diarios viejos, pero los chiquillos pronto descubrieron el entretenimiento de rajarlos con la uña o con un peso justamente en las hendijas, y como la puerta no cerraba bien, el aire circulaba libremente. Además, el piso era en parte de tierra y la construcción estaba adosada a un muro desnudo, de ladrillos y cemento.

—Hace frío y ese anafe de mierda no da nada de calor —murmuró Mario. Sin levantar los ojos de la revista, enrolló su chalina alrededor de su pescuezo—. A ti no más se te ocurre sacarte el diente con este frío. Ya no te quedan más que los dos de adelante.

—Y las dos muelas de abajo. ¿Qué importa uno menos?

Mario recordó que cuando la Dora se juntó con René tenía tan lindos dientes que él, un mocoso, se había enamorado de tal manera de ella que no era raro que llorara de vergüenza si los dejaban solos en la misma pieza. De eso hacía ya muchos años, y la mujer de René, ahora, era un espectro. El escaso pelo grasiento le colgaba tieso detrás de las orejas. Su cara era como si alguien hubiera abandonado un trapo lacio encima de alambres torcidos en la forma de sus facciones de antes y el trapo se hubiera quedado allí, un remedo colgante de su antigua cara.

—¡Y tan relindos dientes que tenía yo de chiquilla! ¡Y tantos! Si parecía que tuviera más que todas las otras cabras de la fábrica. Como mi pobre mamacita, que tuvo toda su dentadura hasta que Dios se la llevó...

Ya había comenzado a hablar la Dora. Cuando hablaba, nadie era capaz de detenerla. Mario la miró de reojo y después trató de concentrarse en su revista. Sólo esas historietas y chistes lograrían hacerlo olvidar su tensión; si escuchaba a la Dora, su desaliento por haber perdido el trabajo y por haber sido acusado de ladrón iba a estallar.

—¡Tan rebién que cantaba en la guitarra mi mamacita! Por eso es que yo aprendí. Pero ahora hace más tiempo que no canto... Al René antes le gustaba, pero ahora no. De todas las casas del barrio mandaban llamar a mi mamacita para que cantara en los bautismos y en los casamientos, y a nosotras nos llevaba y nos servíamos de todito. Era gorda mi mamá, bien gordita, como yo antes, y cuando cantaba se le ponían bien colorados los cachetes y se reía para lucir sus dientes. Por eso es que nosotras éramos tan queridas en el barrio; las chiquillas de la cantora, nos decían. Y cuando mi mamacita entonaba, le brillaba la tapadura de oro que tenía aquí, entremedio de los dos dientes de adelante. Cuando yo era cabrita bien chica, lo que más quería era parecerme a ella, y como por ahí decían que tenía la misma boca que ella, con un palito no más me lo llevaba escarbando entremedio de los dos dientes de adelante para que se me picaran y me pusieran una tapadurita de oro...

—¡Córtala, mierda! ¡Ya está bueno! ¡No hablís más como loca! ¿Que no veís que estoy leyendo? —gritó Mario.

Con la mano buscó el conejo cubierto de percala a lunares verdes que la Dora estaba haciendo para vender. Sus dedos lo apretaron como para estrangularlo.

—Deja ese conejo... deja mi conejo, te digo, cabro de porquería. Mírame...

Mario apartó la vista del rostro de la Dora. La paseó por los demás juguetes sin terminar que había en la pieza: un burro a cuadros rojos, a horcajadas en la cabecera del catre de hierro, un pollito amarillo rodeado de un papel limpio, entre los tarros de comestibles de la repisa, y luego la volvió a la revista. La Dora se había acercado a él.

—¡Mírame, te digo! —aulló la mujer—. A ver, mierda. ¿Por quién estoy así, ah? ¿Por causa de quién estoy así para que me vengái a hacer callar vos, mocoso desgraciado, ah? Mírame... —volvió a gritar, arrancándose el pañuelo de la cara y aproximándola a la de Mario. Abrió la boca inmensa. Mario cerró los ojos para borrarlo todo, para borrar esa cavidad donde aún sangraba el diente mal extraído—. ¿No fue por criarte a vos? ¿Ah? ¿Y por tener más chiquillos, qué sé yo para qué? Ah, muy rebién lo íbamos a pasar, dijo el René cuando nos juntamos, íbamos a vivir aquí por mientras no más, hasta que le entregaran la casita que le tenían prometida. ¿Quién se la tenía prometida? ¿Sus amigos del billar y de la compraventa donde dice que trabaja? ¡Cómo no! ¡Corriendo le iba a creer yo ahora! Y yo la tonta que tenía mi buena pega de fabricana fui a dejarlo que me engatusara. ¡Cómo no que le iban a dar casa! ¿Quién? ¿La caja de previsión de los ladrones pelusas?

Mario sepultó la cabeza en sus brazos cruzados sobre la mesa. No podía soportar que dijeran que René era ladrón... era como si el peor de los peligros se estuviera aproximando. Apretó los ojos para ver estrellas, puntitos, círculos, conejos a cuadros verdes, pollitos a listas coloradas, para no pensar en lo que la Dora estaba gritando.

La Dora calló pronto. Siempre se callaba pronto. Se limpió las manos en el delantal, se sentó en un cajón de azúcar vacío junto a un envoltorio lleno de animalitos trozados, orejas, patas, colas, cuerpos sin cabeza, y comenzó a ordenar los miembros sueltos y a limpiarlos. Después de un rato, Mario dijo:

—Oye. Me echaron de la pega. No le digái nada al René, mira que me mata a patadas...

La Dora movió la cabeza tristemente:

—Bueno, cabro. ¿Y por qué te echaron?

—Cosas de don Segundo no más. Está más mañoso ese viejo...

La Dora estaba sentada detrás de Mario. No vio que en lugar de leer el muchacho tenía los ojos apretados. Los apretaba y en vez de colores y estrellas veía la palabra ladrón, ladrón, ladrón, que se encendía y flotaba. La Dora volvió a amarrarse la cara con el pañuelo. Las dos puntas tiesas encima de la cabeza la hacían parecer una caricatura del conejo que estaba revistiendo de percala con lunares verdes.

Mario preguntó de pronto:

—Oye, ¿será cierto que el René es ladrón?

Hizo la pregunta muy despacio, como si temiera oírla. Era la primera vez que se atrevía a hacerla, aunque en el barrio varias veces se había visto obligado a pelear para defender la reputación de su hermano. No porque quisiera o admirara a René. Pero defendiéndolo con sus puños, golpeando y haciéndose golpear, era como si se castigara, como si él mismo se defendiera, no tanto de la mala fama sino de un peligro, de voces vagas y malignas, de un frío que lo quisiera envolver para hacerle imposible la existencia en el plano en que la conocía y la aceptaba.

La Dora dijo:

—¡Y yo qué voy a saber! A mí no me cuenta nada, vos soi testigo, casi no me habla. A veces guarda cuestiones aquí, en la maleta debajo del catre, ésa que usaba cuando era falte. Pero no me deja verlas. Dice que las compra por ahí para revenderlas...

Afuera, en el angosto pasadizo completamente oscuro, los chiquillos de las vecinas armaron un griterío de los demonios jugando con un perro que ladraba sin cesar. Mario observó a la Dora que cosía canturreando por lo bajo. Cosía con entusiasmo y destreza, como inspirada, como si en esa actividad de hacer juguetes de trapo para vender fuera a encontrar una solución maravillosa para todos los problemas de su vida. Concluyó de recubrir el animalito con su pelaje de lunares verdes. Eligió dos botones idénticos en una caja de lata, y con unas cuantas puntadas certeras los pegó a modo de ojos, justo donde debían estar. Lo alejó para admirarlo. Era el mejor conejo que había hecho. Mario le preguntó repentinamente:

—Oye. Tú lo querís al René, ¿no es cierto?

La Dora se puso de pie. Se dirigió al anafe para revolver la sopa. Después, en silencio, peló una cebolla. Iba tirando las cáscaras en la tierra, junto a las cáscaras de las papas. Sólo cuando tapó la comida, respondió:

—Claro.

Los juegos de los chiquillos, afuera, cesaron. Salió un tropel bullicioso a la calle, el perro ladrando detrás, ladrando, ladrando, ladrando, hasta que el ruido y los ladridos se perdieron en la distancia. Entonces todo quedó en silencio.

—Claro... —repitió la Dora en voz más baja.

Mario tuvo frío en la nuca. Se envolvió con la chalina una vez más.

—Si tuviera un poquito de plata, un poquito no más, algo podría hacer. Pero el sinvergüenza del René se anda gastando lo poco que gana qué sabe una cómo, qué sé yo con quiénes. Si tuviera un poquito de plata, si me diera algo siquiera, no nada más que para porotos y para pan, sé que yo le volvería a gustar. ¿Crees que es muy divertido dormir en la misma cama con un gallo que ni te mira, que pasa diciéndote que estái flaca, que tenís olor a cebolla, que no tenís dientes? Y yo qué voy a hacerle, no tengo ni una tira que ponerme. Me compraría uno de esos chalcitos largos que se usan ahora, uno colorado, con hartos flecos. Y me pondría los dientes. Estoy segura que si me pusiera los dientes yo le gustaría al René otra vez, segura, segura. ¡Pero así cómo me va a estar queriendo el otro, si parezco espantapájaros! Qué le costaría darme un poco de plata cada mes. La señora de la panadería tiene una prima que estudia en la Escuela Dental y dice que me haría el trabajo. Antes creía que estos monos de trapo me iban a dar algo, pero ahora no tengo ni tiempo para hacerlos de lo mal que me siento... como floja, no sé cómo... parece que me estoy poniendo vieja. ¡Pero a las otras sí que les dará plata, eso sí, y andará convidando tragos por ahí para que lo crean macanudo...!

Tomó aliento. Con el aire que entró a sus pulmones pareció adquirir bríos para enfurecerse de nuevo:

—¡Lo voy a obligar que me ponga los dientes! ¡Lo voy a obligar! En la calle Sierra Bella vi la plancha de un abogado... Lo voy a obligar que me ponga toditos los dientes, todos...

—¿No te podís quedar callada? —aulló Mario.

Y levantándose dio un portazo para salir de la pieza a llorar en el largo pasadizo helado.

3

Cuando Andrés llegó a casa de su abuela esa mañana, Rosario y Lourdes se hallaban en la cocina escuchando una comedia radial mientras desplumaban un pollo. Lourdes le hizo señas para que se estuviera callado, que esperara un segundo porque la comedia estaba a punto de terminar.

«...entonces el joven conde se acercó al diván junto a la ventana donde la bella Corina lo aguardaba exangüe entre pieles. Sus miradas se cruzaron a la luz del pálido atardecer de mayo, y con esa mirada ambos supieron que todos los dolores pasados, todas las injusticias tramadas para mantenerlos tantos años angustiosamente separados, quedaban borrados para siempre porque sólo la verdad podía ahora existir entre ellos...»

Las últimas frases fueron envueltas en violines que se prolongaron llorosamente más allá de las palabras. Lourdes cortó la transmisión y, dejando caer el pollo dentro del balde, exclamó:

—Pobrecita. ¡Sufrió tanto la pobre Corina!

—¿Cómo ha estado mi abuelita, Lourdes?

—Bien, de lo más bien. Usted debía oír esta comedia, don Andresito, es tan linda y tan triste, y el papá de la Corina es tan malo, viera. Si oyera estas comedias tan lindas se enamoraría y se casaría, sí, aprendería a querer...

—¡Ya estás con tonterías otra vez! ¿Hay novedad?

—¿Novedad? ¿Le parece poca novedad que a las once de la mañana yo pueda estar muy tranquila aquí en la cocina, oyendo la comedia? Viera lo bien que ha estado la señora. No nos da nadita que hacer, es como si se hubiera enamorado de la Estela. Fíjese que no hemos tenido ni un solo enojo en toda la semana. La chiquilla parece que la tiene embrujada, no sé cómo, porque lo que es con nosotras... ¿no es cierto, Rosario? La Estela es tan huasa que no abre la boca ni para decir mu...; se lo pasa ahí sentada no más. Ahora lo único que misiá Elisita habla es de que la Estela es una niña tan buena, tan inocente y todo. Le tiene prometido enseñarle muchas cosas, un punto de bordado, creo, no sé cómo. ¡Imagínese! Si hace más de veinte años que la señora no enhebra una aguja, pero usted sabe cómo es cuando cree que las cosas que pasaron hace tiempo pasaron ayer. ¡Qué sé yo qué cosas serán las que le va a enseñar!

Andrés vio encima de la mesa de la cocina un conejo de trapo con lunares verdes.

—¿Y eso tan raro? —preguntó.

—Un regalo que me trajeron —respondió Rosario—, por un favor que hice...

—Las cosas de locos que se les ocurren. Un conejo con lunares verdes...

—Feazo es —dijo Rosario—. Pero las intenciones valen.

—Y no es fino —agregó Lourdes—. Parece que es nacional.

Al percibir que Rosario se disponía a relatarle la procedencia del juguete, Andrés salió de la cocina dejándolas en su tarea de desplumar el pollo. Lourdes comentó:

—Se me hace que el joven conde debe de parecerse a don Andresito...

—¡Conde con anteojos! Si los condes no usan anteojos.

—Ah, de veras...

—Bueno, ya está listo el pollo, váyase mientras le corto el cogote, a usted no le gusta ver.

Lourdes salió al lado afuera de la puerta de la cocina. Rosario puso el pollo en el mármol de la mesa, y asestándole un golpe formidable con el cuchillo separó la cabeza del cuerpo. Luego hizo una incisión entre los tutos y, metiendo la mano por el hueco, extrajo un puñado de vísceras que dejaron un rastro sanguinolento en la mesa.

—Ya, entre —llamó Rosario.

Lourdes entró. Siempre mínima de estatura, los años la habían cebado de tal modo que al caminar parecía más bien que rodara lentamente. Lentamente no sólo a causa de sus buenos setenta años, sino porque las várices le impedían toda clase de agitación. Esto no lograba restarle gusto por la vida. Los mofletes, donde la alta presión había dibujado mapas de venas rojas con la salud de antaño, se agitaban con risas frecuentes y con un incesante cotorreo amistoso. Y al ver una fuente de pastel de choclo, por ejemplo, o una empanada fragante, olvidaba de inmediato las serias reconvenciones del doctor Gros respecto de su salud.

Mientras Rosario concluía de lavarse las manos, Lourdes tomó el pollo pelado y sacándole una última pluma lo metió en la olla.

—¿Irá a venir el doctor para el sábado? —preguntó Rosario.

—Las preguntas suyas. ¿Que no sabe que nunca deja de venir, ni para el santo ni para el cumpleaños de misiá Elisita? Pueda ser que no traiga a la señora. ¿Se acuerda el año pasado? Tantas cosas que se encargaron y tan poca gente que vino. No sé cómo fue que quedaron tan pocos conchos. Pero le diré que yo vi a la señora del doctor comiéndoselo todo. ¿Y sabe? Después vino y me dijo que le hiciera un paquete de confites para llevarles a los niños. Él, claro, no hubiera importado. Pero ella es antipática. Se cree. Y el doctor es tan bueno, un caballero que una ha conocido toda la vida, desde que venía a jugar aquí cuando chico con don Andresito. Usted sabe que la familia de ella... bueno, es gente bien, claro, pero... no sé, se me ocurre que algo anda mal, el papá de ella, creo, o el abuelo. ¿Cuántas personas vinieron para el último santo? ¿Seis?

—Ahora para el cumpleaños irán a venir menos.

—Todos los años vienen menos. La gente es tan ingrata que se olvida de la pobre señora, que es tan buena...

—Es que tanta gente se muere...

—La pura verdad. Este año don Dionisio, que era tan creyente.

—Y la señora Matilde...

—Ah, sí, de veras. También ella, pobrecita. Y era muchísimo más joven que la señora. Poca gente irá a venir...

—Poca.

—¿Se acuerda de antes?

—¡Cómo no!

—¡Qué lindas eran las fiestas de misiá Elisita, con tanta gente y tanto regalo, y ella arreglada que parecía una reina! Si no le faltaba más que la corona...

—Mm, antes que don Ramón la hiciera sufrir tanto.

—Mm, pobre señora. ¡Tanto que ha sufrido! ¿Noventa y cuatro cumple?

—Mm, noventa y cuatro. Ella, como se quita la edad, dice que noventa.

—Pobre...

—Son años...

—Mm...

Andrés, entretanto, había subido lentamente, como si a cada uno de sus pasos sus pies quedaran adheridos a la alfombra roja de la escalera. Subir a visitar a su abuela era una lotería. A veces la encontraba tierna y encantadora como una abuela de cuento, otras enfurecida como una bestia que hería a todos alrededor suyo. Hoy, quizás debido a esa acidez que lo mantuvo desvelado cerca de una hora la noche anterior, su aprensión era mayor que de costumbre. Sin embargo, al entrar en el dormitorio y ver que las cortinas abiertas daban paso a la inundación de luz, tuvo la certeza de que por lo menos hoy todo andaría bien. La cama, el ropero inmenso, la cómoda, no eran zonas de oscuridad más densa dentro de la oscuridad, sino que la luz dibujaba el torneado preciso de las patas, se dejaba curvar en los tiradores de bronce, señalaba la calidad de la caoba como diferente a la calidad del nogal. En el sinnúmero de cromos de santos y de fotografías de familia, los rostros eran individualizados, unos importantísimos detrás de sus barbas, otros tiernos a la sombra de un encaje o de una manteleta descolorida. Los floripondios del empapelado, que cuando el sol pasara volverían a asimilarse a la penumbra de los muros, se destacaban nítidos a esta hora en que todo era claridad.

El lecho de misiá Elisa Grey de Ábalos era una gran embarcación de madera reluciente y oscura. La anciana se hallaba incorporada, blanca entre las sábanas. Con un espejo en una mano temblorosa —era increíble que esos ojos de párpados como harapos fueran capaces de recoger su imagen en el óvalo minúsculo de la luna— y armada de una pinza, se estaba sacando los pelos del mentón. Cerca de la cama, de uniforme blanco y muy almidonada, Estela tejía sentada en un *pouf.*

—Buenos días, abuelita. ¿Cómo ha amanecido?

—¡Ay, tan vieja y tan fea, mi hijito! Yo no sé por qué me habrán salido todos estos pelos. Antes nunca tenía. Ahora estoy como los cadáveres, dicen que el pelo les sigue creciendo después que los entierran...

Esta familiaridad con la idea de la muerte era lo que más turbaba a Andrés en su abuela. Oírla

55

hablar de la muerte le parecía aun más grosero que todas las obscenidades que tan a menudo ensuciaban los labios de la anciana, y lo asaltaba una profunda y oscura incomodidad. Pero sólo incomodidad, porque dejarse arrastrar por temores era morboso, propio de vidas devastadas por una sensibilidad a la que no se ha sabido refrenar ni dar forma, de mentes desequilibradas, en fin, y él precisamente se enorgullecía del magnífico equilibrio de la suya, de su sentir armónico y ordenado. Que uno moría, era indudable. Pero en el fondo de Andrés, en algún rincón oculto e infantil —quizás un resabio de la fe religiosa que descartó de una vez y para siempre al finalizar su adolescencia—, existía una certeza fiera, arraigada tenaz y hondamente en sus temores más inconfesados, de que él jamás moriría, de que la muerte era para otros, no para él. Y Andrés, tan ducho en examinar sus propias sensaciones, para no derribarla no osaba analizar el contenido de esta absurda confianza apenas vislumbrada. Entretanto, bastaba decirse que la vida y la muerte eran flujo y reflujo, día y noche, cada una el corolario de la otra en el inmenso sistema del universo. ¿Para qué ir más allá?

Oír a su abuela hablando de la muerte en la forma más natural del mundo era como levantar la tapa hacia una siniestra posibilidad de horror. No había que ceder a la tentación de asomarse por el resquicio, era necesario mirar a otra parte, huir, huir de esa voz que quería obligar brutalmente a Andrés a enfrentar algo que sabía que alguna vez iba a tener que enfrentar. Pero no aún. Cincuenta y cuatro años no eran tantos, sobre todo tomando en cuenta su salud ejemplar. Por lo menos cuatro veces al año se hacía examinar de pies a cabeza por Carlos Gros.

—¿Cómo me encuentras?

—Como un chiquillo.

—¿Y estas acideces tan raras, entonces?

—Pero si comes como un animal, qué quieres. Debes fijarte.

—Ah, entonces no estoy tan bien...

—Hombre, no tienes nada, no seas solterón maniático.

Y la satisfacción de su salud admirable lograba ahogar la porfiada llamita de terror. Por lo menos por un tiempo. Además, existían tantas cosas con las que hacer del olvido una preocupación delectable: ese tomo de las *Memorias* del general Caulincourt, con las páginas aún sin cortar, aguardando su lectura encima del velador; esos paseos lentos y largos por las calles y los parques, observando y pensando; ese curiosísimo bastón chino que le habían dicho se hallaba en poder de una dama empobrecida que vivía en la Avenida Recoleta, a la que tenía intención de asediar desvergonzadamente. Todo eso era suficiente, más que suficiente.

—¡...y estas músicas de ahora! ¡Son infernales! —declaraba misiá Elisita—. Pecaminosas. Tú que eres una chiquilla buena, Estela, no debes salir a oír esas cosas. ¡Vieras las músicas de antes! Ésa sí que era música linda. Y los bailes. Había que saber hacer todas las figuras y además tener gracia, no estos saltitos de loco que dan ahora. Las cuadrillas y los lanceros... ¿No sabes bailar lanceros? Mañana, cuando me levante, te voy a enseñar, vas a ver. Me acuerdo cuando vivíamos en el Cerro Alegre, en Valparaíso, y mi papá nos llevaba a la Filarmónica. Iba toda la mejor gente, y muy elegante, las señoras con sus alhajas y sus lindos escotes, los caballeros de pechera dura. Daba gusto. Iba con nosotros un caballero amigo de mi papá, inglés también, un *sportsman*. Le había hablado a mi papá que quería casarse conmigo, como se hacía antes y como debe ser. Yo sabía. No sé cómo, porque ninguno de los dos me dijo nada a mí, pero tú sabes cómo es una cuando es niña. A mí me encantaba bailar con él porque era el mejor bailarín de Valparaíso, y aunque todas se desesperaban por bailar con él, siempre me prefería a mí. Pero yo, la muy tonta, ya tenía a tu abuelo Ramón metido entre ceja y ceja, pues hijito. Él era muy serio y no iba a las fiestas. George Lang se llamaba ese caballero que te digo. ¿Qué será de él? Estará casado ya, y con niños... Me gustaría verlo...

—¡Pero si don Jorge Lang era amigo de su papá y de la edad de él! Los nietos son todos mayores que yo, cómo va a estar vivo...

—¡Eso no tiene nada que ver! Tenía los guantes más lindos del mundo. Lo deben haber enterrado con todos sus guantes puestos. ¡Je, je, je! ¡Pobre George Lang! De todas maneras vas a llamarlo por teléfono y le vas a decir que estoy sumamente enojada con él, porque no me viene a ver.

La anciana continuó rememorando, feliz. Mientras hablaba, Andrés observó que Estela, que la había estado escuchando mansa y con las manos plegadas sobre la falda, separó una mano de la otra. Andrés desvió la vista de esas palmas descubiertas, presa de la incomodidad y de un inexplicable pudor, como si hubiera sorprendido alguna intimidad de la muchacha. En esa ligera variación de color, del cobre opaco del dorso al rosa mullido y sin duda tibio de la palma desnuda, inconvenientemente desnuda, Andrés se vio acechado por algo instintivo, algo casi salvaje, inadmisible en su mundo donde todo era civilización, en ese cuarto donde lo único que lucía sin recato era la proximidad de la muerte.

Andrés desechó esa sensación incómoda fácilmente. No en vano fue siempre el lema de su vida apartarse de todo lo que pudiera causar dolor. Negativo, es cierto, reflexionaba a veces, pero era un hecho que él jamás causó daño a nadie, manteniendo un contentamiento, modesto si se quiere, pero que bien mirado era una realización bastante más apreciable que la de la mayoría de la gente.

Observar las facciones de Estela era divertido, y a Andrés le gustaban las cosas divertidas. Observar, por ejemplo, que su rostro habitualmente hermético parecía haber despertado, adquirido vida al reflejar como un espejo las expresiones del rostro de la anciana, siguiéndola a los mundos y momentos que su voz antiquísima evocaba. Andrés no logró adivinar en esos ojos abiertos por el asombro, en esos labios separados, cuánto del monólogo de su abuela era entendido por la muchacha; desde luego, no podía creer que todo, y era

59

posible que muy poco. Sin embargo, viendo la es-
tupefacción tan sencilla de Estela, Andrés se atrevió a creer que por fin, con esta campesina inocen-
tona, había llegado por lo menos una dosis de
tranquilidad para la enferma. No sólo porque desempeñaba con eficiencia sus funciones de sirvienta, sino por el regalo que era esa atención maravi-
llada ante el mundo de experiencias muertas de
misiá Elisita. Al pensar en ese mundo, al imaginar-
lo, no importaba cuán erróneamente, Estela lo re-
juvenecía, y a él, Andrés, dentro de ese mundo,
también. Si la pobre Estela era capaz de imaginar
y de pensar...

Misiá Elisita seguía charlando. Sus ojos, de
ordinario secos y borrosos, se hallaban iluminados
por dos gotas de inteligencia. Andrés reflexionó
que su abuela no tenía la lucidez de hoy desde hacía varios años. La casa entera se le antojó, como
en su juventud, risueña y colmada de ese orden
que era la esencia misma de la vida. ¿Era posible
que a través de las ventanas abiertas entraran no
sólo luz y aire, sino la fragancia del jardín y el ruido de los pájaros al agitar el ramaje? Ni siquiera la
frescura de Estela parecía una incongruencia.

Cruzó la mente de Andrés la idea de volver
a vivir en la casa de su abuela para gozar de esa paz,
de la armonía que era hoy aparente en todo, acercándose de este modo a la anciana, su única fuente de afecto real.

Pero de pronto recordó la última vez que
había sucumbido a la tentación de dormir allí. Misiá Elisita se hallaba muy enferma de una pulmo-

nía que claramente estaba destinada a ser su última dolencia. Con el fin de hallarse próximo a esa vida que se iba a extinguir, consintió que Lourdes arreglara para él su antigua habitación de muchacho, justamente encima del dormitorio de su abuela. Resultó que la nonagenaria pudo aferrarse a la vida con una tenacidad tan tenue pero tan firme que, contra todo lo que los médicos predijeron, convaleció, y su organismo pronto estuvo restablecido. Sólo el mecanismo de su cerebro permaneció descompuesto.

La última noche que estuvo ahí, Andrés subió finalmente a su cuarto. Había traído un libro, libro muy querido, leído muchas veces, en el cual siempre encontraba apoyos nuevos para su deleite. Apagó todas las luces menos la del velador. Allí, en la isla de claridad que la lámpara separaba de la gran habitación de techo bajo, se dispuso a abrir el volumen amigo. Pero antes de comenzar a leer, y más allá de las hermosas realidades detalladas por la luz —el monograma de su abuela en las sábanas, sus propios dedos sosteniendo el rico empaste—, creyó que la oscuridad en que nada podía distinguir estaba como... como animada por algo, por una presencia, aunque quizás no fue más que un ruido. En las ventanas divisó el blancor quieto, perfectamente quieto, de las cortinas. Sí, era un ruido, una especie de runruneo. Andrés cerró las *Memorias* de Saint-Simon. Escuchó.

¿Qué era?

Ah, sí, no era más que la voz de su abuela charlando sola en la habitación de abajo. Y cuando

Andrés abrió el libro nuevamente, creyó que su inquietud se desvanecería por haber puesto en claro el origen del ruido. Sin embargo, no pudo leer; el ruido permanecía adherido a sus tímpanos. Desalentado, cerró a Saint-Simon. Su atención descontrolada se apretó en torno al monólogo que venía desde abajo, haciendo vibrar imperceptiblemente todos los objetos de la habitación. El rumor creció y Andrés, bastante molesto, trató de descifrar lo que su abuela decía. Pero al filtrarse por el viejo entablado del caserón, las palabras perdían su significado, la madera las despojaba de su contenido, dejándolas convertidas en espectros de palabras, sólo en ruido, en ese runruneo exasperante. Andrés volvió a su libro. A pesar de que sus ojos leían, su mente permaneció impermeable al significado de la página porque su atención estaba alerta a lo que su abuela iba diciendo. Las palabras eran sólo tono —violencia, sorna, cólera, desesperación—. Era imposible leer. Apagó la luz, decidiendo por lo menos dormir. En la oscuridad el runruneo continuó más alto, y también esa vibración de todos los objetos del cuarto, aun de la almohada en que Andrés trató de pegar la oreja para no oír. De pronto el ruido cesó. Golosamente, Andrés quiso aprovechar la tregua para dormirse. En vano. La anciana comenzó de nuevo a recitar esas palabras desnudas de significación.

Andrés no logró leer ni dormir en toda la noche. Su cuerpo entero transpiró, su calva y su cuello y sus manos, de ordinario secas. Se levantó varias veces. Todo inútil. La locura de su abuela se había clavado firme en su mente, expulsando todo otro pensamiento, toda otra sensación, impidiéndole encontrar su orden.

El recuerdo de aquella noche le dio fuerza para resistirse a volver. Estaba mucho mejor en su departamento, que era sin misterios, cómodo más que nada, e intensamente suyo, el marco perfecto para su independencia de solterón que ha adquirido hábitos inconmovibles. Esta casa, en cambio, de viejas maderas impregnadas de la voz de la enferma, cra la peor amenaza para la cordura de Andrés.

4

El hombre bajó su máscara, aplicó el sople-
te eléctrico, e instantáneamente un destello violento lo azuló entero, así como a los curiosos reunidos a distancia prudente de la reja de hierro que
el enmascarado soldaba. En el momento mismo en
que surgió la llamarada oscura, algunos se retira-
ron un poco y un niño, al que su madre dijo que si
miraba la llama azul quedaría ciego, sólo se atrevió
a contemplar sus reflejos en el pecho de ese semi-
diós o semidemonio que controlaba tanta potencia
peligrosa.

—¿Y nunca había visto? —preguntó Mario,
apoyándose indolente en su bicicleta.

—No... —respondió Estela.

Hacía un buen rato que contemplaban al
enmascarado. Estela, amedrentada en un comienzo, no osó levantar los ojos hasta que Mario, bur-
lón pero propiciador, logró convencerla de que se
aproximara. Sólo entonces, como si le costara un
esfuerzo, la muchacha levantó sus párpados para
observar la llamarada azul y sus reflejos vencedo-
res de la claridad del día en los árboles y la gente,
y en el rostro de Mario, ufano de enseñarle tanta

maravilla. Estela sonrió un poco, y su placer era tan débil que escasamente tuvo fuerza para impulsar sus labios espesos hasta una sonrisa. Mario la vio tonificada por ese primer atisbo de alegría descubierto en ella, viva ahora y vibrante, despojada de esa seriedad que parecía velarla cuando la conoció la semana anterior en la cocina de la casa de misiá Elisa. ¡Estas huasitas! ¡Qué ignorantes eran estas huasitas, si hasta algo tan sencillo como una soldadura eléctrica las dejaba boquiabiertas!

—¿Le da miedo?

—Sí...

El temor confesado con demasiada simpleza hizo reír a Mario. Rió suavemente al principio. Pero al ver la expresión de desconcierto de Estela, sin saber por qué y sin poder controlarse, comenzó a reír a mandíbula batiente, con la cabeza inclinada hacia atrás —y el repentino destello azul hurgó en su paladar y en los pequeños surcos alrededor de sus ojos enturbiados por la risa—. Viéndolo, Estela también rió, sincronizando el aumento de su alegría a la risa del muchacho. Rieron hasta que las lágrimas pesaron en sus párpados y se agotaron las energías de sus carcajadas.

—Y apuesto que nunca ha ido al teatro... —dijo Mario.

Al oír la palabra *teatro*, las facciones de la muchacha se inundaron de una alegría distinta, como si por fin se hubiera pronunciado el nombre mágico que tanto ansiara escuchar. En su casa, en el campo, su cuñada había relatado tantas veces la película que su marido en cierta ocasión la llevó a ver en el pueblo... decía que era en colores, que las actrices con cabelleras como nubes rubias hablaban y hasta cantaban, pero que, misteriosamente, no estaban allí...

—No...

—¿Y le gustaría ir?

—El otro día no más le pregunté a mi tía Lourdes que si me podía llevar, pero no quiso...

—Apuesto que dijo que era pecado. Todas las veteranas dicen que es pecado. Todo porque el teatro es oscuro...

—¡Oscuro! Cómo no... ¿Y cómo se ven las artistas, entonces?

—¡Bah! —dijo él, riendo de nuevo—. Yo...

Su risa y su respuesta quedaron suspendidas al darse cuenta de que, en realidad, no sabía explicar por qué se veía dentro de un cine oscuro. Mario se sintió arrinconado por la huasita, que lo miraba esperando una explicación. Era necesario sustituirla por algo mejor, inmediatamente, para salir del paso con algo de honra:

—La convido al teatro este sábado para que vea, si no me cree...

Estela se estremeció. A la luz de un nuevo fulgor azul, Mario vio como las facciones de la muchacha volvían a cerrarse: sus párpados bajaron de nuevo; todo rastro de sonrisa fue absorbido por su seriedad; el rubor subió hasta sus pómulos altos y sus labios apretados. Entonces Mario, como si adivinara un compromiso del cual él formaba parte, o como sorprendido en una flaqueza vergonzosa, también se sonrojó, apartándose un poco de su compañera.

—Quiubo, vamos el sábado... —repitió muy despacio.

Concentrado en limpiar el barro de la rueda de su bicicleta, Mario insistió suavemente y a pesar suyo, como si supiera que si sus amigos lo veían con esta mocosa huasa que ni se pintaba, se iban a reír de él. No la encontraba bonita. ¡Cómo, si él estaba acostumbrado a salir con chiquillas que se arreglaban elegantes y contaban chistes, y que conocían los nombres de todos los actores! Y tenía una amiga que hasta entendía un poco de inglés...

—Es que no me dejan...

—Bah, qué importa. Apuesto que en esa casa todas las veteranas se acuestan a la hora de las gallinas. Se podía arrancar después...

—Es que tengo que cuidar a la señora, pues.

—¿Y qué tanto le tiene que cuidar? Apuesto que se queda dormida a las ocho y no despierta en toda la noche.

—Sí, duerme tranquila toda la noche. Yo duermo en la pieza del lado. A veces habla en la noche, dice cosas sola, pero parece que nunca despierta. A veces despierto yo porque se me pone que me está llamando, pero no. Duerme toda la noche.

—¿Y qué le cuesta salir, entonces?

—No, no puedo. Tengo que cuidar a la señora.

Mario iba a seguir insistiendo pero, desconcertado ante sí mismo, calló. ¿Con qué fin estaba rogando a esta mocosa tonta, a esta huasita? ¿Para qué insistir, si las mujeres le sobraban, mujeres divertidas y chistosas de veras? A él le gustaban las chiquillas alegres y aficionadas a dar tanda; andar con una y después andar con otra, reírse, hacer observaciones en voz alta en las galerías de los cines para que los que se hallaban alrededor suyo también rieran. En el club «El Cóndor», Mario era el que daba más tanda, todos celebraban sus salidas y sus andanzas. Le decían el *Picaflor Grande* —siempre de flor en flor—, y había un *Picaflor Chico*, el Washington Troncoso. Pero de los dos, él, Mario, era el más querido. En las tardes, con las manos en los bolsillos y fumando con un grupo de amigos en una esquina, después de haber jugado al fútbol en la calzada con una bola de papel atada con cáñamo, cada mujer que pasaba era acreedora, si no a piropos, por lo menos a silbidos de admiración de parte de todos los muchachos, especialmente de Mario. A veces seguía a una y, como era alegre y fachoso, las mujeres le resultaban fáciles. Más tarde, en el club, en torno a cervezas, sus comentarios bastante aumentados y adornados acerca de la aventura reciente dejaban a los demás con los ojos brillantes de admiración.

¡Si lo vieran con esta huasa! ¡Él sabía que bastaba un solo paso en falso para que su reputación se viniera al suelo! Y nadie que lo viera con Estela —tan chica y tan asustada— creería que él andaba con ella para conseguir lo único que un hombre verdaderamente macho desea conseguir de una mujer. Por lo menos a los diecinueve años, cuando no se tiene la menor intención, ni posibilidad económica, de perder la libertad.

—Debe ser tan lindo... —oyó que Estela murmuraba muy bajito, como para sí misma.

Entonces Mario la vio entera iluminada, como si fuera el centro mismo de la gran llamarada azul y peligrosa. Se había acercado mucho a él, instalándose dentro del radio de su protección. ¡Era tan chiquitita y tan morena! En sus mejillas una curva de pelusa levísima atrapaba el contraluz y quizás también la caricia del aire. Mario apartó la vista con el ceño fruncido. De alguna manera, su labia y sus técnicas de Don Juan de barrio resultaban inaplicables con Estela, y se vio desarmado, incómodo. Miró su reloj y exclamó:

—Puchas, se me hizo tarde. Don Segundo me va a descuerar, me tengo que ir. Bueno, anímese pues, Estelita, y vamos el sábado. Oiga, a las nueve y media la espero en esa esquina; acuérdese, a las nueve y media, no me eche al olvido...

Montó en su bicicleta y partió sin mirar atrás.

Esa noche, a la hora de comida, Estela insinuó que deseaba ir al cine. Pero Lourdes se apoyó en razones tanto económicas como morales para convencer a su sobrina de que no debía ir. Estela se convenció rápidamente, pero sus deseos de ir al cine no disminuyeron ni un ápice. En casa de su padre, en el campo, era tanto lo que debía obedecer, tanto lo que debía vivir según reglas impuestas por los demás, que dentro de ella se había ido gestando la facultad de entregarse, manteniendo, sin embargo, vivo y oculto el germen de su voluntad y de sus gustos, los que de una manera o de otra, y sin que nadie lo supiera, terminaba por cumplir. La tía Lourdes, como su padre y su hermano, tenía

razón y había que acatarla. Para algo había sido regalada a ella por su madre al morir. Pero eso no
cambiaba nada. Lo que más deseaba Estela en el
mundo era ir al cine, con o sin razones en contra,
ir al cine con Mario. Cuando Lourdes opinó que
una niña no podía ir sola al cine, que ni ella ni Rosario se hallaban en condiciones de salir de noche
para acompañarla —de día era imposible porque
en la casa siempre había que hacer—, Estela estuvo a punto de decir que ya tenía compañero. Pero
se lo calló.

En la noche, con la luz apagada y escuchando el respirar acompasado de misiá Elisita en el
cuarto vecino, su secreto relució en su imaginación como aclarado por uno de los misteriosos re-
lámpagos azules. Permaneció quieta entre las sábanas caldeadas por su cuerpo, como si en la
oscuridad quisiera entibiar el secreto junto a sí
misma. Era cierto que no debía ir al cine, muy
cierto. Pero podría ir. Sí, si quisiera, podría ir. Y
Mario le gustaba... le gustaba mucho. ¡Oh, ella sabía muy bien lo que era que alguien le gustara! Y
Mario la iba a llevar al cine. Se sentaría junto a ella
en la oscuridad, explicándole todo, porque Mario
sabía todo lo de esta ciudad en la que ella no conocía más que un par de calles.

5

El sábado del cumpleaños de misiá Elisa Grey de Ábalos la casa entera se hallaba en revuelo. Era como si se preparara una gran recepción, no que se esperara a cuatro o cinco personas que vendrían más que nada con el objeto de asombrarse de que la nonagenaria no muriera aún.

Las visitas jamás se instalaban en el piso bajo a hacer tertulia. Subían directamente al cuarto de la enferma y se quedaban allí, murmurando, tomando tacitas de té, comiendo confites y sándwiches minúsculos, muy sanitos. A los caballeros se les ofrecía un ponche de misteriosa fórmula, especialidad de Lourdes, pero no era raro que al terminar la tarde la historiada ponchera de plaqué quedara casi llena.

Ese día, y también el día del santo, Lourdes se levantaba al alba y pasaba la mañana entregada a la tarea de ponerlo todo en orden, afanadísima quitando las fundas de lienzo de los muebles de la biblioteca, del salón, de la salita y del vestíbulo. Los muebles, entonces, hacían su aparición, y era como si el rubor de la vida invadiera el cadáver de la casa. La otomana del vestíbulo, apolillada, es cierto, conservaba a pesar de todo la tonalidad vibrante de su peluche granate, y con un paño húmedo la sirvienta iba quitando el polvo de las hojas de las aspidistras que la coronaban. Las reproducciones de tamaño doméstico de estatuas célebres, los zócalos de mármol simulado, los mil cachivaches de la pequeñísima salita turca adyacente a la biblioteca, los libros y revistas en tomo, los rollos del autopiano, las plantas, las vitrinas, los cuadros, todo resucitaba bajo la mano de Lourdes, que con un trapo amarrado a la cabeza y empuñando un plumero limpiaba con minucia amorosa. Era un misterio de qué medio se servía para desempolvar los angelotes dorados en la cima de los espejos de las consolas, allá arriba, cerca del techo, pero sus vergüenzas jamás dejaron de lucir sin recato tanto para el cumpleaños como para el santo de la dueña de casa. Y las cortinas desatadas se cimbreaban suavemente dando paso a la luz, que no se tumbaba por las vastas alfombras ni se enredaba en las borlas y los flecos de las poltronas desde hacía seis meses.

¿Para qué? Para nada. Hacía mucho tiempo que las visitas subían directamente al dormitorio de la enferma sin mirar siquiera los recibos. Pero al entender de Lourdes, y nadie hubiera osado desafiarla, era necesario tener todo listo y como nuevo para los aniversarios de la señora: ése era el orden de las cosas y así tenía que ser. En otra época el primer piso de la casa había estado entero a su cuidado y ella lo aseaba diariamente. Caducada esta función por inútil, la revivía con pasión esas dos veces al año en que la casa toda resonaba con su autoridad.

Andrés llegó cerca de las once de la mañana. Fue derecho a la cocina para preguntar a Rosario qué delicadezas le tenía de almuerzo, pero la cocinera lo echó diciéndole que era sorpresa.

Subió los escalones de dos en dos. Se sentía especialmente alegre ese sábado de otoño. El sol era suave y dorado, y la gente que vio venir caminando por el parque parecía no tener preocupaciones más graves que comprar maní caliente y hacerse lustrar los zapatos. Además, los estudiantes de leyes que se paseaban enfrascados en sus volúmenes hacían crujir las hojas amarillas caídas, y eso le agradaba: él había sido estudiante de leyes en otros tiempos, y había conocido también la angustia deleitosa de exámenes e interrogaciones. Por otra parte, la tranquilidad aportada a su abuela por la presencia de Estela, de la que fue testigo en su última visita, le daba una confianza hasta ahora desconocida en ese respecto.

Al llegar al primer rellano, Andrés estaba acezando. Tuvo que recordar sus años para subir con más mesura. Traía a su abuela un ramo de dalias tardías, y un chal rosado en un paquete primorosamente hecho en la tienda donde lo compró.

—¡Feliz día! —exclamó al entrar en el cuarto de la enferma, y se acercó para besarla.

Estela iba de aquí para allá en el dormitorio, alistando las sábanas bordadas que ponían en la cama de la dueña de casa cuando esperaba visitas.

—Buenos días, Estela.

—Buenos días, señor.

En fin, ya no le decía «patrón»; Andrés había rogado a Lourdes que se lo pidiera de su parte. Además, el aspecto de la muchacha se hallaba notablemente mejorado. Los chapes, que cuando llegó le colgaban delgaduchos a la espalda, eran ahora un nudo negro y reluciente en la nuca. Sus mejillas brillantes, su cuello enhiesto, todo en ella parecía haber hallado dignidad. Sólo sus ojos, siempre gachos, permanecían iguales: dos ranuras húmedas y oblicuas. Pero ahora no era raro verlos abrirse de pronto para mirar de frente, y en ese fondo negrísimo surgía súbitamente algo como una intensa llamarada azul. Luego el espesor de las pestañas volvía a velarlos. Sin embargo, la torpeza campesina aún trababa sus movimientos y pesaba en sus grandes pies.

—¿Cómo ha estado la señora? —preguntó Andrés a Estela.

La muchacha estaba cabizbaja.

—¿Por qué le preguntas a ella? —interrumpió la enferma—. ¿Crees que estoy tan tonta que no soy capaz de contestar yo misma?

Andrés conocía demasiado bien ese tono de la voz cascada, como confundida por los labios sueltos de la boca donde la dentadura postiza no había sido colocada aún. Detrás de esa debilidad, la llama de la violencia se hallaba ígnea, lista.

—¿Cuántos años cumple, abuelita?

—No cambies el tema. Diecinueve. ¿Qué te importa?

—¿No serán veinte?

—No, diecinueve, justo dos más que la Estela. Y como yo sé que a ti te gustan las pollitas, porque eres un viejo verde, a mí también me vas a poder querer.

Las esperanzas de Andrés de una paz prolongada se derribaron cruelmente. Todo el asunto iba a comenzar de nuevo, tal como con las demás cuidadoras: las pendencias, las humillaciones, la suciedad que a todos salpicaba. En un minuto más, Andrés sabía, el fuego de esa violencia se iba a extender incontrolable, iba a quemar, iba a arrasar, iba a herir. Se consoló pensando que era una suerte que, por serle conocida desde hacía tantos años, y por su natural poco dado a extremos, sólo su compasión era vulnerable a las locuras de la anciana.

Estela sonreía incómoda. Misiá Elisita rió con una risa que podía ser una tos apagada o un cacareo. Como último intento de desviar hacia regiones agradables el pensamiento de la anciana, Andrés dijo:

—Ah, si tiene diecinueve, entonces le sentará el rosado. Mire. Abra este paquete. Estela, ponga las flores en el jarrón de allá, ¿quiere?

—Ábremelo tú. Estos nudos modernos con tantas zarandajas no los entiendo...

Cuando Andrés estiró el chal soberbio para exhibirlo, la locura que se había estado acumulando en los ojos de misiá Elisita cedió a la codicia. Dando dos palmadas de deleite que sonaron más a huesos que a carne, exclamó:

—¡Qué lindo! Déjame tocarlo, ah, sí, sí, es fino. Voy a estrenarlo esta tarde —y con un remedo de sonrisa en sus labios acuchillados por los años, agregó—: Claro que para mí debía haber sido negro, una mortajita bien abrigadora.

Y volvió a reír con su tos o cacareo equívoco. Prosiguió:

—Este chal tan lindo le va a sentar mucho más a la Estela. A ella sí que le quedaría bien de veras. Mira, niña, lo que te trajo tu novio, un chalcito rosado. Para que te veas rosadita cuando despiertes a su lado en la mañana... toma, pruébatelo...

—¡Abuelita! —amonestó Andrés con voz apagada.

Todo estaba perdido. Estela se dirigió al rincón más lejano del dormitorio. Andrés deseó hacer algo como para... como para protegerla, era tan inocente la pobre; pero no supo qué hacer ni decir.

—Estelaaa... —el aullido de la anciana naufragó en un borbotón de sus labios fláccidos.

—Abuelita, por Dios, ya va a comenzar otra vez...

—Voy a comenzar, voy a comenzar. ¿Voy a comenzar a qué? A decir la verdad y es eso a lo que ustedes le tienen miedo. Yo sé la verdad. Para algo tengo los años que tengo. Me crees tonta, ¿no? Loca seré, pero tonta no. A mí no me engaña nadie, nadie...

—Pero si nadie quiere engañarla, abuelita, por Dios. Acuérdese de que hoy es su cumpleaños y tiene que portarse bien...

—Mira, insolente, no me vengas a tratar como a una chiquilla chica, que tengo casi cien años y hace tiempo que debía estar bien agusanadita en mi tumba...

—¿Pero qué le pasa? ¿Qué tiene? Piense en otra cosa, mire. ¿Le gustan estas dalias que le traje de regalo?

—No hables leseras. Tú, china de porquería, ven para acá...

Estela no se movió. Levantando un poco las manos como quien pide ayuda, miraba a Andrés, que desvió la vista al ver esas palmas, acosado tanto por la presencia de esa carne fresca y rosa que se le antojó descaradamente indecente, como por la locura de su abuela que de manera tan inconveniente los había unido. ¿Dónde mirar, a quién acudir en busca de orden?

—¿Que no me oyes? —volvió a aullar misiá Elisita.

La muchacha se acercó a la cama de la enferma. Parecía que nada ni nadie iba a ser capaz de levantar esos párpados, ni de iluminar esos ojos fijos en el suelo.

—¡Pruébate tu chal! ¡Pruébate tu chal rosado, que a ti te lo trajo de regalo! Si me lo trajo a mí sería un insulto, porque es un chal de puta, sí, de puta, no para una señora que merece una corona de santa y de reina, como yo. ¡Pruébate tu chal te digo, china!

La muchacha, con los ojos llorosos y aterrados, no se movía, como en espera de algo de parte de Andrés. ¿Qué era, qué era lo que le pedía así, muda, con los ojos y las manos? Era como si se entregara entera a él, y él fuera incapaz de aceptar la responsabilidad de esa entrega. La mente de Andrés no le obedecía, su abuela bloqueaba por completo su pensamiento, impidiendo el paso de toda emoción menos esto, esto nuevo que parecía querer transformarse en terror. No hallaba manera de dominar la farsa macabra.

—¿Crees que me vas a engañar?

—No... no...

—No, no —remedó la nonagenaria—. Ni siquiera sabes de qué estoy hablando. ¿Crees que no me doy cuenta? ¿Ustedes creen que no me di cuenta de las miraditas que se echaron cuando entraste a la pieza? ¡Chiquilla templada! ¡Qué, templada no, enferma! ¿Crees que no sé que esta india de porquería es tu querida y que me la pusieron de cuidadora para que me robe todo lo que tengo? ¡India puta! ¡Las cosas mugrientas que le habrás enseñado a hacer en la cama! ¡A mi nieto, que tiene la sangre noble y pura, y que debía haber sido un príncipe! Cochina, viciosa...

Estela se había envuelto en el chal, apretándolo a su cuerpo. Andrés la vio rosada entera, como si la desnudez de la palma de sus manos se hubiera extendido impúdicamente por todo su cuerpo, como si misiá Elisita la hubiera desnudado con sus palabras enloquecidas para entregársela. La mente de Andrés pugnaba por echar mano de cualquier cosa para cubrir o alejar esa imagen, pero era inútil.

—Asco debía darte acostarte con esta india que te va a pegar qué sé yo qué enfermedad. ¡Chiquilla depravada! No me vengan a decir que trajeron del campo a esta diabla; de una casa de remolienda será. ¿Qué creen que soy yo? ¿Cabrona? ¿Diecisiete años dice que tiene? ¡Diecisiete! ¡Treinta por lo menos, infectada como para cincuenta!

Andrés se puso de pie, temblando. Era la primera vez que la locura de su abuela se le aproximaba tanto, tan peligrosamente. Era como si, hallando por primera vez una pequeña superficie de carne vulnerable en Andrés, un poco de piel despojada de su pulcro disfraz de caballero, la boca envenenada de la enferma hubiera clavado allí viejos dientes destructores. Dijo:

—Váyase, Estela, váyase a buscar el almuerzo de la señora.

Pero la muchacha, fascinada y casi sin oírlo, no se movió. La anciana seguía:

—¿Cómo, que vaya a buscarme el almuerzo? No lo he pedido, y no tengo hambre. Yo mando en mi casa, no tú, que no eres más que un pobre solterón que no sirve para nada. A ver, ¿qué has hecho en toda tu vida que valga la pena, ah? A ver, dime. Dime, pues, si eres tan valiente. ¿Qué? Nada. Te lo pasas con tus estupideces de libros y tus bastones, y no has hecho nada, no sirves para nada. Eres un pobre solterón inútil, nada más. Y eres malo, malo, porque le tienes miedo a todo, y sobre todo a ti mismo; malo, malo. Yo soy la única santa...

Los pies de Andrés parecían no poder encontrar el suelo para dar un paso hacia la cama de su abuela y mirarla con ojos repletos de pavor. Su vista parecía no hallar los objetos, y en su garganta las palabras huían de su voz. Todo estaba revuelto, dolores nuevos e inciertos, que eran viejos y demasiado conocidos, girando en una materia viscosa, agitada por las palabras de su abuela, y él, dentro de esa olla de incertidumbre, remeciéndose perdido.

—¡Cállese! ¡Está loca... loca inmunda, cállese! No sabe lo que dice. ¿No ve que la Estela la está oyendo?

Misiá Elisita se incorporó débilmente, apoyada en el codo, y fijando a Andrés con lo que quedaba de azul en sus ojos, le preguntó muy seria:

—¿Te atreves a insultarme a mí, a decirme loca inmunda, a mí que no soy más que una pobre enferma, por defender a la Estela?

Andrés no pudo sostener su mirada. De su garganta escaparon palabras que ni él mismo supo lo que eran, palabras quebradas, balbuceos de su conciencia rota que se hundía en miedos confusos. La anciana se dejó caer en su lecho, gimiendo:

—No me quieres, no me quieres... Nadie nunca me ha querido, nadie, porque siempre he sido una santa. Nadie me quiere... ni siquiera Ramón; nadie, y yo que he sido tan buena y lo he sacrificado todo, todo... y ahora me voy a morir...

La anciana seguía gimoteando. Sus fuerzas cesaron pronto, dejándola convertida en un ovillo insignificante y blanquecino entre las sábanas, en el que la vida apenas existía, apenas palpitaba. Sus manos, con su rosario entre los dedos, se habían plegado sobre su pecho como las de un muerto, pero sus labios se movían.

—Váyase... —murmuró Andrés a Estela.

En el momento en que la muchacha salía de la habitación, la enferma, repentinamente, se incorporó en el lecho y espetó:

—¡Puta!

Y cayó, convertida en un pingajo, en un pequeño montón de vida sin forma entre las sábanas, los ojos cerrados, las manos plegadas sobre el pecho, con un rosario entre sus dedos. Pero no dormía, ni había muerto. Sus labios continuaron moviéndose; sus dedos pasando cuentas. Misiá Elisita Grey de Ábalos rezaba.

6

Andrés permaneció junto a su abuela hasta que se quedó dormida. Cuando bajó a almorzar, se hallaba ofuscado todavía, hecho un nudo de dolor y confusión, sin ser capaz de destruir mediante el análisis la validez de la escena de la mañana. Le pesaban los brazos, las piernas, y una especie de letargo peligroso lo fue invadiendo a medida que engullía la cazuela de ave preparada con tanto esmero por Rosario, como asimismo los demás platos, cada cual una obra maestra del arte culinario casero.

Jamás se había sentido tan viejo como al subir la escalera, apoyado en la baranda, después de terminar el almuerzo. Se acostó a dormir la siesta, pidiendo a Lourdes que lo despertara a las cinco para estar listo cuando comenzara a llegar gente. Tendido en su cama de muchacho, con las cortinas de la ventana cerradas, en el segundo mismo en que iba a precipitarse en lo más hondo del sueño, tuvo un sobresalto y se incorporó repentinamente, turbado y culpable. ¡Después de almorzar había olvidado ir donde Rosario para alabarle sus guisos y comentarlos! ¡Debió haberlo hecho! La cocinera estaría aguardando; él mismo se hallaba habituado a esta pequeña cortesía rutinaria. Andrés volvió a tumbarse en el lecho. ¡No, hoy no podía martirizarse con pequeñeces! ¡Tenía que descansar... o hacer un esfuerzo para obligarse a meditar sobre cosas dolorosas e importantes! Pero cuando estaba despierto sus pensamientos huían al tratar de dar caza al sueño. Y cuando dormía, se abalanzaba sobre él la conciencia de que no debía estar durmiendo, sino que debía pensar, pensar, pensar inacabablemente. Ahora, en cambio, flotaban en su memoria retazos de recuerdos.

Estaba en el colegio.

En un colegio muy grande, con muchos niños también muy grandes, y muchísimos sacerdotes de sotana blanca y una amplia capa negra que volaba como alas inmensas cuando se paseaban por los corredores, vigilando, siempre vigilando. Los días eran lluviosos y grises. El cuadrado del cielo gris tendido como un toldo sobre el patio recogía las campanadas que daban las horas, los cuartos, las medias, o que llamaban a la oración. Eran lentas y roncas. Pero el timbre que llamaba a clases era agudo y apremiante, y su larga aguja se clavaba por los corredores, donde los niños se rascaban los sabañones o pataleaban en el suelo, porque hacía frío, y estaba lloviendo, y no se podía jugar a la barra. El padre Damián, con una gran cruz como una llaga roja sobre el pecho, hablaba muy fuerte todo el tiempo. No importaba en qué parte del patio uno estuviera, ni cuánto barullo levantaran los jugadores de barra, se oían por todas partes los acentos trágicos de su vozarrón español. Algunas veces Andrés se escondía en el excusado para huir de la voz aquélla, que contenía llanto por los pecados de todos los muchachos del colegio, y por todos los pecados que llegarían a cometer. El excusado era un lugar sucio y la voz del padre Damián no podía llegar allí, porque él era un santo. Andrés se escondía en una de las cabinas, echaba el pestillo, y la voz del sacerdote desaparecía. Pero quedaba el frío, el frío en las nalgas desnudas durante todo el largo recreo.

—Para Purísima del año que viene, quiero que hagas tu primera comunión; ya tienes nueve años, y es edad de más para que vayas sabiendo lo que es el pecado —le decía su abuela en la casa—. Quiero que el padre Damián te prepare. ¿Te gustaría?

Andrés contestaba que sí.

—Será el día más feliz de tu vida, y ofrecerás la sagrada comunión por el alma de tu madre.

Su madre murió al nacer él. En el bolsillo interior de su chaqueta la abuela le había puesto una fotografía, para que nunca la olvidara.

—Y por la de tu pobre padre...

Su pobre padre murió un año después, de pena, según decían...

—Y tienes que ser muy bueno, y nunca decir cosas feas, y menos pensar cosas feas, porque te irás al infierno.

Y señalaba un cromo colgado en la pared, en el que unos desdichados pecadores se retorcían entre llamaradas que parecían zanahorias, pero que eran terribles de todas maneras.

Andrés sabía que el excusado del colegio tenía alguna relación con el infierno. Como la voz del padre Damián no entraba allí, a él le gustaba el infierno, aunque era un horror pensarlo. Pero la capilla del colegio también era infierno, porque el padre Damián predicaba desde el púlpito con los brazos extendidos como una cruz. *Infierno* era la palabra que más decía, y cuando la decía, su boca era como un hoyo negro, la cara y los ojos colorados. Todos, aseguraba, se quemarían en el infierno porque eran pecadores. Andrés tiritaba en la capilla. De miedo o de frío. En la capilla era contra el reglamento usar abrigo y bufanda, porque se debía hacer sacrificios. Después aprendió a no oír lo que el padre Damián decía; a oír sólo el runruneo de su voz, y la palabra *infierno*, que se perfilaba amenazante. Luego aprendió a no verlo. Y a no ver la custodia que se alzaba allá en el altar, y a no oír las voces de los cientos de niños en oración, y a no sentir el olor a incienso y a flores y a niños cansados reunidos. El padre Damián era santo porque hacía grandes sacrificios.

Al salir de la bendición de la tarde, era hora de volver a casa. Hacía frío y viento, y la noche caía temprano sobre la calle embarrada. Como era chico, debía esperar en los bancos del zaguán helado hasta que lo vinieran a buscar. Ser chico era malo, pero ser grande era bueno, puesto que entonces menos cosas eran pecado. Muchas veces, Andrés esperaba solo en el zaguán hasta que afuera la calle oscureciera completamente y alguien llegara a buscarlo. En las paredes del zaguán colgaban los retratos de todos los rectores que el colegio había tenido. Uno de estos caballeros, gordo y con chasquillas, se parecía mucho a Lourdes. Andrés lo miraba y él sonreía a Andrés. Le hubiera gustado que ese señor, y no el padre Damián, lo preparara para su primera comunión. Pero en el cuadro del lado un caballero lo observaba con acusadores ojos colorados. Entonces le daba miedo, y apretaba sus cuadernos contra el pecho, y los cuadernos apretaban la billetera que contenía el retrato de su madre, de su pobre madre, que se sacrificó para darle la vida a él. Debía venerarla y temerla, como se debe venerar a toda la gente buena que hace sacrificios, como su madre, su abuela, Lourdes, el padre Damián. Quizás su abuelo Ramón no fuera demasiado bueno, pero como Andrés era chico, no podía asegurarlo. Y allí, en el zaguán enorme, helado y sombrío, esperando que lo vinieran a buscar, también le parecía oír la voz del padre Damián. Sólo en el excusado del colegio no entraba esa voz, porque era un lugar sucio y era el infierno.

—...mi hermano fue a putas... —susurró la voz de uno de los grandes, hablando en el excusado. Andrés estaba en la cabina, encerrado con pestillo. Se iba a subir los pantalones porque faltaba poco para entrar a clases—. Y a mí me va a llevar cuando cumpla quince...

—...la empleada de la casa es una puta, porque se acuesta con mi hermano... —agregó otra voz.

Andrés abrió la puerta de la cabina. Los muchachos que cuchicheaban no lo dejaron salir, enojados como el padre Damián.

—Estabas espiando... —dijo el más colorado, tan gordo que ya estallaba dentro de su traje.

—No... —dijo Andrés.

—¿Nos vas a acusar? —dijo el otro muchacho, que tenía dientes largos y amarillos.

—¿De qué? —preguntó Andrés.

—¡Tú sabes, no te vengas a hacer el inocente! —dijo el colorado, y tomándolo de las solapas le gritó—: ¡Confiesa!

Así se figuraba Andrés que sería la confesión. El padre Damián lo tomaría de las solapas, aproximaría bruscamente su rostro furibundo y zamarreándolo le gritaría: «¡Confiesa!» Y tendría olor a tabaco en sus dientes ennegrecidos, y los músculos del cuello tensos como los del desollado en que les enseñaban las partes del cuerpo humano. Todas las partes, menos una.

—Déjalo, Velarde —dijo cl de los dientes amarillos—. ¿No ves que es inocente?

—Cuidadito —exclamó Velarde, rojo y rabioso a más no poder, dándole un último tirón de las solapas—. Cuidadito...

Y así sería la absolución.

Una noche, antes de que Andrés se quedara dormido, Lourdes se recostó a los pies de su cama y le revisó el bolsón para ver si tenía todos sus cuadernos. Él le preguntó si era una puta. Lourdes se enfureció. Dijo que lo único que la gente decente aprendía en los colegios era a ser unos cochinos. Y se lo fue a decir a misiá Elisita.

Junto al dormitorio de la dama se hallaba la salita donde cosía o rezaba cuando estaba sola.

Lourdes lo llevó allí una tarde. Había infinidad de chucherías, santos de yeso rodeados de flores, devocionarios, un costurero de palo santo, un sillón pequeño y rosado como el cuerpo de una persona desnuda. Lourdes, que ya engordaba, debía parecerse a ese rechoncho sillón capitoné. Misiá Elisita se hallaba sentada sobre «Lourdes»; como Andrés, para sí, llegó a llamar a ese sillón. Aunque no era muy tarde, la salita estaba bastante oscura. Sin decir una palabra, la señora indicó a su nieto que se acercara. Una gran tristeza pesaba sobre su bello rostro agudo.

Hizo muchas preguntas al niño; le explicó muchas cosas, de lo que Andrés sólo comprendió que aquello que había oído en el excusado del colegio no debía comprenderlo por ningún motivo, jamás; que nunca debía siquiera recordarlo. Que era algo tan, tan malo, que sólo las personas muy grandes, como su abuelo Ramón, por ejemplo, tenían derecho a comprender. Aun así, dejaban, en general, de ser puros, y eso era lo más terrible de todo. Eran cosas que ella misma no comprendía absolutamente nada, y tenía esperanza de que él nunca llegaría a comprenderlas. Él debía ser puro, porque era su nieto. Velarde, Velarde, Velarde. ¿De cuáles Velarde sería? ¡Ah, claro, era el menor de los hijos de la Luchita! ¡Pobre Luchita, que era tan buena!

—Estos hombres... Si desde chicos comienzan a ser todos unos cochinos —murmuró la señora en el momento en que el niño salía de la pieza. Y Lourdes movió la cabeza apesadumbrada.

Dos días después, Velarde y el de los dientes amarillos llamaron a Andrés al excusado en el momento en que los demás iban entrando a clases, y le pegaron, una y otra vez, muy fuerte. Después le dijeron cosas horribles, muchas cosas, y le mostraron postales pornográficas y le explicaron lo que era. Después lo volvieron a abofetear, más fuerte todavía, por hipócrita y acusete.

De ahí en adelante, inmediatamente que llegaba a la casa, se encerraba en su dormitorio. No se atrevía a mirar a su abuela ni a las empleadas. Por la noche soñaba que el sillón rosado de la salita se le metía en la cama, para hacerle cosas, y ambos transpiraban y transpiraban y transpiraban. Al día siguiente era necesario castigar a Andrés para que fuera al colegio. Por fin partía, generalmente llorando. Y pasaba las horas escuchando la voz del padre Damián en todas partes, todo el tiempo, llena de enojo, llena de desagrado y de horror. Y en el recreo trataba de esconderse, no sólo de la voz aquélla, sino también de Velarde y sus amigos, que lo acosaban para molestarlo y le decían cosas de sus padres muertos, y lo llevaban al excusado para enseñarle y decirle más y más cosas terribles, y también para pegarle.

—Este niño está hecho una calamidad... —opinaba el abuelo Ramón, aburrido, hojeando su periódico bajo la lámpara del salón. Como esa noche no iría al Club por su molestia a los riñones, calzaba unas zapatillas de felpa—. ¿Qué le pasará? Antes no era así...

Su mujer tejía cerca de él. Como no era

posible decir ciertas cosas, estaba muda. En realidad, ella no sabía esas cosas imposibles de decir.

Cuando el niño bajó a dar las buenas noches, el abuelo le preguntó:

—¿Qué te pasa?

—Nada —murmuró Andrés, mirando a su abuela.

Estaba seguro de que ella no contaría nada, porque el abuelo era cochino como todos los hombres, y siempre parecía visita en su casa, muy de etiqueta. El abuelo le tenía tanto miedo a su mujer, porque era pura, que por eso se iba al Club todas las noches, y la abuela a veces lloraba encerrada en su dormitorio, y Andrés la oía desde su cuarto, justamente encima. Él hubiera querido ir al Club con el abuelo Ramón, para no quedarse en esa casa tan pura. Pero su abuela le había insinuado que sería mejor que hablara lo menos posible con el caballero...; en realidad, no tenían nada que decirse.

Cuando Andrés tuvo que confesarse para preparar su primera comunión, se lo calló todo, absolutamente todo: lo de Velarde y su amigo, las postales, sus sueños, el sillón que se llamaba Lourdes y todo lo demás. Comulgó en pecado mortal. No fue, como le dijeron que debía ser, *el día más feliz de su vida*. Porque estaba condenado y su carne ardería en los infiernos por los siglos de los siglos. Sólo su abuela y Lourdes se irían al cielo.

—¿Cuántash vezesh, hijjo? —le preguntaría el padre Damián, si contaba.

Y eso jamás podría confesarlo.

—¿Cuántash vezesh, hijjo?

Andrés despertó, incorporándose en la cama. Eran las tres y media. Muy temprano. Buscó a tientas un vaso de agua en el velador, sin encontrarlo. Volvió a dormirse.

—Porque sí... —respondía tercamente a la amiga de su abuela que le preguntaba con qué fin se proponía estudiar leyes.

Era una señora muy letrada, secretaria de un club donde las damas discutían problemas y escuchaban conferencias. Seca como una astilla, su nariz era tan ganchuda que Andrés temió que al hablar se mascara la punta. Estaba molesto, porque la dama le había acariciado la mejilla, asegurándole que era el vivo retrato de su pobre padre. ¡El colmo, acariciarle la mejilla a él, que se hallaba en vísperas de dar su bachillerato! Culpa de su abuela; nada le gustaba tanto como lucirlo, porque era el primero de su curso y leía muchos libros. Andrés no dudó de que su abuela había invitado a esta señora con el propósito exclusivo de lucirlo como quien luce a un animal en la feria, a pesar de que creía a todas las socias de ese club emancipadas y librepensadoras. Andrés continuó:

—Mi papá era abogado, y como mi abuelito Ramón también es abogado, puedo trabajar en su oficina y ganar buen sueldo...

—¿Piensas ocuparte de política, como él?

Andrés lo negó despectivamente con un movimiento de la cabeza. Su abuela lo miraba con el ceño fruncido, desencantada con la respuesta tan pedestre de su nieto. Pero la visitante, que a pesar de sus letras no percibió la altanería de la respuesta del muchacho, hizo bambolearse la pluma verde de su sombrero, asegurándole que se esperaban grandes cosas de él por ser nieto de quien era.

Andrés no recordaba cómo ni cuándo decidió estudiar leyes. Fue más bien que en su familia jamás se puso en duda que lo haría. Nunca pensó estudiar otra cosa.

—...pero no te dejes influir por mí —decía el abuelo, con el que sostenía largas y frecuentes charlas de este tipo—. Estudia lo que quieras. Ingeniería, por ejemplo. Ingeniería de minas. Chile es esencialmente un país minero y veo un gran futuro en ese campo, porque hay tanta riqueza que se está descubriendo recién y que debe ser explotada. El futuro de Chile está ahí...

Se paseaba de un extremo a otro de la biblioteca, perorando. Andrés percibió con toda claridad que si él llegara a estudiar otra cosa que leyes, don Ramón jamás lograría sobreponerse al golpe.

—Pero leyes es una profesión tan... tan agradable, tan de caballeros —opinó misiá Elisita.

—Es, sin duda, una gran profesión, quizás la más noble de todas —continuó don Ramón, ceceando un poco porque tenía las bigoteras puestas—. O puedes estudiar medicina, como Carlitos Gros...

Andrés sabía que estas peroratas de su abuelo eran más que nada para convencerse a sí mismo de que era un hombre moderno, de espíritu amplio y liberal. Y Andrés estudió leyes.

Sin embargo, jamás sintió entusiasmo de ninguna especie por la profesión forense, y a medida que iban pasando los años, el primero, el segundo, el tercero, hablaba de su carrera con menos y menos convencimiento. La vida de la universidad era divertida, pero desde lejos, porque no tomó parte en las actividades estudiantiles. Los cursos le interesaban como disciplina, y ciertas asignaturas, sobre todo aquellas relacionadas con filosofía o con historia, llegaron a interesarle, pero sólo tibiamente. Nunca más que eso. Tenía veintiún años y el control de la fortuna legada por sus padres. No, no tenía el menor interés por ejercer su profesión, no obstante los ruegos de misiá Elisita, y la cruel desilusión del abuelo Ramón. Se dedicaría, simplemente, a sus gustos, a pasear y a leer; en una palabra, a vivir.

—Ya hay un Ábalos brillante, mi abuelo. ¿Para qué otro? Yo no quiero ser lo que pretenden que mi padre pudo haber sido si no hubiera muerto, no quiero, y odio a la gente que cuando habla de él, dice «el pobre»... —confiaba Andrés a Carlos Gros, su amigo de siempre, que estudiaba medicina con una dedicación que el leguleyo encontraba pueril.

—Sí, pero, ¿y tú?

—¿Yo? La vida es demasiado corta. No quiero pasármela detrás de un escritorio, firmando papeles y defendiendo pleitos que no me importan..., no. Yo quiero vivirla...

¿Qué era vivirla?

El natural desapasionado de Andrés no lo impulsaba a excesos ni a aventuras, y su timidez hacía incómodas sus relaciones con los demás seres. En compensación por esta falta de contactos directos, leyó muchos libros y pensó muchas cosas. Con un convencimiento racional que disfrazaba los terrores de su niñez, pronto descartó para siempre la fe religiosa, esa fe con que su abuela tanto lo había martirizado. Ahora era posible vivir de veras, libre de lastres, y aprender a plasmar un orden que fuera suyo, no impuesto ni heredado. Leyó mucho. Pero de alguna manera, las respuestas ofrecidas por teorías filosóficas y científicas siempre quedaban cortas; eran sólo proyectos, planos, no construcciones que dieran fama a la existencia, o solucionaran en definitiva las experiencias de vivir y morir. Por algo las filosofías no habían hecho otra cosa que contradecirse unas a otras durante siglos y siglos; en el fondo, todo era una gran resta. Y a medida que iba leyendo, el terreno bajo sus pies se hizo más y más inseguro, y más peligroso.

Solía soñar que iba a toda velocidad por un larguísimo puente suspendido sobre un vacío. Pero el puente, de pronto, terminaba antes de llegar a la otra orilla, dejando un trecho en que no había nada, nada más que abismo. En su veloz ansiedad por alcanzar la otra orilla, Andrés caía dando gritos de terror al precipitarse en ese vacío. Despertaba transpirando y sobresaltado. Ningún libro, ni la filosofía, ni la ciencia —que tantas discusiones suscitaba con Carlos Gros—, eran capaces de darle medios para llegar, material y conscientemente, a la otra orilla. Todo desembocaba en cero, en otra pregunta más, en la interrogante de la muerte.

Comenzó a leer a poetas y novelistas. Eran lo mismo, sólo maneras disfrazadas de enfocar los mismos problemas insolubles. Sin embargo, al leer poemas y novelas descubrió algo curioso: que era *entretenido* leerlos. Concentrando su atención en la forma y en el incidente, escamoteaba las preguntas inquietantes, los vacíos peligrosos y fascinadores abiertos por los grandes insatisfechos, y entonces esas obras le brindaban una especie de olvido; eran *entretenidas*. Pero al poco tiempo el producto de ese escamoteo le resultó aguado, todos los poemas y las novelas le parecieron idénticos. Dejó de entretenerse. Y en la noche Andrés caía de nuevo por el abismo al final del puente, dando alaridos.

Se hallaba desazonado, inquieto, ansiando desesperadamente llegar a algún orden. Por entonces comenzó a leer historia, y llegó a *entretenerse de veras* leyendo historia de Francia, sobre todo, cartas y memorias y semblanzas. Los detalles curiosos o pintorescos —cómo pasaba el día Enrique IV, los amores de Walpole con Mme. du Deffand, las intrigas de Port Royal, de los Guisa y los Orleáns, del duque de Enghien, de Cavour, todos los pormenores de la *petite histoire*— formaban un fantástico mundo ficticio, repleto de conflictos también ficticios que existían sólo unos en relación a los otros, sellado para siempre bajo el fanal del tiempo. Quien se atreviera a relacionar este ajedrez de maravilloso colorido con un problema vital o con un conflicto en el mundo contemporáneo era un pedante, un pretencioso. ¡Sí, *se entretenía!* Pero continuaba soñando que el puente no llegaba a la otra orilla, y se precipitaba aullando en el fondo de su sueño, hasta perderse en el abismo.

A los veinticuatro años, terminados sus estudios de leyes, de pronto dejó de soñar e inquietarse. Por ese tiempo Andrés frecuentaba mucho a Carlos Gros, y a menudo salían a caminar juntos. Aunque Carlos era parlanchín y gregario, le gustaba la amistad con Andrés, porque la competencia con él era fácil y dramática, ya que la medicina ofrecía campos tan inmediatos a su asombro, mundos tan distintos al mundo libresco del leguleyo. Éste, por su parte, tímido y al mismo tiempo curioso por ciertos aspectos de la experiencia a los que la vitalidad de Carlos se dejaba arrastrar gustosa, jamás se sintió necesitado de otra intimidad. Sus compañeros de estudio fueron sólo conocidos, nunca amigos. Con Carlos, en cambio, en sus frecuentes paseos, discutían problemas tanto generales como personales, con descarno entusiasmado. Andrés era alto y seco de figura. Su frente había llegado a ser pensativa porque sus cabellos comenzaban a ralear. Pero su rostro era suave como el de un niño, siempre ligeramente sonriente, como si mediante esta sonrisa sostenida quisiera conjurar todos sus miedos y sus males. Ya ocultaba su mirada detrás de gafas. Carlos, en cambio, era pequeño y cuadrado, con buenas facciones robustas en las cuales la sonrisa era una conflagración repentina que lo iluminaba entero, pero que desaparecía también súbitamente. Fueron amigos desde pequeños porque sus familias eran amigas.

Andrés a menudo prefería salir sin Carlos, y caminar largo rato solo por las calles. Así sucedió ese día tibio en que el atardecer se insinuó temprano, dejando el fantasma de la luz adherido al cielo casi una hora después de que todo estuvo oscuro. Andrés caminaba por calles anodinas, en las que casas bajas de monótonas puertas y ventanas a la acera no excluían la sorpresa de una construcción de dos pisos. La gente no era pobre ni rica, fea ni hermosa, feliz ni desgraciada; gente, nada más. Los faroles no se encendían aún. Era tan escaso el tránsito que un grupo de niños jugaba a la pelota en la calzada. En una puerta, una anciana sentada en un piso de totora soplaba sobre un brasero no encendido del todo, que despedía olores venenosos. Un hombre de regreso de su trabajo pasó tintineando unas llaves con las que abrió la mampara de su casa. Mujeres compraban velas y vino y pan en el despacho de la esquina. Era una gran paz, que ocultaba en su seno el terror de la nada.

—Cuatrojos... —le dijo a Andrés una niñita que jugaba al luche en la acera, y siguió jugando.

Un segundo después de decirle «cuatrojos», la muchacha se había olvidado de él para siempre, jamás en toda su vida iba a recordarlo. Ese segundo en que su atención lo señaló como individuo en medio de la gente no dejaría la menor huella en esa niña, que más tarde sería madre, y después abuela. Ahora seguía jugando al luche. Andrés era un transeúnte, nada más, solo entre esas gentes pero igual a ellas. Miró la calle. Los faroles se encendieron. Un hombre fumaba apoyado en el marco de una puerta y una mujer regaba begonias en una ventana. Las casas eran bajas, sin un estilo arquitectónico que identificara

97

nación o época, albergando vidas iguales a las de cualquier calle, en cualquier época del mundo.

Entonces, el terror del tiempo y del espacio rozó a Andrés, remeciéndolo. Le flaquearon las piernas y su frente transpiró con el miedo de los seres que necesitan saber y que no comprenden el porqué de las cosas. Allí mismo, en esa dulce esquina anochecida, dolorosamente despierto, iba a caer en el abismo al final del puente, en el espanto de la situación en que todo es igual a nada. Pero un segundo antes de abandonarse y dar el salto que lo iba a suspender o precipitar, surgió en Andrés un destello de instinto de conservación que le impidió caer en la locura de exigirse instantáneamente y allí mismo una respuesta fundamental. Y ese destello tuvo la forma de una frase irónica:

—Todo esto es igual como si fuera en... en... —trató de pensar en el sitio más apartado y exótico de la tierra—, igual como si fuera en Omsk, por ejemplo, y toda esa gente fuera omskiana...

Rió con el nombre atrabiliario.

¡Y claro, esta calle y esta gente eran exactamente iguales que si fueran Omsk! Con la risa lo invadió un gran descanso, como si cada uno de sus músculos y sus células, cada pieza de su organismo, fuera nuevo y funcionara a la perfección. Vio a la gente y a las cosas dándose la mano a través de los siglos y los kilómetros; ya no existían diferencias que los hicieran objeto de pánico, porque todos los omskianos, y él entre ellos, vivían un destino común. Eran todos ciegos... pero ciegos juntos e iguales en medio del desconcierto, un desconcierto que podía transformarse en orden si uno se conformaba con ser incapaz por naturaleza de llegar a la verdad, y no se martirizaba con responsabilidades y preguntas carentes de respuesta. Los compromisos no existían. La materia, atrapada en el fenómeno de la vida, aguardaba agotarse. Nada más. ¿Valía la pena, por lo tanto, desear saber, inquietarse por preguntar y exigir, por crear y procrear, acudir a filósofos, sabios, poetas y novelistas en busca de soluciones? ¿Cómo era posible ser tan pueril como Carlos Gros y creer que la ciencia lo solucionaría todo, que mediante ella es posible llegar a concluir el puente, a cruzar ese espacio en que todos caen? ¿No veía que la ciencia, como las filosofías y las religiones, parte de una fe, desde el misterio de la calle anochecida, de estas vidas, de Omsk? Lo único que no era misterio era saberse existiendo... después venía la muerte, y entonces ya nada tenía importancia porque todo caía más allá de la experiencia. Él vivía, Andrés Ábalos, nacido donde y cuando nació, y entre la gente en medio de la cual nació. Eso era Omsk. Tal como la señora que regaba las flores en la ventana había nacido donde y cuando y en el medio en que nació. Rebelarse, tratar de dar un significado a la vida, hacer algo, tener cualquier fe con la cual intentar traspasar el límite de lo actual, era estúpido, pretencioso, pueril, y más que nada lo eran los compromisos y las responsabilidades. Lo único razonable era la aceptación muda e inactiva. ¿Le gustaba leer historia de Francia? Leería historia de Francia. ¿Le gustaba pasear en las tardes por las calles tranquilas? Pasearía.

Andrés sintió por primera vez que sus pobres pies pisaban terreno firme, que lograba saltar desde el extremo del puente hasta la orilla lejana. Para otros, sentir lo que él acababa de sentir quizá resultara un pozo negro de angustia. Para él, sin embargo, era la justificación de no hacer nada, de no aventurarse a nada, la liberación completa de todo compromiso con la vida. La niña jugaba al luche. Casa con dos ventanas y una puerta. Un hombre fumando en una esquina mientras una comadre reía. Él, Andrés Ábalos, no era más que uno de ellos, un caminante solitario en un punto cualquiera, en un momento cualquiera del universo.

Andrés encendió un cigarrillo. Caminó unas cuadras más por el mundo maravillosamente fácil y despejado. Después tomó un tranvía y se fue a su casa.

Relató su experiencia a Carlos. El joven médico se indignó, diciendo que eso de Omsk no era más que una excusa para su cobardía y para su temor de responsabilizarse. Se debía, sobre todo, tener una posición ante la vida, hacer algo, dejar un testimonio que significara un riesgo, amar alguna actividad, o a alguna persona por último. Andrés, sin agitarse ni poco ni mucho, resolvió que todo lo que Carlos decía estaba muy bien para él mismo pero que no tenía ninguna importancia, puesto que esa fe de Carlos también era Omsk, la calle vulgar anocheciéndose, el paseante solitario que trata de encender un cigarrillo en la esquina donde tropiezan todos los vientos del mundo.

Andrés no volvió a soñar, olvidando el abismo al final del puente.

Y después de un tiempo olvidó también la idea de Omsk, debido a que su vida se estableció tan cómodamente dentro de la idea. Sin embargo, la palabra Omsk, despojada de su significado más hondo, persistió en el vocabulario de sus conversaciones con Carlos, como una clave para aludir a ciertas cosas de la ciudad que ambos amigos encontraban dotadas de una peculiar tristeza, de una peculiar hermosura. Un organillero, un domingo, con un ruedo de niños escépticos y aburridos escuchándolo, era Omsk. Lo era un hombre haciendo el amor a una sirvienta bajo los árboles, en el desamparo de una noche fría en la calle. Lo eran... en fin, mil cosas más...

Tiempo después, un domingo asoleado de principios de invierno, Andrés y Carlos caminaban junto al río, frente al Parque Forestal. Sobre ellos la red seca de las ramas entretejidas pescaba en la luz de un cielo tan limpio que parecía no existir. Sentado junto a un árbol, en el cauce vacío de una acequia, un mendigo anciano remendaba una camisa increíblemente parchada. Su barba gris era sucia, y su torso desnudo, magro y oscuro como el cuero. En torno a él unos cuantos tarros y paquetes contenían su comida y, sin duda, todas sus pertenencias.

—Mira... —dijo Carlos al pasar junto a él—. Omsk...

—Mm... —respondió Andrés.

Pero no entendió con claridad lo que su amigo quiso decirle.

7

Las palabras insultantes de la enferma no impresionaron mayormente a Estela. Se hallaba tan habituada a escuchar esas sílabas —eran muletillas constantes en boca de su padre y de su hermano—, que habían llegado a perder todo sentido. En cuanto a las acusaciones respecto a ella y don Andrés, bueno, eran tan imposibles que la hicieron percibir por primera vez la locura de misiá Elisita... Pobre señora... parecía no darse cuenta de que don Andrés era un caballero viejo...

En cambio, lo que la llevó hasta las lágrimas fue la violencia con que la anciana la llamó ladrona. En el campo, cuando su hermano mayor había robado una horqueta vieja en la casa de los patrones, su padre casi lo asesinó a golpes de rebenque, dejándolo después gemir solo toda una noche helada, botado como un perro en el rastrojo adyacente a la casa. Ella veló llena de pavor escuchando esos gemidos. Y ese mismo pavor se había apoderado de Estela cuando misiá Elisita la llamó ladrona. Porque la verdad era que desde que Mario la invitó al cine, ni de día ni de noche había dejado de pensar en cómo robar la llave del candado de la puerta de calle, una gran llave herrumbrosa que su tía Lourdes siempre llevaba en el bolsillo de su delantal. Pero si ser llamada ladrona la envalentonó para planear su pequeño hurto, también le daba un coraje ciego para afrontar los castigos que podían caer sobre ella por tamaña transgresión. Al cine tenía que ir, aunque no fuera más que esta vez. Hasta ahora la diferencia entre su vida en Santiago y su vida en el campo era escasa, puesto que allá como acá todo se reducía a trabajar y a obedecer. Eso estaba bien, así tenía que ser. Pero su deseo de ir al cine —esa oscuridad inexplicable, Mario, las actrices rubias— había abierto una brecha en su sumisión. Sí, tenía que ir, aunque no fuera más que esta vez.

Llevando y trayendo bandejas con dulces, copas vacías y pequeñas servilletas bordadas entre las pocas personas que esa tarde acudieron al cumpleaños de misiá Elisita, Estela no dejaba de pensar ni un instante en esa llave. Ofreció refrescos a dos damas que cuchicheaban en un rincón. Eran primas entre sí, nietas de una hermana de don Ramón. Una dijo a la otra:

—¿Quieres tú, María? No, yo no, gracias...

María siguió hablando:

—...tres, tres cajones de membrillos para dulce, y te diré que preciosos, Inés, preciosos...

—¿Cuánto te pidieron? —preguntó Inés bostezando.

Cuando su interlocutora dio el precio, Inés reflexionó que la pobre María, pese a su reciente viaje a Europa, no dejaba de ser una campesina para quien el dulce de membrillo y su fabricación tenían rango de primera calidad entre los problemas motores del mundo. ¿Cómo era posible que con todos sus millones hubiera elegido en París ese sombrero, justamente, y ese vestidito insignificante? Claro que si ella llegara a tener la figura de su prima a los cuarenta y ochos años tampoco sentiría grandes deseos de vestirse; cuando mucho, de cubrirse. No era raro entonces que Ricardo, bueno..., miró al marido de su prima, joven y estrepitosamente bien vestido, charlando con la mujer de Carlos Gros junto al lecho de la festejada.

—Ah, pero son harto más caros que los que compró la Adriana —dijo Inés por decir algo, y al mover su brazo con gesto nervioso, entrechocaron los múltiples dijes de sus pulseras doradas.

—Vi los de la Adriana, los míos son mucho mejores. Son preciosos, preciosos de veras —toda la pasión de que era capaz su rostro envejecido y sin aliño se había concentrado con el fin de convencer a Inés de la superioridad absoluta de sus membrillos—. Pero tú sabes cómo es la Adriana, pues Inés; por ahorrar es capaz de cualquier cosa, y eso que dicen que Carlos está que ya no puede más de rico. Se compró un fundo enorme, en el sur, cerca de Parral, no sé bien dónde...

—¿Otro?

En el rostro descarnado de Inés, al que ni los afeites color ladrillo lograban restar años de solteronía, sus cejas brillosas se alzaron con un gesto de envidia admirativa. Como era pobre, para satisfacer su afición al lujo había instalado una tienda pequeñísima pero muy *chic* con otra amiga, también soltera.

—No, otro no, cómo se te ocurre, niña, por Dios. No vayas a creer que la plata de Carlos es para tanto. Lo compró para que lo trabaje el segundo de sus chiquillos, Panchito, que no hay forma de que asiente cabeza. Claro que dicen que Carlos está muy bien de plata. Tú sabes, cobra una fortuna por cada operación.

—Y con lo que le sacará al tontón de Andrés... —murmuró Inés.

En otros tiempos los parientes se habían confabulado para casarla con Andrés, su primo en segundo grado, rico, caballero a toda prueba y soltero. Pero él logró evadirse a tiempo, dejando magulladuras casi imperceptibles.

—¿A Andrés? —preguntó María.

—Claro. Al fin y al cabo, hace como treinta años que atiende a mi tía Elisa...

—Ah, no sé. Supongo que Carlos no será tan roto como para pasarle cuentas a Andrés. Aficionado es a la plata, pero eso sería el colmo de los colmos, pues Inés. Claro que atiende estupendo a mi tía. Tú ves cómo está de regio. ¿Cómo la encuentras?

—Regio, cada día más simpática y más pluma. Yo no sé qué les habrá dado por andar diciendo que está loca, deben ser puras mentiras. Lo que es yo, te diré que la encuentro mucho más inteligente que antes. ¿Te acuerdas cómo era la pobre cuando mi tío Ramón estaba vivo? Era una monada, claro, y de lo más buena, y era lo más regio que hay de facha. ¿Pero no te acuerdas que era, cómo te dijera yo, bueno, no sé, un poco pava? Fome, como gringa que es, como si le tuviera miedo a alguna cosa. Y se lo llevaba metida aquí, cosiendo y rezando con las sirvientas. Es harto raro que con los años, ahora último sobre todo, se haya puesto tan simpática y tan habilosa de repente. Debe ser una felicidad para Andrés tener una abuela tan entretenida. ¡Y que le va a dejar tanta plata, pues niña!

—¿Quieres decirme, mujer, para qué le sirve la plata a Andrés? Te diré que yo lo encuentro un buen egoísta. ¿Por qué no se viene a vivir aquí con mi tía, en esta casa tan regia, en vez de dejar que esos dos monstruos de empleadas aprovechen todo? ¿Te acuerdas del servicio de diario de mi tía, antes?

—¿El Sèvres con guarda azul?

—No, no, ése no era el de diario. Te diré que pienso quedarme con el Sèvres si hacen remate cuando se muera mi tía. No, el que te digo yo es el Limoges con guarda amarilla y con unos pajaritos chiquititos. ¿Te acuerdas? Un poco pasado de moda, no te lo puedo negar, pero tú sabes, pues niña, que esas cosas cuestan un dineral hoy día. Fíjate que el año pasado, para el santo de mi tía, no me acuerdo por qué, se me ocurrió asomarme a la cocina antes de irme. ¿Y creerás que la Rosario estaba dándoles leche como a cuatro gatos, a cada uno en un Limoges? ¿Qué te parece? Si Andrés se viniera a vivir aquí para cuidar a mi tía, te aseguro que no pasarían esas cosas. Dime que no lo encuentras un buen egoísta...

—Claro que es egoísta —exclamó Inés—. Te diré que yo se lo he dicho a él en su cara una pila de veces, tú sabes que a Andrés yo no le tengo miedo, y como no soy de las que tienen pelos en la lengua... ¿Qué sacará con vivir solo? Si hiciera una vida divertida, bueno, pase, digo yo. Pero no me vengas a decir, pues, María, que su vida es incompatible con la vida que se hace en esta casa. Y lo pasaría mucho mejor, porque Andrés se aburre, ¡uf, no tienes idea de cómo se aburre el pobre! ¡Cómo no, también! Lo único que hace es irse del Club a su departamento y de su departamento al Club. Y a comer de vez en cuando donde Carlos Gros y la Adriana...

—Se me ocurre que se está poniendo medio chiflado...

—No, si es de lo más bueno el pobre. Aunque a veces... no sé. Ponte tú que tenga... cómo te dijera yo... algún vicio oculto, algo... algo raro. ¡No, niña, eso no, cómo se te ocurre! ¡Ja, ja, ja! No, eso no se lo han corrido nunca. ¿Y con quién te dijeron? ¡Qué horror, te imaginas, con lo gordo y asqueroso que está el pobre Carlos! Ja, ja, ja..., eso no. Pero algo misterioso, y peor. No, no sé qué. Tú ves, pues oye, una persona tan demasiado tranquila, tan bueno y todo, tan caballero, bueno, no me vengas a decir que no lo encuentras un poquito siniestro, como esos caballeros ingleses que toman té en las películas. Se me ocurre que debe ser un hipócrita. Bueno, para qué hablo...

En realidad, como predijeron Lourdes y Rosario, muy poca gente asistió a celebrar los noventa y cuatro años de misiá Elisa Grey de Ábalos. Sólo el doctor Gros y su señora; Inés, María con su elegante esposo, y don Emiliano Sáenz, que llegó bastante tarde. Dio un pellizco a la festejada, asegurándole que jamás la había visto tan buenamoza. Luego, con la voz entrecortada por el asma, pidió a Lourdes que le trajera un «trago para hombre», y se fue a sentar junto a Andrés y Carlos. Se hallaban en la salita adyacente al dormitorio, la que fue costurero y que ahora ocupaba Estela, durmiendo en una cama desarmable que estaba plegada en un rincón. Don Emiliano, rengueando, carraspeando, encorvado y alegre y seco, agradeció su bebida a Lourdes. El doctor Gros preguntó a la criada:

—¿Cómo te has sentido, Lourdes?

—Malaza, don Carlitos. Me he movido tanto que estoy apaleada.

—Acuéstate temprano, mujer, mira que tienes mala cara...

Le tomó el pulso; la fascinación iluminó los ojos de la sirvienta.

—¿Y quién va a recoger todo esto, entonces? La Rosario se acostó, usted sabe lo egoísta que es, se acuesta a la hora de las gallinas aunque el mundo se venga abajo. ¿Y quién va a cerrar la reja?

—Para eso está tu sobrina pues, mujer —intervino Andrés—, para aliviarte el trabajo. Ya, ligerito, a acostarse se ha dicho...

—Sírvase de estos pastelitos, don Carlos, pruebe no más, que usted es joven y no le van a hacer mal.

—Es que estoy tan gordo. La Adriana me tiene a régimen de sacarina. Bueno, ya está, me tentaste...

Engulló varios pasteles. Don Emiliano sorbió lo que quedaba en su vaso, dejándolo en la bandeja que Lourdes se llevó. Después pareció dormirse en su sillón.

Andrés divisó a Lourdes entregando la llave a Estela. Seguía con un terrible dolor de cabeza. Era como si las acusaciones de su abuela hubieran permanecido en su cerebro formando un taco que bloqueara la posibilidad de meditar, incluso la posibilidad de sentir otra cosa que no fuera ese dolor que le apretaba el cráneo. Como para diluir ese taco doloroso y deshacerse de él mediante la conversación, había estado relatando a Carlos parte de los sucesos de la mañana.

—¡Y vieras las demás cosas que le dijo mi abuelita!

—¿Te acuerdas lo pulcra que era misiá Elisa? Acuérdate cuando fuimos a veranear todos juntos al fundo del padre de la María cuando éramos chicos, y tu abuela llevó de regalo unos delantales blancos, iguales para los niños y las niñas, para que no hicieran preguntas molestas.

Andrés logró reír.

—Y ahora le estuvo diciendo «puta»...

—¡Pobre señora!

—Pobre. Y pobre chiquilla, estaba desesperada, parece. Lo que tengo miedo es que mi abuelita le abra los ojos con sus cosas. ¿Qué voy a hacer si la Estela se pone puta y ladrona de tanto oírselo a mi abuelita?

—Estás loco. Supongo que la devolverás al campo apenas se muera misiá Elisa...

109

—¿Será pronto? ¿Tú crees que será muy pronto?

En silencio, la pregunta rebasó con urgencia en la mente de Andrés, turbándolo ante el deseo nuevo y vehemente que llevaba. Esta pregunta, formulada antes con la ofuscación de una piedad amorfa, se planteaba clarísima hoy, desnuda de todo, salvo de una esperanza cruel. ¡Oh, si su abuela muriera! ¡Si su abuela muriera ahora mismo! Esa mañana la intuición desbocada de la anciana se había zambullido más allá de la conciencia de Andrés, descubriendo temores y deseos que ni él mismo miraba de frente, mostrándoselos en el espejo deformante de sus palabras de loca. Ahora Andrés sentía palpitar esos miedos, desnudos, sin nombre aún, inciertos. Pero, si su abuela muriera, quizás la necesidad de identificarlos jamás llegaría, concluiría todo peligro, permitiéndole de nuevo tener su orden domado y en las manos. Y como el criminal que medita el segundo asesinato, el de la persona que fue testigo de su primer crimen, Andrés volvió a desearlo, vehemente y desenfrenado... ¡Oh, si su abuela lo dejara en paz!

Carlos le estaba preguntando:

—¿Y tú? ¿Cómo reaccionaste tú? Heredaste la pulcritud de tu abuela, además de ser un redomado hipócrita.

—¿Yo? No hables tonterías, a mí qué me importa. Estoy bastante viejo y harto que he vivido...

Carlos lo interrumpió con una carcajada.

—¿Vivido? ¿Tú? Déjame reírme, eres tú el que estás hablando tonterías. Si jamás te has atrevido a vivir, hombre. Hace muchos años que te retiraste de la competencia.

—¿De qué estás hablando?

—No te hagas el leso, sabes muy bien. No te has atrevido a tirarte a nado en absolutamente nada, menos aun a querer a nadie, en toda tu vida. Acuérdate de tus pocos y aguachentos amores, unas cositas cómodas, así por encimita, sin comprometerte jamás. ¿Has vivido? ¿Quieres decirme en qué sentido? Eres un hombre bastante inteligente, con una sensibilidad de primera. ¡Pero, viejo, tú simplemente no te has usado!

Paseándose por la salita, Andrés se detuvo frente a Carlos y le preguntó, enfurecido:

—¿Con qué derecho...?

—¿Con qué derecho? —lo interrumpió Carlos, que había bebido bastante—. Con el derecho que me da ser tu único amigo, y que nunca nos hemos callado nada. Yo no sé qué te pasa hoy que estás tan...

No terminó la frase al ver que Andrés se dejaba caer en el sillón, con la frente urdida de desconcierto. Después de un silencio, cabizbajo, con el rostro más colorado que de costumbre, el médico dijo a su amigo:

—Además, estoy metido en un problema que me tiene deshecho. Te envidio tu equilibrio, Andrés, tu falta de necesidades vitales. Estoy enamorado, como nunca me había enamorado antes...

Fue Andrés el que rió ahora.

—Eso te lo he oído demasiadas veces, Carlos, mi viejo. No esperarás que te crea otra vez...

111

Carlos dijo:

—Es que no entiendes, no entiendes nada. Te concedo tu superioridad y, como te dije, envidio tu equilibrio y tu ironía desapegada. Pero, ¿sabes una cosa? Te tengo compasión. ¡Cuando me acuerdo de tus amores te compadezco tanto, tanto!

Carlos, que hablaba con su intensidad habitual redoblada, preguntó de pronto:

—¿Te acuerdas de esa querida que tuviste hace unos años? ¿Esa judía buenamoza, una grandota, de pelo pintado?

—Tú dices la Rebeca...

—Claro, la Rebeca. Era tu querida, era cómodo tenerla, la visitabas un par de veces por semana a horas estipuladas, y creo que fuiste bastante generoso con ella. Pero en cuanto tuviste miedo de enamorarte de veras de ella, de necesitarla, la dejaste, porque entonces la pobre Rebeca ya no era una comodidad para ti, podía comprometerte. El *Manual* de Carreño, que parece haber sido la única influencia fuerte en tu vida porque, eso sí, eres todo un caballero, debe decir en la primera página que un caballero no se casa nunca con su querida, menos si es judía. ¿Qué hubiera dicho tu familia, los cuatro pelagatos venidos a menos que van quedando y que a ti, por lo demás, nunca te han importado un bledo? No, Andrés, tú no has vivido, has soslayado la vida.

—Estás hablando como un redomado idiota. ¿De cuándo acá la única experiencia importante en la vida es el amor? Francamente, pareces una colegiala con indigestión de Jorge Isaacs...

—Estás irónico, no te atreves a entender y por eso me rechazas. Te estoy hablando, si me permites el lujo, en forma simbólica... Lo que te faltó para enamorarte verdaderamente de una mujer fue lo mismo que te faltó para enamorarte de una actividad, o de algún vicio, por último. Te faltó abandono, fe, ese entusiasmo generoso, esa facultad de admiración emocionada que concede a la otra persona la importancia de ser única, necesaria...

—Estás lírico, te felicito... —balbuceó Andrés.

—Déjame, estoy borracho. Además, desengáñate, ni tú ni yo nos hemos realizado en ningún sentido grande ni profundo en la vida... El amor, entonces, es la única gran aventura que nos queda. No, no me mires así, te he confesado muchas veces que aunque mi carrera ha sido brillante, me he frustrado en ella por mi propia culpa. Pero tú te crees tan maravilloso que jamás has descendido a necesitar nada, ni a nadie, y entonces, claro, no te has enamorado, pobre tipo...

Andrés rió con la risa convulsionada pero silenciosa que le era característica. Exclamó:

—No tengas el descaro de hablar de amor. Te has acostado con muchas mujeres, pero francamente no me parece que seas la persona indicada para dar lecciones en cuanto a amor. Al fin y al cabo, tú y tu mujer...

—No metas a la Adriana en esto. Yo la respeto, le tuve un gran amor, me ha dado tres chiquillos estupendos y sanos, y tengo un hogar perfecto, un verdadero refugio de paz. Nada en el mundo haría por ofenderla, es el único ser que respeto

113

incondicionalmente. Es cierto que ya no estoy enamorado de ella, pero estuve, y mucho. ¿Te ríes porque mis amores al margen del matrimonio no duran? Pero eso, ¿qué importa? Estoy hablando de actitudes. El hecho es que cuando estoy enamorado siento esa experiencia con todo mi ser, me invade entero, todas mis actividades, mi profesión inclusive, todo. Es como si cada uno de esos amores fuera el primero. Y tengo cincuenta y cuatro años, la misma edad tuya. Tú, en cambio, has sido siempre un ser estructurado a la perfección, de pies a cabeza, sin posibilidad de error; te bastas a ti mismo, no tienes necesidad de dar ni de recibir. Pero has cometido el peor error de todos: estás solo. Estás viejo, y como en tu familia la cabeza se descompone temprano, comenzarás a chochear bastante luego. Misiá Elisa morirá este año casi sin duda. Ninguna realidad, y nada más que unos recuerdos muy pobres, la suplantarán. Tu vida no tendrá centro. Yo soy tu único amigo, pero te lo aseguro, mi querido Andrés, que a pesar del gran cariño que te tengo, verte en mi casa más de una o quizás dos veces por semana llegaría a ser un estorbo para mí y para la Adriana. No te puedo prestar mi vida para que te fabriques una ficción de vida...

Andrés pensó de pronto en la muerte de su abuela y, aterrorizado, se abrazó a la idea de que no debía morir, nunca, y debía seguir viviendo eternamente, porque si ella muriera él también dejaría de vivir, si es que había vivido alguna vez. ¡Cómo envidiaba a Carlos lo que hasta ahora le parecieron sus defectos! Se podía decir mucho en contra de él. Ya no importaba que fuera ridículo que hablara de amor con la vehemencia de una colegiala; pequeño y rechoncho, de ágiles dedos romos, con el rostro reblandecido como plasticina roja, era sin duda ridículo y antiestético pensarlo amando. Además, era un ambicioso que permitió que en él se deformara la pasión científica de su juventud hasta llegar a no ser más que un afán de ganar dinero y un pequeño renombre. Que era indigno, promiscuo, hasta llorón en sus amores. Él, Andrés, en múltiples ocasiones le había dicho verdades que llegaban. Pero no podía negar que, mala o buenamente, Carlos se había jugado siempre por entero. Había dado curso a sus instintos, los había respetado, había creído. Llegado el momento de su muerte podía tener el consuelo de haber vivido una buena parte de las experiencias humanas, con todo lo que pudo dar de sí. ¿Pero él? Se vio, repentinamente, en el lecho de muerte, y tuvo el impulso salvaje de huir, de huir aullando de terror, de retroceder cincuenta años para vivirlo todo de nuevo y de otra manera.

—Buena la chinita, buenas piernas... —musitó don Emiliano, viendo pasar a Estela con una bandeja cubierta de copas vacías. Luego se encorvó como una momia en su sillón y volvió a adormecerse.

Andrés se puso de pie violentamente. Todo el mundo parecía haberse unido en contra suya, su abuela, don Emiliano, Carlos, Estela, cada palabra se transformaba en un latigazo en sus zonas más sensibles. Se apoyó en la ventana, mirando el jardín y la noche reciente de afuera. ¡Quería pensar,

pensar! Pero, ¿de qué iba a servirle ya? ¿No estaba todo perdido? ¿Cómo borrar de una plumada toda su personalidad y su vida para volver a estructurarla ahora, a los cincuenta y cuatro años? La vida era una sola, ahora lo veía con claridad. Su abuela iba a morir y sería como si él muriera. Luego él también iba a morir, y pasarían miles, millones, miles de millones de años, y de él no quedaría nada, y el planeta seguiría rodando por los negros espacios intersiderales hacia un destino absurdo e inexistente. Y entonces él, que jamás se expuso a nada que pudiera ser más comprometedor que la comodidad, ya no sería más que sustancia química transformándose, mineral, y no habría aprovechado el privilegio cortísimo de la materia de ser un poco más —vida, conciencia, voluntad— por un segundo en millones de años en que todo era casual.

—¿Vamos, lindo? —le dijo Adriana a Carlos—. Parece que misiá Elisita tiene sueño. Te diré, Andrés, que yo la encuentro regio, mucho mejor que el año pasado.

Eso lo decían cada año.

Todos se marcharon. Quedó el gran dormitorio vacío, Estela juntando los cubiertos y los platos en silencio. La anciana dormitaba, contenta con tanto agasajo. Creyéndola dormida, Andrés se inclinó sobre ella para besarle la frente. La enferma abrió los ojos y, sonriendo con dulzura, preguntó a su nieto:

—¿Qué te pasa, mi hijito?

Andrés se sobresaltó.

—Nada, nada, abuelita...

—Algo te pasa...

—Buenas noches, abuelita.

—Buenas noches, hijito, cuídate, mira que tienes mala cara.

Andrés bajó la escalera. En el caserón vacío no oyó más ruido que el de sus propios pasos sobre la alfombra roja. Todas las luces se hallaban encendidas, todas las puertas abiertas en espera de las visitas que, como siempre, no llegaron. Estela lo ayudó a ponerse el abrigo antes de salir. Esas manos desnudas, cuyo vínculo con él le había señalado su abuela esa mañana, se hallaban próximas a Andrés, y peligrosas. Durante un segundo el resuello caliente de la muchacha le ardió en la nuca. Pero Andrés se hallaba demasiado fatigado en medio de su desconcierto.

—Buenas noches, Estela, gracias. Todo salió muy bien. Ah, no se preocupe por las cosas que la señora dice. Usted sabe que está mal...

—Sí, señor...

Percibió que la muchacha estaba cansada, como si esperara que él se fuera pronto para retirarse a dormir.

—¿Usted va a cerrar la reja, Estela?

—Sí, señor, mi tía me dio la llave antes de acostarse...

Atravesaron el jardín oscuro. La muchacha abrió, y luego cerró la reja quedamente. Andrés la vio por última vez, jironeada por la luz de un farol que caía entre las ramas de los árboles de la calle.

—Buenas noches, Estela.

—Buenas noches, señor.

Se quedó mirándolo alejarse. Luego miró la llave, la guardó en su bolsillo y allí, cerca del calor de su cuerpo, la apretó. Eran las nueve y cuarto. Debía apresurarse.

Segunda parte

Ausencias

8

A todos les costó bastante reponerse del cumpleaños de misiá Elisita. A las criadas de su fatiga, a Estela de su escapada nocturna, y la dueña de casa no logró separar en su mente el cumpleaños reciente de celebraciones anteriores, preguntando continuamente por qué tal persona, que por lo demás no la visitaba desde el decenio anterior, olvidaría traerle algún recuerdito en esta ocasión.

La anciana hizo que Estela guardara los regalos en el último cajón de la cómoda y ocultó la llave ella misma debajo de su almohada, palpándola de vez en cuando para comprobar que continuaba en su sitio. Todos los días, durante una semana, pidió a Estela que le mostrara los regalos, y después de examinarlos atentamente murmuraba:

—Mm, mm, éstos son, todavía no me los han robado estas diablas. Tengo que revisarlos uno por uno, porque tú sabes cómo es la Lourdes. Yo no digo que no sea una mujer buena y muy seria, pero la pobre tiene el defecto de ser ladrona, lo mismo que la Rosario. ¡Qué le vamos a hacer! Cada una tiene su defecto, pues hijita, nadie es perfecto. Tú, por ejemplo, eras una chiquilla buena, yo sé, pero templadita, sí, sí, mi hijita, no me vengas con historias. Y oyendo por ahí cosas que no debes oír, cosas que no entiendes, te puedes transformar en una mujer mala, yendo a los teatros y a las chinganas.

Estela bordaba cerca de su patrona. Sabía que haber ido al cine era una cosa muy mala. Ir al cine era malo, lo decían Lourdes y Rosario, y lo repetía misiá Elisita, que a pesar de ser enferma no ignoraba ninguna verdad. ¡Fue una suerte que Lourdes le entregara la llave, para no haberse visto obligada a robársela! Ahora solía soñar que misiá Elisita, transformada en el monstruo marino que trituró a la niña rubia en el universo color turquesa de la película que vio, la trituraba a ella porque la sorprendía robando la llave. La trituraba por mala, por sentir a Mario a su lado en la oscuridad, respirando, respirando. Al despertar, todo era silencio. En el cuarto vecino oía los ronquidos tenues de la nonagenaria.

—...vas a ver. Primero te convida al teatro, haciéndose el tonto. Después te emborracha y te lleva por ahí. Y después, qué sé yo pues, hijita... y a los nueve meses una guagua, un *huacho*, porque no te hagas ilusiones, a él no lo volverás a ver. Así es que tú, que eras una niña tan seria, ten muchísimo cuidado, y no les creas nada cuando te juren amor y te tomen la manito, que por ahí comienzan, mira que los hombres son todos iguales, todos unos cochinos. Ten cuidado, te lo digo porque yo sé y te quiero...

Estela dejó su bordado. Desde su asiento en

el *pouf* divisó, a través de los vidrios opacos, las ramas de los árboles enredándose en el aire suelto de la tarde. ¿Llovería?

¡Es que misiá Elisita no conocía a Mario! En la inmensa oscuridad del cine, en el momento menos esperado, Mario le tomó la mano, buscándola simplemente, posando su mano encima, como si nada hubiera sucedido. Era una mano caliente y áspera, y sin embargo tímida, como si tuviera un poco de vergüenza, y fue por esa vergüenza que Estela supo que ella le gustaba de veras. Quedó esperando que él la mirara o le sonriera, pero como a Mario le importaba tanto la aventura submarina, a ella no la miró. De pronto le explicaba ciertas cosas, su mano inmóvil sobre sus pequeños dedos, sin mirarla. Repentinamente reía después de lanzar una observación en voz alta, que era celebrada por toda la gente de alrededor; Estela lo espiaba por el rabillo del ojo, para estar lista si su compañero quería reír con ella. Nada. El muchacho tenía un poco de vergüenza, y eso fue lo que más le gustó de todo a Estela. Pero también le gustó esa mano pesando sobre la suya, ambas inmóviles, y oírlo reírse, y sentirlo en la oscuridad, tan próximo.

Mario le gustaba. Y ella le gustaba a Mario, eso era cierto. Al fin y al cabo, no era primera vez en su vida... En el campo, cuando cumplió catorce años, Aurelio, el hijo idiota de la Leticia González, que la seguía por todas partes diciéndole que era bonita, le regaló un tordo llamado Pascual. Estela era buena con Aurelio, porque sabía que ella le gustaba. El tordo, que era lo único verdaderamente suyo, porque todo lo demás era de su padre o de los patrones, chillaba «tela, tela» desde su jaula de palitos en el corredor, poniendo la cabeza gacha entre los palitos al verla acercarse. Ella se la rascaba suavemente y al hacerlo le decía:

—Piojito... piojito...

Cuando la muchacha iba a alejarse, Pascual chillaba de nuevo:

—Tela... tela... tela...

El Cara de Pescado la quería de una manera distinta que Aurelio. Usaba anteojos gruesos como saleros y era tartamudo y enclenque. A veces Estela huía de la vigilancia de Margarita, su cuñada, dirigiéndose al sandial detrás de la hortaliza de las casas del fundo, donde el Cara de Pescado la aguardaba con un cartucho de caramelos para comer juntos. Era el menor de los hijos del patrón. Solían bañarse en el estero límite del sandial, bajo la frescura privada de un grupo de sauces viejos. Después de tenderse casi desnudos al sol que, escociendo en sus espaldas húmedas, los secaba casi al instante, partían una, dos, tres, cuatro sandías maduras, rompiéndolas contra una piedra. Comían sólo el dulce y frío corazón rojo.

—Como la bruja de Blanca Nieves —decía el Cara de Pescado.

Estela no sabía quién era la bruja de Blanca Nieves. El niño se lo contaba, de espaldas al sol, mientras Estela, atenta a sus palabras, le limpiaba los lentes o con el extremo humedecido de su enagua lavaba la pegajosa sangre de la fruta de entre los dedos del Cara de Pescado. Era un año menor que ella y tenía la piel blanca y tersa, porque era de muy buena familia. Ella lo besaba en la cara.

Un día Aurelio los vio secándose al sol. Fue a casa de Estela, sacó a Pascual de la jaula y lo azotó contra los ladrillos del corredor, dejando un pequeño charco de plumas negras y sangre y vísceras reventadas.

—Fue el loco de la Leticia González... —dijo Margarita, mientras barría los restos de Pascual.

Era malo y peligroso, entonces, que la quisieran como Aurelio. Tuvo miedo. Margarita, después de dejar la escoba en un rincón, le tiró las orejas a Estela hasta dejárselas ardiendo, y le dijo a gritos:

—¡Tonta lesa! ¿Que querís que el hijo del patrón te haga un huacho? ¿Que no sabís cómo son estos futres?

Esa conducta legendaria no era novedad para Estela. Sabía muy bien que los caballeros se aprovechaban de las tontas y, después de dejarlas con un huacho, se hacían los desentendidos. Margarita le preguntó muchas cosas a este respecto, algunas de las cuales hicieron reír a Estela, pero pareció quedar satisfecha con las respuestas, porque le dio un pan con mantequilla fresca.

—Bueno, no cuento nada, pero tenís que prometerme que nunca más.

Estela prometió. Prometió a pesar de que el Cara de Pescado jamás le haría daño, ni nada que ella no quisiera. Ella a menudo quiso muchas cosas con él, pero como era chico, él no quería, y Estela prefería esperar hasta que él quisiera. Sin embargo, el muchacho solía acariciarle toda la piel desnuda, diciéndole que era bonita... y de pronto, al avistar un zorzal, se ponía de pie para matarlo con su honda.

—Cuando seamos grandes... —murmuraba el Cara de Pescado.

Estela comprendía, esperando que él quisiera.

Al Cara de Pescado no le tenía miedo. Al marido de Margarita, su hermano mayor, en cambio, le tenía mucho miedo. Varias veces, al llegar borracho, encontrándola sola en el corredor oscuro, trató de manosearla y de darle besos hediondos a vino. Era peligroso, como Aurelio. El Cara de Pescado nunca haría eso, y Mario tampoco, porque su mano pesaba tímidamente sobre la suya, como si fuera la del hijo del patrón.

Una vez Aurelio habló con el padre de Estela para que la dejara casarse con él. Estela tuvo miedo, porque Aurelio había asesinado a Pascual.

—¡Te mato! ¿Me oís? ¡Te mato si te pillo con el loco de la Leticia...!

Su padre aullaba, agitando el rebenque lustroso. Con cada grito, su sombrero alón subía y bajaba en su frente, clara en la parte superior, curtida cerca de las cejas. Estela era sólo capaz de temblar y bajar los ojos. Sabía muy bien que su padre, bodeguero de los patrones, el inquilino más antiguo y respetado del fundo, la quería, la quería más que a nadie, y su furia por el asunto de Aurelio fue porque deseaba para ella alguien mejor. Como Mario, por ejemplo. Y su padre le enseñaba a obedecer y a ser trabajadora para que aprendiera a ser útil, y así capaz de hacer feliz al hombre con el que finalmente se casara. Porque había que casarse. Casarse no era peligroso, no daba miedo. Querer al Cara de Pescado era casi como estar casada con él, porque era tan bueno. Resolvieron esperar hasta ser grandes, para así no hacerse daño y no tener miedo. Ahora estaban grandes, pero el Cara de Pescado no iba al campo desde hacía mucho, mucho tiempo. En cambio, existía Mario que también era bueno.

Mario casi no le habló en el trayecto a la casa, después del cine. A pesar de eso, Estela comprendió lo que le sucedía, porque cada vez que en las sombras de la calle por casualidad sus cuerpos se acercaban un poquito, Mario parecía retirarse imperceptible y automáticamente, como si tuviera vergüenza. También al despedirse sonriente junto a la reja de la casa, Estela creyó que iba a acercársele, pero en el momento de hacerlo pareció cambiar de idea. Hizo un chiste del cual ambos rieron y después se fue.

—No, no puedo ir... —dijo Mario.

Estaba tomando cerveza con varios amigos, sentado a una mesa cerca de la puerta que se abría y cerraba, en el local del Club Deportivo «El Cóndor de Chile». Se veían pocas personas en el bar, porque gran parte de los socios y sus familias fueron a instalarse temprano en el sitio eriazo del barrio alto donde esa mañana el «Cóndor» iba a jugar un partido de fútbol contra el «Manuel Rodríguez». La noche anterior fue angustiosa: nubarrones pesados presagiaron lluvia. Los socios miraban desesperanzadamente el cielo, porque sabían que ni Salvador Norambuena, ni Muñoz, las dos estrellas del equipo, se desempeñaban bien en cancha mojada. Pero la mañana brindó la sorpresa de un aire fino y azul, propicio de banderines y regocijo, de manera que hasta los más recalcitrantes se tentaron de preparar meriendas y encaramarse en los atestados autobuses para asistir al encuentro.

Mario se negó a ir. Hacía un buen rato que sus amigos trataban inútilmente de convencerlo. Iba a ver a Estela esa mañana. Y eso no lo podía confesar, porque entonces sus amigos iban a creer lo peor de él, agobiándolo con bromas y preguntas. En otro caso no le hubiera importado decirlo todo, ya que entre ellos era habitual ventilar hasta los detalles más insignificantes de sus conquistas amorosas. Pero Mario deseaba guardar el secreto de la existencia de Estela, no sabía por qué. Simplemente no tenía ganas de contar nada. Por eso su inexplícito y permanente:

—No, si no puedo, hombre...

Todos se hallaban preparados para el gran día. Brillaban los negros jopos engominados, coronando las cabezas de los muchachos, mientras que, por detrás, el casco de pelo liso remataba en una línea recién rapada en la nuca. Igualmente relucientes y negros, los zapatos, sucios durante la semana, centelleaban ahora con la luz filtrada hasta debajo de la mesa a través de la empalizada de pantalones, muy aplanchados para la ocasión. El «Cóndor» quedaba a cuatro puertas de la casa donde Mario vivía, en una callejuela de casas bajas con regueros llenos de desperdicios como única separación entre acera y calzada. Los amigos se reunían allí para tomar cerveza y jugar al billar, y en busca de las últimas noticias sobre los acontecimientos sentimentales y deportivos.

—Ya te dije que no podía...

—Bueno, ya está, te corriste. No sé qué te está pasando que te estái poniendo tan poco hombre, ya no venís nunca al «Cóndor»... —dijo Troncoso, el Picaflor Chico, con la autoridad conferida por su prestigio de trabajar en un taller de reparaciones de automóviles patrocinante de uno de los más populares programas radiales.

Siguieron instando a Mario a que los acompañara. Cádiz, que desde su humanidad reducida y sin color secundaba cualquiera opinión de Troncoso, le reprochó haber perdido todo interés en las actividades del «Cóndor». Otra voz lo acusó de no querer juntarse con ellos desde que lo ascendieron a empleado de mostrador en el Emporio. Esto hirió en lo vivo a Mario. Viendo que ya no le quedaba más remedio que defenderse con argumentos más sustanciosos, murmuró entre dientes:

—Es que me estoy trabajando a una mina...

Todos se burlaron de él, ya que no asistir a un partido del «Cóndor» por esa razón significaba, en realidad, ser muy poco hombre; significaba, ni más ni menos, estar enamorado.

—¡Puchas que hay que ser huevón! —exclamó el Picaflor Chico. Según decía, una clienta dueña de un Oldsmobile último modelo estaba enamorada de él, y a veces iban juntos a un camino solitario y oscuro de las afueras... y después dejaba que él manejara el Oldsmobile—. ¿Para qué te la trabajái tanto? ¿Que no sabís que las minas andan botadas?

—¿Y es buena siquiera? —preguntó Cádiz.

—Bah, claro. ¿Creís que ando perdiendo el tiempo?

—No vaya a ser la mina que andaba contigo el otro día por allá cerca de tu pega. ¡Si es una cabrita no más! Guarda, mira que ésas pescan fuerte...

Mario se calló, mordiéndose los labios. ¡Ya le llegaría a él su turno para reírse de Troncoso, que se creía tan invulnerable y tan macho con su bigotito negro y su amiga del Oldsmobile! En el momento en que se llevaba el vaso de cerveza a los labios, Troncoso le dio un codazo, diciéndole:

—A que ni siquiera la hai besado...

—¿Que no veís, huevón, que estoy tomando? ¿Para qué me botái la malta?

El odio contra el Picaflor Chico se irguió dentro de los ojos de Mario. ¿Por qué iba a estar dándole razones?

—¡Hay que ver que estái aniñado! —exclamó el Picaflor Chico—. No lo pueden ni tocar al lindo ahora que lo hicieron *empleado particular* en el Emporio. ¡Mírenlo no más!

¡Eso, si querían, podían creerlo! Pero no iba a dejar que creyeran que lo tenían pescado. Porque no era verdad...

—Bah, claro que la besé...

Era cierto. La noche anterior, cuando Estela salió a juntarse con él una vez que toda la casa estuvo dormida, la había besado. Hacía frío en la calle, y Estela se acercó tanto a él junto al árbol de la esquina, que no tuvo más remedio que besarla. El desenfado habitual de Mario en lances de este tipo desapareció. Tenía diecinueve años pero, pese a sus aventuras y fanfarronadas, jamás había ido muy lejos en sus relaciones físicas con una mujer. En el frío de la calle, con los labios de Estela, calientes, entre los suyos, supo que esta vez iba a suceder algo más que simples besos y caricias, iba a suceder más porque Estela era chiquita y huasa. Por eso, quizás, él sentía una vergüenza que jamás tuvo frente a mujeres más corridas, nada más que porque a Estela no le tenía miedo. La sostuvo largo rato en sus brazos, muda, un envoltorio de tibieza apoyado contra su cuerpo. Como la noche era helada y húmeda, se despidieron temprano.

Mario agregó:

—¿Creís que ando perdiendo el tiempo con minas que no corren?

Todos rieron, porque el Picaflor Grande era un conquistador connotado. El equilibrio quedó restablecido.

Eran todos amigos, amigos que se concedían el derecho de inmiscuirse unos en los asuntos sentimentales de los otros como lo más natural del mundo, derecho que duraba hasta que uno de esos asuntos se transformaba en algo serio y entonces... entonces había uno que siempre estaba quisquilloso y callado. Era señal de pololeo. Se ponía muy formal en el trabajo, a veces hasta estudiaba mecánica en la noche y, en la última y peor de las situaciones, se casaba. Entonces, era uno menos que frecuentaba el «Cóndor»; uno menos con quien hablar de mujeres reales o imaginarias; uno menos con quien tomar cerveza y jugar al billar; uno menos con quien sentirse joven, alegre, macho, muy macho y muy despreocupado. Uno menos. Hasta que el matrimonio lograba opacar el amor con el apremio por comprar zapatos y remedios para los chiquillos. Entonces, volvía al club para quejarse, para hablar una vez más acerca de mujeres y de fútbol y de la última borrachera en que él no tomó parte. Todo, ahora, con un tono muy diferente.

—Catea para allá —dijo Cádiz a Mario.

Era René que había entrado a comprar cigarrillos. Se los pidió al encargado, que estaba colgando una guirnalda de papeles de color en el techo porque el triunfo del «Cóndor» era seguro.

—Espera, ya voy —rogó el encargado.

—¿Que te pagan para que te quedís dormido? Apúrate. ¿Creís que tengo todo el día? —respondió René.

Mario se dio vuelta bruscamente al oír esa voz. René, apoyado en el mesón, se miraba el gran anillo de metal blanco que adornaba sus manos de dedos romos y velludos, de uñas ovaladas pero sucias. El estrecho traje azul era brillante y muy desflocado en las costuras, aunque quizás cerrando los ojos un poco fuera posible no ver eso, no percibir la película de pobreza y añejez que cubría su figura rechoncha, llevada con tanto garbo. Mario no entrecerró los ojos; al contrario, los abrió sobresaltado, como alerta a la posible mano de un policía que de pronto pesara sobre los hombros inocentes; la presencia de René lo desquiciaba al hacerlo sentirse próximo a algo tan oscuro y peligroso como esas leyendas urdidas en torno a él. La ira de los ojos de su hermano, uno negro y el otro pardusco, cayó sobre Mario:

—Ven... —llamó al muchacho.

—¿Qué querís? —preguntó él sin moverse de su sitio.

—Ven...

—¿Que no veís que estoy tomando cerveza con los cabros?

—Ven, te digo, cabro de mierda...

Mario se acercó. Nadie hubiera dicho que eran hermanos. Nada tenía el mayor de las facciones despejadas del menor, nada de la proporción de sus miembros ni de la amplitud de sus gestos. Parecía que la triste inutilidad de las cosas en desuso prolongado que se acumulan bajo el polvo de las tiendas de compraventa, se hubiera acumulado, desautorizándola, sobre la gallardía a que aspiraba su silueta de piernas cortas y de cuello embotellado. En su rostro cetrino la boca era chata y gruesa, delineada por el recorte preciso del fino bigote que seguía sus sinuosidades.

—Toma esta platita, guárdamela... —dijo entregando unos billetes a Mario.

—¿Y para qué querís que te la guarde? —preguntó Mario.

Al tocar el fajo de billetes dentro de su bolsillo, le pareció más bien voluminoso. Como una sombra cayó sobre él el pensamiento de la leyenda arrastrada por su hermano, y, temeroso, miró hacia la puerta y hacia la mesa por si alguien hubiera visto algo.

—Guárdamela no más hasta la noche, y callado. ¿No ves que la Dora me la pilló esta mañana, y chilló porque dijo que nunca la sacaba a ni una parte, y que ahora que andaba con plata la tenía que llevar no más al partido? ¡Puchas la jetona jodida! Alegó hasta que quedó ronca, dijo que yo

134

la trataba mal, que ella era la tonta que se sacrifi-
caba y que nunca salía. Yo soy el que tiene la culpa de todo lo que le pasa, dice. ¡Qué sé yo qué le
pasará! Sabís cómo es.

—¿Y por qué no la convidaste no más, para
que se quedara callada?

—Si me obligó a que la convidara, la desgraciada, me obligó. ¿Creís que me gusta que la gente se ría de mí? ¿Que no la hai visto cómo anda de
vieja tirilluda? Cómo no que me va a gustar que la
gente me vea por ahí con la preciosura, tú sabís
que yo soy muy conocido y después uno toma mala fama. La voy a llevar a dar una vuelta en *trolley*
por el barrio alto no más, pero la tonta le da con
que quiere que la lleve al partido. Y por eso quiero que me guardís la plata, porque si no, va a querer que la lleve a almorzar por ahí y después capaz
que se le antoje que la lleve al teatro. ¡Cómo no
que voy a andar luciéndome con la huevona y gastando plata en ella!

—¿La vai a ir a buscar a la casa?

—No, si me siguió. Allá afuera anda vigilán-
dome, para que no me vaya a arrancar por la puerta de atrás...

Aguardando a René frente a la puerta del
club, la Dora comprobó que, contrario a lo que
había temido, su vestido de algodón y su chaleco,
demasiado delgados ya debido a tantos inviernos
y veranos de uso, eran abrigo suficiente esa mañana, porque el sol caía dorando suavemente la calle
casi desierta. Antes de salir se había pasado una
peineta por sus cabellos lacios, que luego fijó con

dos pinches detrás de las orejas. Además, entonando una cancioncilla, había adornado su escote con un broche de abalorio al que faltaban dos cuentas.

—¡Cállate, mierda! —le había gritado René desde el cuarto vecino.

No tenía importancia, hoy no tenía la menor importancia un grito así, había reflexionado la Dora, satisfecha porque no resultó tan difícil, como creyó en un principio, convencer a René de que la llevara a pasear; era indudable que a pesar de todo todavía la quería. Y concluyó de arreglarse cantando más bajito.

Como René tardaba más de la cuenta en salir del club, la mujer comenzó a pasearse nerviosamente por la cuadra, porque sabía que su hombre era capaz de cualquier cobardía, de cualquier bajeza. Un niño, sin duda de otro barrio, porque la Dora no pudo reconocerlo, lanzó una bolita de cristal contra un adoquín suelto, y viéndola rebotar en dirección imprevista corrió gozoso tras ella. Luego se sentó cerca de la puerta del club, como si aguardara.

Cuando René salió, el niño le dijo que su padre necesitaba hablar urgentemente con él. Una sombra brusca cayó sobre las facciones de René, y partió con el niño, diciéndole a la Dora que aguardara en la plazoleta cercana, que regresaría dentro de diez minutos. Ella tentó seguirlo, porque temió que huyera y la dejara sin paseo. Con un arrebato encendido en sus ojos distintos, René exclamó:

—Te vai a la mierda entonces, si no querís esperar...

Partió.

Llorosa y enfurecida, la Dora lo aguardó sin esperanzas, aunque hacía tanto, tanto tiempo desde la última vez que pudo salir de paseo, que le era difícil resignarse. Esperó una hora y media sentada en un banco de la plazoleta desierta, impaciente y con hambre. ¿Qué diría la vecina que acordó encargarse de los chiquillos si la sorprendiera regresando con la cola entre las piernas a esta hora? Y además no iba a dejar de presenciar ese encuentro del «Cóndor» que todos en el barrio comentarían por largo tiempo.

Al ver regresar a René, la Dora se lanzó indignada sobre él, vociferando que no creyera que por haberse retrasado se iba a librar de llevarla al partido de fútbol. Ella quería, sí, necesitaba que sus amigas los vieran juntos siquiera una vez.

Lo curioso era que René estaba suavizado ahora, y sonriente. ¿No prefería —preguntó— ir a otra parte, a almorzar en el centro, o quizás al cine? La Dora, sulfurada al creer que no quería exhibirse con ella ante sus conocidos, insistió a voces en ir al fútbol, aunque a esta hora seguramente el partido estaba por terminar.

Aguardaron el autobús en una esquina. Después de mucho grito y mucho llanto la Dora fue calmándose, mientras René, con una sonrisa cobijada debajo de sus bigotes, en sus labios espesos, fruncía los ojos ante la resolana. Esos ojos dispares contemplaban un mundo privado —distinto y mejor—, porque nunca pudo imaginarse que por fin la buena suerte llegara a tocarlo tan sencillamente

137

como hacía unos instantes. Si resultaba el negocio recién propuesto por el padre del niño, su vida iba a arreglarse, por lo menos durante un tiempo. Partir a Valparaíso esa tarde misma, permaneciendo en el puerto dos o quizás tres semanas, significaba regresar con las faltriqueras repletas. Claro, no rico exactamente, pero en fin, por lo menos con lo suficiente para darse unos meses de vida decente. Y era un negocio al que la policía casi, casi no tenía acceso.

¿Y si el negocio fuera tan bueno que le diera dinero como para irse, irse al norte o a cualquier parte, para huir de todo esto para siempre e instalar un pequeño bar, por ejemplo?

El olor de la ropa demasiado lavada de la Dora junto a él, en el asiento del autobús, mató instantáneamente el escalofrío de emoción producido por este deseo ardiente y ahogador. No, no era posible. No se atrevería a abandonar a la Dora y a los chiquillos, jamás en todos estos años se había atrevido, a pesar de que la idea poblaba todos sus planes. La Dora le daba asco, sí, no la podía soportar, y los chiquillos no eran más que un estorbo, pero René se sabía demasiado cobarde para afrontar la culpabilidad que al abandonarlos lo perseguiría. ¡Si sólo pudiera odiar a la Dora! Sólo podía sentir repugnancia y eso no era suficiente como para impulsarlo a hacerle daño, partiendo sin una palabra ni un adiós. Para poder irse era necesario que el negocio fuera excepcional, que le proporcionara suficiente dinero como para mandarle algo a la Dora cada mes. Y ese tipo de negocios no caía en manos como las suyas. No caía, a no ser que consintiera en algo que muchas veces, llevado por la desesperación de saberse sin coraje para abandonar a su familia así, tal cual, sin importarle nada, casi llegó a emprender. Pero otros temores lo hacían pasar de largo.

No era que René hubiera hecho jamás nada exactamente criminal. A menudo echaba mano de pequeños fraudes y mentiras, pero nunca más que eso; no era honrado, pero tampoco era criminal. Sin embargo, en su angustia por empinarse por sobre su suerte miserable, le era habitual tratar con ladrones y pillos de toda especie, con gestores y contrabandistas de poca monta, y con todos esos seres que eran los proveedores habituales de las tiendas de compraventa con las que René comerciaba. De ahí su fama de ladrón en el barrio, porque, manteniéndose en un equilibrio precario en el límite justo, compartía con el mundo de los malhechores la sospecha y el sobresalto. Sus fraudes insignificantes le daban unos pocos pesos que se le iban en mantener a su familia, y en una que otra copa convidada a un compinche con el fin de hacerse querer y respetar. Y, de tarde en tarde, en una que otra mujer de condición abyecta. Sin embargo, viviendo en un medio en que el robo era habitual, no ignoraba que si él nunca había robado era solamente porque jamás llegó a caer en sus manos una ocasión en que el botín fuera tan extraordinario como para decidirlo a desafiar la justicia. Sólo la expectativa de algo que lo liberara de una vez y para siempre de su mujer, de su familia y de su conciencia, lo haría olvidar ese temor... y, aguardando, no dejaba de temer la ocasión que lo hiciera perderlo.

Bueno. Eran ilusiones demasiado hermosas para ser efectivas. A su vuelta de Valparaíso, por lo menos iba a tener suficiente dinero como para hacerle poner los dientes a la Dora y así quedar tranquilo.

«¿Que te parece poco lo que gasté en colocarte los dientes?», le diría en caso de que lo hostilizara con lamentos. «Sabís que no somos ni pasados por el civil, así es que por ley no tengo que darte ni una chaucha.»

Entonces la Dora se vería obligada a callarse y a atenderlo como a un rey cuando llegara a su casa, porque, claro, a su casa llegaría sólo de cuando en cuando.

«Voy a buscarme una cabrita», reflexionaba René, «una cabrita buena de veras, joven y alegre, para que me dé gusto lucirme con ella. Una chiquilla buena, del centro, no estas porquerías de los barrios...».

Si le decía a la Dora que el negocio significaba ausentarse esa tarde misma por varias semanas, le iba a exigir dinero, y René no tenía más que los cinco mil pesos en billetes de cien que le entregó a Mario. Y si se iba sin decirle nada, la muy tonta era capaz de ir al cuartel para que la policía lo buscara.

Su plan era otro. Era pasar el día con la Dora para *emborracharle la perdiz*, algo de lo que a menudo ella lo acusaba. ¡Bueno! ¡Que los vieran juntos! ¡Que los creyeran enamorados! Era un sacrificio que hoy valía la pena, porque así la Dora conservaría tan buen recuerdo de él, que no acudiría a la fuerza pública para vengarse por el abandono, sino que era capaz de pasar las privaciones más extremas, alimentando una esperanza con el recuerdo de esa tarde, con la memoria de una ternura mínima. Sin decirle una palabra, él partiría al puerto esa noche misma.

Para reforzar la lealtad de la Dora decidió contarle por lo menos que tenía un buen negocio entre manos. Escuchándolo, en el asiento del *trolley*, la Dora pasó su brazo por debajo del de René. Se le acercó más aun cuando el hombre terminó diciendo:

—Y te voy a hacer colocar los dientes.

El resto del trayecto fue feliz. Comentando a una mujer que le pareció bien vestida, la Dora dijo que cuando ella tuviera todos sus dientes, y si pudiera vestirse así, y si engordaba unos cuantos kilos, se vería mucho mejor que ella. Admiró varias mansiones rodeadas de jardines. René respondía con monosílabos. A la luz plena de esa hora, su ojo pardo se aclaró hasta el amarillo, mientras que el negro rechazaba la luz reflejándola como una cuenta de azabache. Esos ojos contemplaban un mundo mejor, más abundante que el mundo de la Dora.

Las construcciones del barrio alto comenzaron a ralear. El *trolley* entró por una anchísima avenida pavimentada, con faroles, árboles jóvenes, calles con nombres de flores y de políticos desconocidos. Casas en construcción o terminadas había pocas, sólo algunas paredes divisorias, y en un predio baldío unos geranios raquíticos miraban el sol desde su bacinica abollada en el techo de una choza, donde se secaban las guías de una alcayota.

Bajaron al final del recorrido del *trolley*. René compró dos manzanas en un quiosco, se sacó la chaqueta de su traje azul y se la entregó a la Dora. Llevaba el suéter verde metido en los pantalones, bajo los suspensores. La Dora se puso la chaqueta de René sobre los hombros. Él no la miró; si la miraba sentiría impulsos de abandonarla allí mismo, inmediatamente. Se soltó la corbata grasienta y el cuello deshilachado.

Quedaba muy poca gente en el sitio elegido por los equipos para jugar su partido de fútbol. Por los rostros de las últimas personas que se retiraban, la pareja no dudó de que el «Cóndor» era el vencedor. Quedaban sólo los restos de la merienda en el pasto, papeles y cáscaras de frutas y cajetillas vacías. Dos muchachos, despojándose de sus camisetas escarlatas, se estaban poniendo sus trajes domingueros. René se acercó para preguntar de quién había sido la victoria.

—Del «Cóndor»... —repuso uno, desalentado—, seis a uno...

Continuaron vistiéndose en silencio. Luego se alejaron lentamente, balanceando sus bolsas de ropa terciadas a la espalda.

El descenso del sol en el cielo despejado se iniciaría pronto. El calor menguaba por segundos, pero la luz se mantenía clara y dorada. Hacia el poniente, pasado el charco de la ciudad, los cerros ocultaban sus detalles y volúmenes, fijando contra

142

el cielo perfiles azules como de cartón recortado. Nadie circulaba por el laberinto de pavimentos, junto a los cuales ni los fantasmas de las casas por construir se habían avecindado aún. En torno a la cancha, las teatinas secas, los hinojos y las cicutas formaban una especie de jardín alto y áspero, donde un mal rocín pastaba atado a una estaca. Hacia el oriente, el aire lleno de transparencia barría hasta más allá de un barrio distante, y entonces remontaba los faldeos hasta la solidez agudamente mellada de la cordillera.

Los compases de una canción, tocada en una radio lejana, atravesaban con nitidez sorpresiva la finura de la atmósfera. La Dora coreó:

«¡...aaayy, mi corazón te llamaaaa
taaaaan... desesperadamente...!»

René se soltó los suspensores y se sentó sobre la hierba para pelar una manzana. Después de comérsela, eructó, y dejándose caer boca arriba sobre su chaqueta se adormeció a medias, sonriente, con las manos velludas cruzadas sobre su vientre relleno.

Entretanto, cerca de él, como si lo rondara, la Dora recogía hierbas olorosas, toronjil para cebar el mate, hierbabuena, porque era delicioso aspirar su aroma en el hueco caliente de la mano. Al inclinarse con las rodillas tiesas para recoger una tapa corona, su falda angosta se subió más arriba de sus corvas, más arriba de donde tenía enrolladas las medias. Semidormido, René divisó el trozo de piel así descubierto. Para desechar esa intrusión en las bellas imágenes que su somnolencia evocaba, se tendió boca abajo y se quedó dormido inmediatamente.

Pero no durmió mucho. La Dora acudió a tenderse a su lado y, al arrimársele, lo despertó. René se mantuvo quieto, quieto y boca abajo y con los ojos cerrados, como un animal que finge estar muerto al percibir la cercanía del peligro. Mezclado al olor del pasto volvió a sentir el característico olor de su mujer: ese olor a ropa que de tan vieja era imposible dejar limpia, pese a los frecuentes lavados; olor a humo de parafina en sus cabellos. Se aproximó tanto a él, que René sintió el hueso flaco de su cadera.

—René, mi hijito... —susurró Dora en su oído.

Él se agitó un poco, balbuceando palabras entrecortadas, como quien sueña. La Dora acarició el casco duro de la gomina seca de su cabeza. Los ojos de la mujer eran hondos y tibios en su rostro de cutis marchito, al que el sol benigno prestó un instante de frescura. Cuando vio que su hombre se movía, la Dora sacó una hilacha del cuello de su camisa entreabierta, y sin poder contenerse introdujo una mano bajo el cuello, tendiéndola sobre la espalda velluda de René.

—¿Que no veís que estoy durmiendo? ¿Para qué me jodís?

Los ojos de la Dora se nublaron, pero continuó acariciando la espalda de René.

No. René consideraba que por mucho que necesitara dejar un buen recuerdo, eso no podía hacerlo. No podía. A pesar de dormir en la misma cama, más de un año hacía que no tocaba a su mujer. ¿Para qué, si tenía mujeres buenas de veras?

Casi siempre se las arreglaba para acostarse enojado. Otras veces llegaba tarde, de manera que después del pesado trabajo del día era difícil que la Dora se despertara. La última vez fue tal el asco que le produjo su mujer, no sólo su cuerpo envejecido y maloliente sino, más aun, esa pasión, esa sensualidad anhelante y frustrada, que permaneció muchos días sin ir a su casa. Al regresar, le dijo a la Dora que si volvía a insistir, él se iba para siempre...

Algunas hierbas cosquilleaban la papada de René, sus orejas, e introduciéndose en sus pantalones, sus tobillos. El calor, un insecto que bajo la camisa le recorría la cintura, los olores, disolvieron en él toda posibilidad de discriminación y de resistencia. Pasó un brazo sobre el cuerpo recostado de la Dora, dejándolo pesar sobre sus pechos escasos. Ella se animó bajo ese peso y con sus propias manos, haciendo un esfuerzo, volcó hacia sí el cuerpo inerte de René. Se apegó a la carne caliente de su hombre, apretándolo, murmurando una y otra vez:

—Mi hijito, mi hijito lindo...

La Dora tenía los ojos cerrados. Hierbas y amores secos coronaban sus cabellos. El deseo había coloreado su rostro, suavizándolo, embelleciéndolo, rostro en que el triunfo apareció violentamente al percibir que el cuerpo de René se animaba con su contacto. René rehusó mirar, rehusó pensar, dejándose hacer, dejándose arrastrar, nada más. La Dora le mordisqueaba el cuello y las orejas, pero, mudo, él le negó la boca que buscaba con ansia. Y se quedaron allí, haciendo el amor entre el pasto, y un pájaro sorprendido circuló largo rato en la última vigilancia perfectamente azul del aire, muy alto sobre la pareja yacente.

10

El pájaro pronto se cansó de sobrevolarlos. Hacia el poniente el crepúsculo no tardaría en tostar la frescura azul del aire, y René y la Dora no eran, seguramente, la única pareja que aprovechaba el otoño extraordinario para amarse al aire libre. Voló entonces hacia el cerro, circulando largo rato sobre él, el mapa aéreo de la ciudad dorándose ya en las cuentas minúsculas de sus ojos. Abajo, la infinidad de parejas que habían acudido al cerro desde barrios distintos tras errar por calles y parques dominicales, aguardaban, ya cansadas, que el frío de la tarde quebrara por fin el equilibrio del aire, indicándoles la hora de partir. El pájaro planeó a menos altura sobre las parejas yacentes, como si deseara inspeccionarlas para elegir, volando por último sobre cierta pareja abrazada entre los matorrales de una ladera vertida al poniente. Ellos se desprendieron dulcemente, lentamente de su abrazo, como si temieran dañarse al hacerlo, y permanecieron tranquilos, recostados uno junto al otro en la luz soslayada que caía minuciosamente entre las briznas de hierba.

—Mira... —susurró Estela a Mario, señalando el pájaro que circulaba una y otra vez sobre ellos.

Mudos, continuaron contemplando el poniente de casas bajas ordenadas en patios amplios o míseros, donde palmeras casuales eran como viejísimos surtidores que aún manaban, desde épocas pretéritas en que la ciudad era diferente y sin embargo idéntica.

Estela cerró los ojos lentamente. Pero esta vez no se cerraron bajo la antigua desconfianza que a menudo los mantenía clavados en sus pies, sino que se cerraron porque sabían que nada más iban a ver que acrecentara su dicha. Un gran viento benévolo parecía haber despejado su rostro joven, donde los labios, amoratados aún con el amor, guardaban insinuaciones de sonrisa en las comisuras. Éstas se recalcaron cuando Mario, al moverse a su lado para esquivar un terrón incómodo, hizo más íntimo el contacto de sus cuerpos tendidos. Y ocultos bajo pestañas todavía húmedas, los ojos de la muchacha revisaron el recuerdo entero del día, como acariciándolo.

Lourdes se había puesto muy seria cuando su sobrina le pidió permiso para ir al zoológico del cerro, algo agraviada porque la muchacha no era capaz de contener su curiosidad hasta que ella se sintiera mejor de sus várices para acompañarla.

—...y sola no te dejo ir —concluyó la sirvienta.

—¿Que no ibas a ir con el Mario? —preguntó Rosario.

—Ah, entonces... —titubeando, Lourdes dejó la frase sin terminar.

Rosario aprovechó para convencerla en un dos por tres de que era muy propio que Estela saliera de paseo con Mario, sobre todo ahora que había ascendido a empleado de mostrador en el Emporio Fornino, y sobre todo porque era un chiquillo con ideas a la antigua, tan honrado y tan serio.

—¿Y no van a ir a almorzar? —preguntó la cocinera.

—No sé... —respondió Estela.

—Anda a buscar a Mario, niña, para que almuercen aquí con nosotras. ¿Para qué van a gastar plata de más por ahí, cuando aquí hay comida de sobra desde que don Andrés viene tan poco?

Durante el almuerzo, Lourdes pareció conformarse. Siempre fue difícil para ella tomar una decisión —ahora la cocinera la había tomado en su lugar, al reconocer a Mario como amigo no sólo de Estela sino de la casa—. Rosario entonces era responsable si algo llegara a suceder, un accidente o algo por el estilo. Bastó esta reflexión para que Lourdes se librara de su amurramiento, y durante todo el almuerzo bromeó con Mario, como si fueran viejos amigotes. Rosario, entretanto, silenciosa en su satisfacción de dirigir, observaba la locuacidad más que habitual de su compañera al hablar con el empleado de Fornino. Sus labios se arriscaron como diciéndose una vez más que Lourdes había sido una tonta en otro tiempo.

Al salir de la casa, Mario y Estela soltaron un suspiro contenido. En el brazo de Estela, la densidad dura del brazo de Mario, tan conocida y esperada, separó de su mente todo recelo. Y ese domingo en la tarde, caminando con ese brazo bajo el suyo por el sol de las calles, tuvo orgullo de ser vista junto a Mario por todos los transeúntes.

Resultó difícil arrancar a Estela de frente a las jaulas de monos, leones y papagayos, porque la muchacha parecía no conservar a su compañero en la memoria más que para dirigirle maravilladas preguntas. Sólo cuando él le ofrecía el cartucho de maní para que colocara uno, temerosamente al principio, en la trompa de un elefante o en la mano de un simio, los dedos de Estela tocaban los de Mario a través del papel, y entonces sus ojos se rozaban un instante. A medida que transcurrió la tarde y los cucuruchos de maní se agotaron uno tras otro, la mirada de Estela fue apoyándose más y más en la de Mario, hasta que el entusiasmo de sus preguntas amainó. Más tarde, cansados ya, él tomó la mano de su compañera, que saltando arroyos y matorrales se dejó conducir a una ladera apartada.

En el momento en que la hizo tenderse a su lado en la hierba, al resguardo de unos pinos nuevos, el temor de la certeza borró todos los tigres y papagayos de la memoria de Estela, secó todas las preguntas en sus labios. Tembló un poco porque, a pesar de que ahora sólo iba a ocurrir lo que no sucedió con el Cara de Pescado, porque en esos años ambos eran chicos, en ninguna parte de sí logró encontrar la seguridad de aquellas circunstancias.

Sin embargo, al medir cada una de las jugadas torpes con que Mario se le iba aproximando y comprobar que, de alguna manera, parecía haber más temor en él que en ella misma, todo recelo se desvaneció. ¡A pesar de ser tanto más grande que el Cara de Pescado, Mario era tanto más infantil! Con esto el amor de Estela quedó ofrecido simplemente, abrazando a Mario más y más, para hacerlo compartir con la mayor proximidad de sus calores siquiera algo de esa confianza hallada en la certeza de que tanto él como ella se iniciaban en ese momento. Y cuando, en el colmo de la impericia, la confusión de Mario lo hizo susurrarle en el oído «ayúdame..., no sé», Estela se olvidó de todo, de las piedras que atormentaban su espalda, de la hebilla del cinturón del muchacho, que la hería. Con los ojos muy abiertos y fijos en el poniente luminoso entrevisto más allá de los pinos, pronto oscurecido por el desgarro de su dolor entusiasmado, Estela se entregó con alegría y confianza.

Tendida junto a Mario, lo recordaba entero.

Con los ojos cerrados, Estela sentía la vista de Mario recorriéndole el perfil tibio aún de besos, el pecho palpitante, las axilas humedecidas que, al cruzar sus brazos detrás de la nuca, descubrió a la última claridad de la tarde. Aquella primera vez en el cine, la mirada de Mario la había dejado sola; pero en adelante siempre buscaría la suya para mirar juntos.

Estela abrió los ojos. Sonrió a su amante, que ruborizándose ocultó el rostro ardiente en el hombro de la muchacha, él con los ojos cerrados ahora, ella observándolo. Miró cómo surgía el cuello potente desde derechísimas clavículas bajo la camisa blanca abierta, y cómo, mágicamente, éstas se transformaban en los tiernos brazos que la tenían rodeada. Miró sus cabellos. Sus dedos se

151

agitaron con el recuerdo del ardor que conocían bajo esa maraña, junto al cráneo.

Estela tomó una brizna y le hizo cosquillas junto a la nariz. Mario se esforzó por contener la risa, pero pronto lanzó un bufido y una carcajada. Y el resto de luz de la tarde maduró al invadir sus pupilas enamoradas. Se abrazaron nuevamente.

—Oye, mira, te rajaste la camisa... —murmuró ella.

—Chitas, y era la única más o menos de parada que tenía...

—Yo tengo hilo y aguja aquí en el bolsillo. Sácatela.

—Chisss, me voy a helar. ¿Creís que tengo cuero de chancho?

—Sácatela... —repitió Estela, enhebrando.

Se la sacó.

Con el cuerpo algo encogido y los brazos cruzados sobre el pecho, el muchacho se defendió del frío que se insinuaba en el aire del atardecer. Ella, mientras tanto, cosía sentada muy derecha en la tierra. Embebida en el remiendo de la camisa de Mario, sus dedos cosían con la misma entereza orgullosa con que Margarita, su cuñada, parchaba la ropa de su hombre, rajada en el trabajo o en una pendencia. No pensó más que en hacer el remiendo lo más perfecto posible, porque en algún rincón oscuro de su mente se había establecido la conciencia de que aquí, en este momento, comenzaba su vida.

Mario no estaba tranquilo. Contestó sí, pero no tranquilo. El júbilo de su primer triunfo lo llenó de seguridad fanfarrona durante unos minutos, el conquistador en potencia había realizado su jornada inicial con éxito, y se felicitaba por ello. Visualizó gozoso innumerables mujeres futuras que poseería, infinitas charlas en el «Cóndor» acerca de sus méritos y de sus defectos, todo con una seguridad que reduciría al Picaflor Chico a la insignificancia. ¡Qué fundamentada sería la envidia de Cádiz al oírlo dar pruebas de no ser uno de esos idiotas que *se trabajan minas que no corren!* ¡El suyo era un ojo experimentado para saber con quién valía la pena meterse! ¡Con qué tranquilidad afirmaría entre cerveza y cerveza que todas las mujeres son iguales!

Era chica y huasa, y se le había entregado. En otras mujeres había sentido el peligroso deseo de envolverlo, seducirlo, vencerlo, pero no de entregarse. Estela se había entregado. Por eso todo fue tan perfecto.

«Ayúdame, no sé...»

Súbitamente, sus propias palabras dichas en un momento de ardor confuso regresaron a su memoria para derribar el orgullo. Miró a esa mujer que cosía satisfecha, como para destruirla con su resentimiento por conocerlo tan débil y desnudo. ¡Por culpa de esas malditas palabras que lo amarraban, ya no sería posible comentar nada con sus amigos! No, no iba a decir ni una sola palabra, aunque se rieran de él cuando contestara a las preguntas con evasivas. En realidad, lo mejor era no volver al «Cóndor». ¡Por culpa de Estela se veía reducido a la suerte de los enamorados! Una marea

153

de odio hacia ella lo dejó estupefacto. ¡No, él no había caído en el garlito! ¿Enamorarse? ¡Eso era para los imbéciles que no conocían a las mujeres! Ahora él las conocía bien. Ésta no era más que una entre las muchas mujeres que iba a seducir, todas iguales. ¿Acaso no siguió cada uno de los pasos de la tan conocida técnica de la seducción, y ella cayó igual que todas? Sí, todas iguales, lo demás era cosa de imbéciles...

—¡Ay! ¡Me clavé! —exclamó Estela, chupándose el dedo. Fue como si un aguijonazo hubiera traspasado la carne viva de Mario. La miró sobresaltado. ¡Era linda! ¡Era tan linda! La conciencia de la belleza de Estela, sentada en la tierra cosiendo, abatió como una ola todas las dudas de Mario. ¡Era linda! Las otras mujeres *corrían*, eran *güenas*, pero Estela era distinta, porque era linda. El calor de esa mejilla tersa y oscura volvió a la mejilla de Mario, el recuerdo de la dimensión y el peso del talle regresó a sus brazos desnudos, entibiándolos. En un último esfuerzo por escamotear la emoción intentó pensar en otros talles, en mejillas aun más suaves... pero era imposible, porque Estela era única, toda la imaginación del muchacho se hallaba entornada hacia ella, y ella la ocupaba entera.

Dentro de pocos minutos iban a separarse. Él volvería a su casa para escuchar los eternos lamentos de la Dora, mientras Estela regresaba a ese caserón helado. Se acostaría a dormir sola, cerca del lecho de una vieja loca, a muchos kilómetros de distancia. ¿Cómo era Estela durmiendo?

—Oye. ¿Tú roncái de noche?

—No... —repuso ella, sin levantar la vista.

Mario se la imaginó dormida. Y a sí mismo dormido junto a ella, en la cama comprada a plazos para los dos. Y pensó en un aparador lleno de vasitos azules y de loza y de banderines. Solos, lejos de René y de la Dora, lejos de Lourdes y de la señora loca. Cuando él saliera a trabajar en la mañana, ella se quedaría cosiendo en la casa y preparando la comida. Y cuando no regresara muy cansado, en la noche irían al cine, no a galería sino a platea alta, ahora que era *empleado particular* en el Emporio. ¡Estela y todo lo que contuviera esa pieza serían suyos, propios, como el reloj dorado que brillaba en su muñeca!

—Ya, ya está. Mira que quedó bien...

Se pusieron de pie. Estela sostuvo la camisa para que Mario metiera los brazos en las mangas. Pero cuando los estaba metiendo una desesperación, un frenesí incontenible acometió a Estela. Abrazó violentamente a Mario por la cintura, apoyando la cara contra la espalda. Él se volvió hacia ella, serio, con los faldones blancos de la camisa volando en la brisa. Se abrazaron y, sin saber cómo, rodaron felices otra vez por la hierba.

11

Hacía unas buenas cinco semanas que Andrés Ábalos no visitaba a su abuela. Aquel malhadado día del cumpleaños percibió tal amenaza en ella y en todo lo ocurrido en su casa, que ahora no se decidía a ir a verla, como antes, una vez por semana.

A medida que el tiempo iba pasando, la zozobra de Andrés fue en aumento en vez de menguar. No comprendía por qué se turbó en aquella ocasión de manera tan definitiva, ni por qué la locura de su abuela —al fin y al cabo las obsesiones de la anciana no eran novedad para él— lo dejó esta vez tan dolorosamente trizado. Sólo trizado, sin embargo, porque a pesar de todo lograba mantener su forma exterior. Pero el temor producido por la seguridad de que ya no conservaría sus contornos propios por mucho tiempo, de que sus días de buen caballero de orden e inteligencia eran contados, hacía intolerablemente desapacible el transcurso de sus horas.

Se escudriñaba en busca de la raíz de tan violenta desazón. ¿Por qué, después del cumpleaños, lo hirió con tal lucidez la certeza de que faltándole su abuela quedaría libre, pero sin nada que hacer con su libertad? Oscuramente lo había adivinado así tiempo atrás, aunque hasta este momento jamás le produjo más que cierta melancólica dignidad, que por lo demás sentaba de maravilla a su posición y a sus años. Y ahora, de pronto, nada de lo que había hecho con todas las horas de su pasado, nada de lo que podían ser las horas de su futuro, contenía ni un átomo de nobleza ni de valor. ¡Bien se podían tirar por la borda todas sus experiencias, afectos y aficiones, que tan mísera dimensión tuvieron! ¡Qué terror de morir sin haberse aventurado a la vida! ¡Y sobre todo, al borde de esta insatisfacción nunca antes experimentada, qué incierto pánico de verse llevado a aventurarse!

Cavilando en la penumbra del escritorio de su departamento, se preguntaba por qué lo más equívoco del peligro yacía en las palabras sin sentido de su abuela, y no en las razones cruelmente incisivas de Carlos Gros. ¿Por qué tenía constantemente ante su conciencia esa llaga de vergüenza abierta por las monstruosas acusaciones respecto a Estela y a él? ¿Era eso? ¿Podía ser eso la causa de su angustia actual? No... sería demasiado adolescente... no podría soportar verse a sí mismo en un papel tan ridículo. ¿Deseaba a Estela? Para negarlo se afirmó en el hecho de que su memoria no guardaba recuerdo alguno de la muchacha, y todas sus sensaciones estaban libres de su presencia. ¿Cómo era? ¿Alta o baja? ¿De cutis claro o moreno? ¡Ni siquiera lo recordaba! Y extrayendo valor de estas negaciones, se decía: ¿y si la hubiera deseado? ¿No deseó a muchas mujeres en su vida? ¿No supo satisfacer su deseo, sin perturbarse jamás ni perder control de sí mismo? Una especie de bruma reblandecía el contorno de estos pensamientos...

Sin embargo, cada vez que Lourdes lo llamaba por teléfono, la comunicación con la casa de su abuela lo confundía, como si allá radicara todo peligro. No atinaba a responder a los velados reproches de la criada:

—Si la señora ha estado de lo más bien, don Andresito, no se preocupe...

—Claro... y no he ido porque, tú sabes, a mi edad me tengo que cuidar.

—Claro, cuídese no más, no importa. ¿Necesita algo? ¿Quiere que la Rosario le prepare una dietecita de ave para ver si con eso se siente mejor?

¡Una dietecita de ave!

Andrés se esforzó por conservar el tono acostumbrado de su vida. Pero su vida no le obedeció, permaneciendo dura, clavada en la insatisfacción que iba desbaratando sus momentos, como si detrás de cada una de sus domesticadas aficiones fuera a descubrir alguna verdad sobre sí mismo que lo pulverizaría.

Como siempre, iba al Club de la Unión, instalándose en el ángulo más sosegado de la biblioteca para hojear las últimas revistas francesas. *Histoire* traía un artículo sobre Mme. de Castiglione. Quizá resultara interesante. Pero el papel ordinario de la revista y la profusión de avisos vulgares lo obligaban a dejar, asqueado, lo que antes le hubiera procurado deleite. Se dirigió a la sala de rocambor. Sus habituales compañeros de juego se hallaban apasionadamente concentrados en lo que se le antojó la más pueril de las aventuras ficticias. Sólo los que no conocen, o los que han claudicado de lo excitante y lo conmovedor de la vida real, eran capaces de dedicar tanto calor a los naipes. ¡Eran tan pusilánimes al conformarse con sólo eso! Sin saludarlos, partió dejándolos extrañadísimos ante su inusitada actitud.

En un salón del segundo piso, un par de amigos suyos tomaban té. Sus cabezas, perfectamente calvas, se bamboleaban en aprobación satisfecha de lo que uno y otro decían. Llamaron a Andrés para que se les uniera.

—Oye, Andrés, tú que eres medio tirado a artista, ¿no es cierto que ninguna cosa artística de ahora se puede comparar con lo que era la ópera en el tiempo de nosotros?

Andrés agradeció el cumplido de llamarlo artista, pese a que pronto vislumbró en ello un ribete de desprecio. Era como si sus pálidas aficiones artísticas bastaran para impedirle una entrada total en ese mundo perfectamente encuadrado que era el de sus amigos, en el que antes de ahora siempre se sintió tan seguro. Pero ahora hacían de él un individuo marginal, su sensibilidad se transformaba en cosa sospechosa, haciéndolo un «raro». ¿Qué otra cosa podía pensar de él Vicente Castillo que, arrellanado en su seguridad de próspero agricultor que ha casado a todos sus hijos conforme a sus deseos, se dedica a opinar de todo y de todos con igual desplante? Vicente continuó:

—Claro que tú eres más chiquillo que nosotros. Pero te acordarás que antes encontrábamos a los artistas en todas partes. Paseándose en la calle Huérfanos en la mañana, y en la tarde en la casa de alguien que los convidaba a comer para que cantaran. No como ahora...; antes todo el mundo convivía con los artistas. Claro. ¿Y por qué no, digo yo? Antes, los artistas eran personas cultas, decentes como uno, no como ahora...

El bamboleo de la calva que subrayó estas definitivas convicciones halló eco en el bamboleo de la calva de su amigo, que rió diciendo:

—¿Te acuerdas de esa temporada en que tu padre se volvió loco por esa soprano...? ¿Cómo se llamaba? Ah, claro, la Terrazzi, esa colorina alta, interesante la mujer... claro, claro que me acuerdo, un poco gorda, de aquí sobre todo. Pero las mujeres antes eran así, no como ahora. ¿Y te acuerdas que tu madre se puso tan furiosa que no fue a la ópera ni una vez más en toda esa temporada, y dejó el palco de abono desocupado todo el tiempo para que la gente se diera cuenta, como un insulto...?

¿Te acuerdas? ¿Te acuerdas?

—¿Te acuerdas de la vez que se le salió un gallo a Tita Ruffo?

—¿Te acuerdas cuando Miguel cantó en un beneficio para la Araucanía?

—¿Te acuerdas que al final de la temporada, cuando habíamos visto *Aída* unas diez veces y *Lucía de Lammermoor* unas quince, se mandaba el palco de abono a los parientes pobretones?

—¿Te acuerdas?

—¡Claro! ¡Cómo no! No como ahora...

No como ahora... no como ahora... no como ahora...

Andrés dejó de escuchar esta conversación fosilizada que antes lo hubiera hecho pasar un rato tan agradable. Ahora contenía un vértigo, como si no hiciera más que señalarle un abismo, un vacío del que era imposible escapar...

Cerca de ellos se instaló un grupo de hombres jóvenes con aire de que el mundo les pertenecía. Uno saludó de lejos al agricultor y otro a Andrés. Hablaban de política, de la Bolsa, de negocios, eran serios y conscientes, sin dudar ni siquiera por un segundo que el futuro del país caería en sus manos. Andrés prestó atención. Pesos, pesos, acciones, títulos, transacciones, el directorio de la compañía. Comentaron sobre cierto Matías que, habiendo arriesgado todo su dinero en un negocio fraudulento, había caído en manos de la justicia, dejando su nombre por el suelo y a su familia en la calle. ¡Pobre Matías! Era necesario ayudarlo, porque era amigo y pariente. ¡Pero arriesgarlo todo! ¡Bueno, Matías nunca había sido de los más avisados, ni en el colegio! Pero Matías era como ellos, con sus trajes grises y sus camisas blancas, casi idénticos unos a otros, sin el más leve atisbo de idiosincrasia que trizara las superficies cristalizadas de sus personalidades. Bajo sus palabras hervía la ambición, la ambición de ser más rico, más poderoso, mejor que los demás en cualquier sentido, pero sin salirse jamás del molde de una ortodoxia social.

Andrés, sabiéndolos horrorosamente equivocados en sus valores, los escuchó con envidia. ¡Ese Matías, que había sido capaz de arriesgarlo todo por algo de tan poca importancia como el dinero, era sin duda un heroe! ¿Por qué él, Andrés Ábalos, no fue dueño de ese amor al dinero que impulsaba a estos hombres a arriesgarse, a vivir? ¡Hubiera sido tan fácil! ¡Y tan erróneo! Andrés vio belleza en ese error al compararlo con el suyo. Eran capàces de las empresas más crueles y peligrosas, capaces de ensuciar sus conciencias para siempre, hundirse, pero quizás uno entre ellos, una vez, hiciera un gesto que tuviera nobleza, tomara una posición que significara categoría y valor. ¡Sí, el riesgo de sus empresas podía tener hermosura! Y además, tenían tiempo. A él, en cambio, tiempo ya casi no le quedaba porque lo había gastado en aprender a distinguir cuáles eran las actitudes erradas. ¿De qué le sirvió saberlo, si a pesar de ello permaneció siempre en el umbral de la acción? Y tiempo ya casi no le quedaba...

Se puso de pie excusándose someramente. Pidió su abrigo y salió a la calle. Lo único que deseaba era huir, huir adonde fuera.

La semana anterior había almorzado en casa de Carlos Gros, rodeado de la familia del médico. Adriana, percibiendo cierta desazón en su amigo, le preguntó:

—¿Pero quieres explicarme, Andrés, por qué no haces un buen viaje a Europa? Te lo llevas hablando de Francia y de cuánto te gustaría ir. No veo por qué no vas... a no ser que te estés poniendo avaro.

Hasta la avaricia le parecía ahora una pasión admirable. Pero no era su caso...

El viaje estuvo gestándose toda una semana en su cabeza. Era la solución para sus problemas. En las noches despertaba navegando, navegando suavemente, aérea o marítimamente, y le parecía que navegaba y navegaba, y que el puerto se iba alejando cada vez más y que el aeródromo se perdía. Su embarcación jamás llegaba a tierra.

Recordó el viaje que hizo al terminar sus estudios de leyes. Pensó en el olor de ciertas tiendas de zapatos en Londres, y en el Uccello de la Bodleian Library. Recordó el azul del Mar Jónico cerca de Brindisi, agitado por el mismo viento que había mecido el barco en que Virgilio agonizó. Volvió a estar en ciertos salones de París a los que tenía acceso, salones de *boiseries* grises desteñidas, donde las conversaciones con una que otra dama madura, un poco desilusionada y un poco inteligente, tomaban los mismos tonos desleídos que los ángulos de sus salas. Cada adorno allí, cada libro de noble y vieja pasta, parecía estar prestigiando esa mesita o anaquel desde siempre y para siempre. En esos ambientes, donde las soluciones del pasado modifican el presente con serena continuidad, quizás fuera posible hallar refugio contra las preguntas con que ahora, de un día para otro, la vida lo acosaba.

Caminó más tranquilo hasta su casa. Se acostó temprano, tomando un espléndido volumen ilustrado sobre la historia del castillo de Blois. La satisfacción se apoderó de él en tal forma que olvidó totalmente el transcurso de las horas, algo que durante los últimos días lo había atormentado con la conciencia de cada segundo, de cada minuto concluido. Un llamado telefónico lo despertó de su encantamiento. Era la una de la madrugada. Escuchó el tartamudeo de Felipe Guzmán:

—Pero, hombre —dijo Andrés algo malhumorado—. Es la una de la madrugada.

—Es que tenía que decírtelo. Sólo tú tienes la sensibilidad para comprender el interés de mi descubrimiento...

—¿Qué pasa?

—Nadie, sabes, nadie ha señalado un punto tan curioso en su vida.

—¿En la vida de quién?

—En la vida de María Antonieta, pues, hombre...

—Ah —murmuró Andrés.

—Figúrate que María Antonieta, reina de Francia, jamás en su vida vio el mar. ¿Qué te parece? He estado releyendo con todo cuidado más de treinta biografías de la reina y he podido comprobarlo sin lugar a dudas. No te llamé antes porque sólo ahora tengo toda mi información lista y a prueba de balas. ¿Qué te parece? ¿No crees que debo escribir una notita para alguna revista francesa importante y dar a conocer este dato tan extraordinario acerca de su vida? Andrés... Andrés...

Pero Andrés había cortado la comunicación. Vio que Felipe Guzmán, que se pasaba la vida leyendo monografías, textos, memorias y estudios sobre los Borbones y los Habsburgos, estaba muerto... completamente muerto. Y por reflejo, vio que él también lo estaba, ya que todas sus aficiones por lo bello y lo histórico eran sólo una manera de esquivar la vida, de marcar el paso agradablemente —agradablemente, sobre todo— hasta la hora de la muerte. Entonces, en esa noche en que llovía y llovía y que tan propiciador comienzo tuvo, rodeado de la penumbra que de pronto se tornó salvajemente agresiva en su civilizado departamento, Andrés supo que no había viaje que valiera, que la única realidad que le iba a ser posible conocer, la única experiencia vital a que podía aspirar, era la experiencia de la muerte.

Uno de los mayores placeres en la vida de Andrés era salir a caminar por las calles ya a punto de anochecer, dirigiéndose a tiendas de libros de segunda mano o a esos establecimientos pequeños, generalmente en barrios populares, que comercian con antigüedades y toda clase de objetos usados. Era una costumbre aprendida en su juventud. Al cumplir veintiún años recibió la herencia de sus padres, y se vio dueño de un poder adquisitivo que no supo en qué emplear, deseando, sin embargo, hacerlo. Pero en las tiendas céntricas iluminadas con exceso, y por lo tanto en los artículos que vendían, descubrió una premura desagradablemente indicadora de contingencia, una impersonalidad sin nada de sugerente, que exterminó todo su agrado en la aventura de comprar. En las tiendas de cosas usadas, en cambio, polvorientas y en desorden, atendidas por caballeros un poco zarrapastrosos y de origen oscuro, como también en esos objetos y volúmenes dueños de más historias que él, existía un algo indefinible que le proporcionaba apaciguamiento y confianza no carentes de misterio, como si esos cuartos repletos de trastos y de libros viejos estuvieran deliciosamente domesticados, sin las aristas de las tiendas de objetos nuevos. Este placer se hallaba ligado a su afición de vagar por calles populares, bullangueras o silenciosas, solo, inidentificable, hasta llegar a alguna tienda donde, en invierno, a veces encontraba algún gato junto a un brasero, y nunca más de dos o tres personas, casi mudas como él. Andrés jamás adquiría nada de gran valor, nada histórico ni catalogado; eso hubiera hecho de él un *connaisseur*, un coleccionista profesional, coartando así su libertad. Pero no era difícil que ocasionalmente lo tentara cualquier objeto de aspecto insignificante, cierta mesita de madera clara ennoblecida por el uso, o una porcelana cuyas líneas simples daban impecable estructura a un bello tono de blanco.

Lo que más le gustaba era comprar bastones. En cierta ocasión, teniendo poco más de veinte años, se fracturó un tobillo, y para ayudarse a arrastrar su pie enyesado compró un bastón donde un anticuario. Luego, sin necesitarlos, fue comprando otros. Pero nunca permitió que su colección pasara de diez, el límite que él mismo se impuso al comenzar, y si deseaba adquirir algún bastón que le pareciera irresistiblemente bello, antes de adquirirlo vendía uno de los suyos para que su colección nunca rebasara el número debido, aumentando siempre en calidad. Llegó a poseer diez ejemplares verdaderamente primorosos: bastones chinos de marfil cubiertos de árboles y personajes; un antiguo estoque toledano disimulado dentro de su funda de pulido cerezo; algún sencillísimo bastón de caoba con su pomo de oro cincelado. Hallaba una seguridad colmadora al sentir en el hueco de su palma aquellas empuñaduras que otras manos, en épocas y continentes distantes, habían entibiado.

Entre los dueños de tiendas y los comerciantes privados se sabía que don Andrés Ábalos pagaba buen precio por lo que valiera la pena en materia de bastones, de modo que cuando aparecía en casa de un anticuario, era acogido con deferencia.

La tarde siguiente a su última visita al Club, Andrés se sentó, como tantas veces, en su sillón de cuero frente a una ventana de su departamento, desde donde la luz se deslizó hasta un atardecer temprano. Examinando sus bastones uno a uno, los lustró, los limpió con especial delicadeza, bruñendo las empuñaduras de metales ricos. Después de esta operación solía quedar satisfecho.

Ahora no le sucedió así. Ni con esto logró recobrar el uso de su tranquilidad. ¡Era necesario hacer algo, no quedarse observando lo que ya poseía!

¿Y si comprara otro bastón? ¿Uno más, uno que rebasara revolucionariamente el límite de los diez? ¿Volvería a ser capaz de sentir placer si gastaba mucho dinero en algo que colmara su gusto, algo inesperado que lo impulsara a romper ese canon de los diez? ¿No lo había llamado por teléfono

Donaldo Ramírez la semana anterior para avisarle que dentro de pocos días iba a caer en su poder un bastón excepcional? ¡Oh, si eso lograra destruir la sensación de estancamiento y de muerte que devoraba sus horas!

¡Donaldo Ramírez, entonces, era la persona indicada!

Andrés se puso su abrigo y se encaminó a la casona de Ramírez, detrás de la Plaza Brasil. El anticuario se reservaba en ella sólo un par de habitaciones, arrendando el resto por piezas a estudiantes provincianos de buena familia.

—¡Ellos son mis hijos! —declaraba Tenchita, la esposa de Donaldo, al que no había dado prole.

Andrés jamás percibió en la dueña de casa el menor asomo de instinto maternal hacia sus inquilinos. Parecía reservarlo para Donaldo, que era como un hijo único muy delicado y muy querido, y el anticuario trataba a su mujer como a una madre, una madre a la que es preciso mimar y obedecer. Era una relación incestuosa que a ambos hacía muy felices. Andrés admiraba esta felicidad. Pero más que nada admiraba en Donaldo su buen ojo para descubrir piezas extraordinarias, ocasionalmente de gran valor, bajo apariencias triviales: su seriedad y competencia profesionales eran sorprendentes. Las charlas entre él y Andrés podrían haber sido de gran interés para el coleccionista de bastones y de gran utilidad para Donaldo, pero era inevitable que Tenchita las interrumpiera con esa locuacidad suya que transformaba cualquier con-

versación, incluso charlas de negocio y conciliábu-
los entre expertos, en regocijado parloteo social.
Donaldo se lo permitía, al parecer encantado.

Tenchita era vasta y madura como una fruta
inmensa. Al fumar con su boquilla larga, entorna-
ba los ojos morados de *rimmel* y, entre bocanada y
bocanada, sus labios risueños nunca dejaban de estar en movimiento. Con una turbadora fricción de
seda cruzaba y descruzaba sus muslos regordetes,
tan frecuentemente como se lo permitían sus fal-
das ceñidas en exceso, luciendo así pies diminutos,
calzados siempre con los zapatos de tacos más altos imaginables. Así se usaba, y lo que se usa, lo que
está *de moda*, era el verdugo amado de Tenchita.

Andrés solía admirarse de que no hubiera
guerra entre los gustos del marido y los de la mujer,
pero su casa era testimonio de la más armoniosa
adaptación. Estaba colmada de objetos. En las paredes, los grabados dieciochescos de principios de este siglo y las tapicerías hechas a máquina cuyos
temas eran las distintas etapas de un idilio venecia-
no, alternaban profusamente con ampliaciones de
fotografías de grupos familiares en pesadísimos mar-
cos. Era inexplicable cómo el abundante volumen
de Tenchita podía circular en ese laberinto de mesi-
tas, consolas, taburetes, sillas, todo siempre recién
remozado con una mano de barniz de oro, obra sin
duda de la prolija dueña de casa.

—El Luis XV es de la familia de Donaldo
—confiaba Tenchita—. No lo venderíamos ni por
todo el oro del mundo. A mí no me gustan las antigüedades, pero cuando son de familia es otra cosa.

¡Una, que no es millonaria, tiene que mostrar que es gente con pasado de alguna manera, pues, Andrés!

Andrés sospechaba que jamás hubo oferta por tales mamarrachos, que constituían la población estable de los cuartos. Además de ésta, otra población, que era cambiante, sorprendía a Andrés en cada una de sus visitas. Por un lado, los prodigiosos objetos que Donaldo adquiría para vender privadamente o a los comerciantes de las grandes casas. Por otro lado, el aporte ubicuo de Tenchita: una cortina en la forma que *se usa* a poco cedía lugar a otra con vuelos dispuestos en forma aun más novedosa; un pañito bordado bajo un jarrón en que se desplumaban las colas de zorros pronto era reemplazado por una carpeta tejida según modelo de la última revista.

Donaldo era preciso y enjuto. En época lejana fue militar, de modo que conservaba la pulcritud de apariencia, la espalda tiesa y los hombros derechos que eran la admiración de su mujer. No eran éstas, sin embargo, las cosas que Tenchita más admiraba en él. En una ocasión había confesado orgullosamente a Andrés que su marido era Ramírez, pero —y fue ese *pero* lo que emocionó a Andrés— emparentado con los Álvarez de La Serena, por la madre.

Donaldo mismo salió a abrir. Su rostro se iluminó con una sonrisa de bienvenida auténticamente afectuosa que hizo brillar sus dientes postizos, en torno a los cuales su rostro se había secado sin envejecer.

—¿Y cómo ha estado misiá Elisita? —preguntó a Andrés.

Le gustaba hablar de la viuda de tan connotado hombre público como don Ramón Ábalos
con una familiaridad controlada.

—Bien, muy bien, Donaldo. ¿Y la Tenchita?

—No muy bien, Andrés. Parece que está
con un principio de mononucleosis la pobre. Usted sabe, es una enfermedad nueva, y usted ve cómo es la Tencha para las novedades. Parece que le
está dando a todo el mundo...

—¿Quién llegó, mi amor? —preguntó la
voz cantarina de la enferma desde el cuarto vecino—. No me digas que es ese ingrato de Andrés
Ábalos...

—Sí, soy yo...

—¡Ay, Andrés qué regio que viniera! Me
moría de ganas de verlo. Pero fíjese que estoy en
cama y hecha un horror...

Mientras Andrés se instalaba, Tenchita prosiguió:

—Tengo tantas ganas de verlo que me voy a
levantar. Pero si me jura no mirarme...

Andrés temió el efecto que la locuacidad de
Tenchita iba a tener sobre su pobre espíritu magu-
llado. ¡No quería verla! ¡Sólo quería comprar un
bastón maravilloso a manera de rebelión contra el
número diez tan estúpidamente establecido como
límite de su colección! ¡Oh, si con eso lograra di-
sipar esta atmósfera de muerte y de inquietud que
pesaba sobre él! Sin embargo, entró en el juego de
coquetería de la dueña de casa:

—¡Cómo no la voy a mirar a usted, pues,
Tenchita! ¡Eso sería perder mi día!

171

Donaldo, mientras hurgaba en los rincones atestados en busca del bastón con que se proponía tentar a su cliente y amigo, sonrió satisfecho al comprobar una vez más que su mujer era maestra en el arte de transformar las relaciones comerciales en reuniones mundanas íntimas. Andrés, entretanto, se preguntaba cómo un hombre con tan *buen ojo* como Donaldo para descubrir objetos auténticos y hermosos era capaz de no percibir la grosera falsificación de su mujer.

Después de unos instantes apareció Tenchita ataviada con un peinador de seda. Era como un gran pastel color rosa, adornado con anillos, prendedores, aros de fantasía. Vertió sus curvas dentro de una butaca frente a Andrés, la seda del batón adherida a sus carnes.

Andrés no la miró, porque sentía cómo la presencia de Tenchita estaba haciendo subir de nivel la desesperación de sus últimas semanas. Era como si rajándose dolorosamente del Andrés Ábalos de antes del cumpleaños de su abuela, ese hombre tranquilo que había logrado sumergir todos sus problemas, él estuviera separándose por medio del tajo hecho por su abuela esa mañana. Ahora, en un momento más, la grosería de Tenchita iba a hacer más hondo, quizás definitivo, ese tajo. La mujer del anticuario estaba explicando que Donaldo no había querido comprar cierto grabado que a ella le gustó mucho. Poniéndose de pie, dijo que el grabado representaba a una mujer apoyada así, contra un árbol:

—...una mujer casi... casi como semidesnuda... —explicó Tenchita, contoneando sus generosos cuartos traseros.

¡Era tan absurdo! ¿Cómo arrancar sus dolores reales, solitarios, de esta indignidad? ¿Era ridículo, entonces, todo lo que sentía, aquello que lo estaba hiriendo sin que él supiera aún lo que era? ¿Con qué derecho esta mujer grotesca iba a asestar el golpe que finalmente deshiciera lo poco que le iba quedando de compostura?

Satisfecha con su actuación, bajo la mirada patrocinadora de su marido, Tenchita volvió a sentarse y se embebió en la exégesis de su mononucleosis. La fiebre le producía escalofríos, aseguró, envolviéndose los hombros en su chal de fina lana rosada. Donaldo, blandiendo un bastón, aguardaba una tregua en la verborrea de su mujer para enseñárselo a Andrés. Pero a Andrés no le interesaba ya. Sólo le interesaba el chal rosado.

—Andrés, no sea malo, dígame que mi chal es precioso...

El peso de la exigencia destrozó a Andrés. Ya no veía, ya no pensaba. ¿Con qué derecho esta mujer monstruosa extraía desde el fondo de él imágenes aún sin rostro, pero que pronto, peligrosamente, lo iban a tener? ¿Por qué ella, ella era la llamada a dotar de fisonomía a su pobre angustia?

—Donaldo me lo trajo anoche de regalo, fíjese que es amoroso. Dijo que quería verme rosadita entera cuando me despertara a su lado en la mañana...

Al indicar a su marido, descubrió a los ojos de Andrés la palma de su mano, rosada, muelle, cruda. Andrés se puso de pie. En lugar de Tenchita veía a Estela, envuelta en el chal que él había regalado a su abuela... y Estela despertaba en el lecho junto a él. El calor joven de la muchacha, su cuerpo levemente humedecido por el sueño tibio, lo tocaban. Tenía vivo en la nuca el aliento de Estela al ayudarlo a ponerse el abrigo, y ante sus ojos se hallaba abierto el peligro desnudo de sus palmas.

¿Su abuela, entonces, a pesar de su locura, vio algo que él no se había atrevido a ver? ¿Podía ser que la locura fuera la única manera de llegar a ver hondo en la verdad de las cosas?

Andrés retrocedió hasta la puerta.

—No se vaya, mire el bastón que le tengo... ¡Bastones! ¡Las dietecitas de Rosario!

—¿Para qué va a querer bastones Andrés, pues, hijo? —exclamó Tenchita—. ¿Que no ves que está más joven que un chiquillo? Si hasta parece que estuviera enamorado. ¡Confiésenos su pecadito, Andrés, mire que nosotros somos muy modernos y muy comprensivos...!

—¡Cállese! —gritó Andrés.

El dedo travieso y acusador de Tenchita se heló en el aire. Ella y su marido se hallaban de pie, buscando refugio uno en el otro.

Andrés cerró la puerta de golpe y bajó las escaleras corriendo.

12

Al salir de la casa de Donaldo no supo cómo logró tomar un taxi ni cómo ni por qué lo dirigió a casa de su abuela. Sólo al reconocer que la calle por la que iba el taxi a doblar era donde la anciana vivía, se dio cuenta de que en algún momento había pedido al chofer que lo llevara allí.

Lo hizo parar y bajó. Caminaría unas cuadras hasta llegar.

Miró su reloj. Las nueve de la noche. Una niebla liviana desprendía algunos detalles de los árboles y las casas, suspendiéndolos sueltos en las honduras de sus jardines. Esferas de bruma iluminada encerraban la luz de cada farol como dentro de una gota de frío. Un automóvil rasgó el silencio del pavimento húmedo. Detrás de las ventanas que Andrés iba pasando, en habitaciones claras, las vidas proseguían su curso normal, comiendo, hablando, preparándose para dormir, riendo.

Andrés caminaba, pero su vida no seguía su curso normal. En la niebla se materializó una figura que pasó junto a él sin mirarlo; por un instante Andrés advirtió un cuello subido, cierta premura por llegar sin tardanza a un destino habitual: todo en orden en aquella vida, que de nuevo se hundió en la niebla. Pero Andrés no era el que hasta ahora había sido...

Como si por fin rompiera el molde que lo limitaba, un júbilo repentino empapó los ojos de Andrés. Se detuvo bajo un farol. En medio de la niebla fría, su cuerpo guardaba un fulgor reciente y maravilloso.

¿Por qué? ¿Por qué?

Trémula, su imaginación no tuvo más que empinarse para atrapar la respuesta: deseaba a Estela. Era tan simple como eso. El hecho mismo no era importante, puesto que el deseo no era novedad para él. Pero este temblor, esta potencia que comprometía todos los rangos de su vitalidad, era estupendamente nuevo, como si ahora, por fin, pudiera aullar de hambre, bailar de dicha, gemir de dolor, sin que el antiguo Andrés Ábalos, detenido en el umbral de sí mismo, pudiera impedírselo. ¿Fue esto lo que irrumpió en su conciencia a través de la absurda caricatura de Tenchita? ¿Fue la gestación de esta intensidad lo que estuvo desbaratando su orden durante todo el mes pasado?

Deseaba a Estela. Sus manos empuñadas en los bolsillos de su abrigo imaginaron la suavidad desnuda de las palmas de la muchacha, y en las retinas de Andrés hirvieron sus ojos negros. La tibieza súbita de la respiración de Estela al ayudarlo a ponerse su abrigo una noche, hacía más de un mes, repitió un aliento ardoroso en su cuello. Sí. Deseaba a Estela. La deseaba como creyó que jamás iba a ser capaz de desear.

Andrés caminaba con los ojos casi cerrados. La agresividad de su deseo le aseguró con elocuencia que, lejos de lo que él había creído y muy al contrario de lo que Carlos opinó, no estaba muerto, no era un individuo que de tanto podar y ordenar sus sensibilidades se halla incapacitado para darles curso natural. ¿No sucedió ya en su primer encuentro con Estela que, al comprender la sugerencia de esas palmas muelles y rosadas, había experimentado una turbación que, ahora veía, no fue más que deseo repentino? Luego, acobardado por las acusaciones procaces de su abuela, el deseo se sumergió, continuando, sin embargo, su desarrollo en lo más oscuro de su mente, donde la caricatura de Tenchita lo tronchó con la potencia de un tajo y, extrayéndolo, se lo mostró. ¡Todo era tan simple! ¡Él, Andrés Ábalos, se hallaba en el centro mismo de la vida!

Una risa silenciosa se apoderó de Andrés. Rió en silencio una cuadra entera, que caminó lentamente para no agotarla. ¿Deseaba a Estela? Nada más fácil que obtenerla: era inocente, sola y pobre. Él era rico y muy sabio. Le entregaría todo su saber al conquistarla, la colmaría de dones de toda clase y de una vida desconocida para ella, de entusiasmos nuevos que la enriquecerían. La muchacha llegaría por lo menos a estimarlo y a respetarlo, si no a apasionarse por él. Cincuenta y cuatro años no era, al fin y al cabo, una edad en que fuera imposible optar a encender un deseo. ¿Sería quizás una acción detestable seducir a una inocencia para que su apetito la consumiera? ¡Pero si llegara a amarlo, y no era imposible, ¿qué altura podría alcanzar la existencia de Estela?! Además, él no tenía tiempo para pasar de largo ante esta otra ocasión más que significaba *vida*. Y después Estela tendría tanto tiempo para rehacer lo que hubiera que rehacer...

Atravesó la plazuela embarrada. Bajo un farol, un banco de piedra empapado era liso como un espejo, pero una hoja chamuscada por el frío trizaba la superficie tersa. Detrás de algunas ventanas iluminadas, las vidas seguían sus viejos hábitos de felicidad en torno al calor y a la luz. Cuando él llegara a la casa de su abuela, dos cuadras más allá, las luces se encenderían para que él reinara en su claridad.

Se detuvo repentinamente en la esquina antes de llegar.

En la niebla, un hombre y una mujer hablaban junto a un farol. Ella extendió su mano para sacudir algo de la manga del hombre, que seguía explicando alguna cosa. Nada más. Por la inclinación tierna de la cabeza de la mujer para oír, por el abandono y la confianza emocionantes que Andrés percibió en ambos, dedujo que sólo podían ser enamorados. Aquello no era fortuito ni impuro, no cabía duda de que lo que tenía ante sus ojos era amor de veras, joven y pleno. No eran amigos, no eran hermanos, eran enamorado y enamorada, solos, en el frío de la noche y de la niebla.

Andrés avanzó un paso, otro paso.

La muchacha se hizo reconocible, pero algo en Andrés impidió que un nombre la definiera aún. Antes de dar el paso siguiente que sus piernas tenían preparado, el nombre lo asaltó: Estela.

¡Era Estela!

Andrés retrocedió el paso que iba a avanzar, como si algo se hubiera volcado dentro de él dejándolo en un desorden doloroso. Todas las puertas se cerraron, las puertas que por un instante logró ver abiertas y acogedoras.

El corazón se endureció en su pecho al ver a Estela enamorada hablando con un hombre, desconocido y también enamorado, bajo un farol. Era tan simple, tan natural. El antiguo molde de la única relación humana verdaderamente rica, al repetirse con perfección trivial pero armoniosa, lo excluía, como antes él había buscado excluirse. ¡Pero ahora él necesitaba formar parte de ese molde!

Escudriñó en la niebla para ver el rostro del hombre: era un muchacho. Avanzó unos pasos sigilosamente, pero los enamorados no veían más allá del círculo de intimidad con que se rodeaban. Estela se acercó al muchacho, mirándole los labios no en busca de significaciones ni palabras, sino en espera del calor que contenían.

Andrés pensó en sus propios labios. Eran finos e irónicos, pero carecían de vida. ¡Estela jamás los iba a mirar como miraba los de su compañero!

Todo su edificio de esperanza quedó deshecho.

Deshecho, porque vio claro que no era sólo deseo lo que sentía por Estela, era amor, sí, amor cuya certeza lo clavaba. El deseo no era suficiente para liberarlo de la nada y de la muerte, de los días planos de su pasado, ni del abismo futuro que de pronto vio rodeándolo con su frío. Sólo el amor joven y armonioso como el de ese par podía rescatarlo: que Estela estuviera junto a él y con exactamente la misma confianza con que lo había hecho un minuto antes con su compañero, le sacara una hilacha a su manga. Nada más. Nada más, pero con la entrega del amor orgullosamente inscrita en la inclinación de su cuerpo joven y en el cariño simple de su gesto. Sí. Eso era lo que él necesitaba.

No podía ser. Andrés había dejado atrás su juventud hacía muchos años, intacta y casi sin uso. No podía ser. Estela era joven y él no lo era, ella era hermosa y él no lo era. En nada de lo que pudiera existir entre ambos habría ni un gramo de poesía, porque él ya no tenía derecho a la poesía. ¡Qué grotesco pensarse a sí mismo haciendo el amor con Estela! ¡Qué hermoso, en cambio, qué pleno, era pensar en esos dos cuerpos jóvenes amándose! Si él consiguiera atraparla sería justo lo que su abuela lo llamó: un viejo verde, un vicioso, de ésos que en la oscuridad de un cine acarician la pierna de la muchacha vecina, o de los que en el atestado anonimato de los autobuses se atreven a apoyarse un instante contra una niña. ¡Oh, sabía muy bien que nadie es viejo a los cincuenta y cuatro años! Pero al desear el amor de una muchacha de diecisiete, y al envidiar la juventud de su galán, no podía sino transformarse en un viejo ridículo. ¡Si sintiera todo esto por una mujer madura todo hubiera sido fácil, sin nada de canallesco! ¡Pero ahora... la vejez lo azotaba con la humillación de su fealdad... con la distancia inmensa que colocaba entre él y cualquier posibilidad de belleza! ¡Sólo la belleza de lo que esos dos estaban viviendo, allí en el frío, bajo el farol, lograría satisfacerlo!

La niebla pareció hacerse más espesa. Tras una ventana cerrada una hendija de luz acusaba la vida que transcurría adentro. Comían, dormían...

¡Su abuela era la culpable de todo esto! ¡Sí, ella con su locura había inyectado esta idea en su cerebro dejándola que allí se pudriera. Y él, por un instante, lo había creído posible. Ahora sabía muy bien que alguien que ha elegido ser cadáver no puede resucitar porque sí, porque repentinamente se le antoja. Lo había creído posible y eso era lo peor de todo. Ya no podía conformarse con ser la momia que siempre fue... y ahora, para escamotear el terror que lo miraba y lo miraba, era necesario realizar su deseo de amor joven y pleno. Imposible, imposible. ¡No, ahora sólo el terror de la muerte era su realidad, tal como lo era la de su abuela!

Estela se acercó al muchacho. Él la tomó suavemente, sosteniéndola contra su cuerpo. Sus rostros casi se tocaron. Andrés no respiró. Al verlos besarse, una furia corrosiva se desbordó en él.

¿Y su abuela?

¿No pagaba para que cuidaran a su abuela a todas horas del día y de la noche, como era necesario a sus años? ¿Con qué derecho esta chiquilla la dejaba sola para salir a besuquearse con un cualquiera en la calle? Quizás éste no fuera el primero, pero iba a ser el último. ¡En sólo tres meses! Sí, su pobre abuela tenía razón. Estela era una corrompida, casi una prostituta. ¡Su pobre abuela no estaba loca, eran estos jóvenes los locos, los sucios y envenenados!

Tomando al muchacho de la mano, Estela abrió la verja y entró con él en la casa de misiá Elisita.

¿Entonces esta chiquilla, además de descuidar sus deberes, entraba hombres a la casa en la noche? Muchas veces en su locura la anciana había asegurado que las cuidadoras que en el pasado tuvo solían recibir hombres para hacer el sucio amor en el cuarto contiguo al suyo, creyéndola dormida. ¡Entonces toda la inmundicia que llenaba la cabeza de la inválida no era locura, sino realidad! Y ésta no era, seguramente, la primera vez que Estela lo hacía...

Andrés tembló de ira al tomar la manilla de la verja que Estela recién había abierto para entrar con su hombre. La casa dibujaba ligeramente sus recovecos y adornos caducos en la niebla del jardín. En la oscuridad del vestíbulo las llaves tintinearon en la mano de Andrés. La casa estaba en silencio. Al cabo de unos instantes Andrés percibió que hacia la derecha, aunque no oyera ruido ni viera luz, había vida detrás de la puerta.

—¡Lourdes...! —exclamó en las tinieblas.

Esperó sin moverse. Las llaves siguieron tintineando en el silencio dejado por su grito.

—¡Lourdes! —aulló.

A los pocos minutos el oscuro volumen de Lourdes apareció en el umbral que se iluminó, abierto hacia las dependencias de servicio.

—¡Don Andresito, felices los ojos...! ¡Por Dios que me asustó! Pase a la cocina, pase, que hace más calorcito. Pase para acá no más, mire que la señora está durmiendo.

Andrés la siguió.

La claridad amarillenta hacía pequeña y tibia la cocina, llena de animación y de olores familiares después del gran desamparo de la calle y del vestíbulo. Rosario lo saludó sorprendida y agradada. Estela sonreía. Sentado frente a un plato de caldo humeante, el muchacho devolvió al plato la cuchara que iba a llevarse a la boca.

—¿Qué está haciendo éste aquí? —preguntó Andrés.

El muchacho se puso de pie.

—Es un amigo de nosotras, de donde Fornino. Como hacía frío, un plato de caldo...

—Que salga inmediatamente de mi casa.

Las expresiones se congelaron en todos los rostros.

—¿Qué está haciendo aquí? —gritó Andrés con voz desordenada, mientras su mano apretaba la llave hasta hacerse daño—. ¿Qué crees tú que es esto, Lourdes? ¿Una casa de pensión para todos los lachos de tu sobrina? Dime...

—Pero si el chiquillo es conocido, pues, don...

—Nada de chiquillos conocidos aquí. ¿Quién está cuidando a mi abuelita? ¿No trajiste a tu sobrina porque estabas segura de que era seria? Bueno, yo los acabo de ver besuqueándose en la calle. ¡Quién sabe con cuántos lo hará, para que la gente crea que ésta es una casa de remolienda! Las voy a despedir a todas. ¿Me oyen? A todas, por

183

inconscientes e inservibles. Y me voy a quedar yo solo aquí cuidando a mi abuelita, la pobre. Solo, solo... ¡Indecentes ustedes también! ¡Vergüenza debía darles andar tapándole a la chiquilla!

El muchacho se había puesto en movimiento hacia la puerta de servicio.

—Venga por aquí —le dijo Andrés—. Ya saben, que esto no vuelva a pasar en mi casa. Y a la Estela voy a mandarla de vuelta al campo mañana, sí, mañana mismo, van a ver...

Salió seguido del muchacho. Bajaron al jardín. Abrió la reja, y cuando la cerró detrás de Mario, dijo:

—Si lo vuelvo a encontrar por aquí o si llego a saber que ha estado hablando con la chiquilla, voy a decirle a don Narciso que lo eche, y voy a llamar a los carabineros.

Mario se perdió en la niebla. Pero se quedó aguardando en la esquina.

13

Le pesaban todos los miembros. Mantenía el pensamiento dolorido al amparo de una especie de bruma de cansancio, para que así ninguna de sus actividades mentales rozara la acumulación de hostilidades del mundo. Se hallaba demasiado agotado, demasiado roto para regresar a su departamento esa noche. Dar un paso más, afrontar cualquier situación común, como caminar por la calle o tomar un taxi, sería exponer sus nervios averiados a estragos llenos de peligros. Sólo su cansancio era resguardo contra la necesidad de mirar, de mirarse frente al vacío. Y se entregó a la fatiga.

Lourdes, rápida y muda, arregló el cuarto para Andrés ayudada por Estela. Él subió al tercer piso escuchando caer sus propios pasos en los tramos de la escalera, cada tramo era un segundo, cada paso lo llevaba más allá en el tiempo, más cerca del punto o del instante en que las cosas se agotan. En el umbral mismo de su dormitorio se cruzó con Estela, que salía llevando un atado de ropa. La muchacha bajó bruscamente los ojos y redujo su cuerpo, como si temiera rozar a Andrés o acercársele bajo el dintel estrecho. En ese temor él vio el retrato de la fealdad de su apetito, y también extravió la mirada y achicó su cuerpo en el umbral, llagado por el temor de Estela. No era imposible que algo lo impulsara a lanzarse sobre ella haciendo que toda la casa resonara con los gritos de la muchacha. Ella lo adivinó, y por eso había bajado los ojos, y por eso sus pasos huyeron por la escalera perdiéndose en el silencio de la casa. Andrés se desvistió rápidamente y un sueño de plomo lo devoró al instante.

En la cocina, las sirvientas se disponían a apagar las luces antes de retirarse a dormir.

—No tengo nadita de ganas de oír la comedia esta noche —murmuró Rosario.

—Ni yo tampoco. Estoy más cansada... —respondió Lourdes.

—Yo también, quizás qué me pasará.

Rosario apretó por última vez todas las llaves del agua para que no gotearan durante la noche. Dijo:

—Pobre don Andresito...

—Sí, pobre. Se está poniendo igualito a la señora de rabioso. ¡Ya le irá a dar a él también por la cuestión de los robos y qué sé yo qué más! Pobre... y a nosotras nos va a tocar cuidarlo a él también, pues, Rosario. Pobre...

—Me voy a acostar. Buenas noches.

—Buenas noches. Estela, mi hijita, anda a ver si la reja quedó bien cerrada, ¿quieres? Buenas noches, mi hijita. Me voy a acostar. Ya no puedo más...

Estela salió a la calle. Mario la aguardaba en la esquina.

—Mi tía dice que es porque se está poniendo igual de loco que la señora —comentó la muchacha.

—Viejo leso...

El tema de don Andrés no interesó a Mario. Los caballeros eran demasiado distintos a las personas como él y, por lo demás, tenían derecho a hacer lo que se les antojara en sus casas. Los ricos podían volverse todo lo locos que quisieran, podían inventarse problemas de cualquier índole. Claro, ellos ignoraban los problemas de la realidad cruda, como los que últimamente habían descargado toda su fuerza sobre Mario. En su casa los lamentos de la Dora no cesaban ni de día ni de noche, hasta en sueños se lamentaba. No había dinero con que alimentar a los chiquillos, ya que hacía cerca de dos meses que René no daba señales de vida. Pero aun eso lo hubiera soportado con cierta ecuanimidad. Lo grave, lo insoportable, era que ya no cabía duda de que estaba embarazada. Tomó toda clase de pociones milagrosas y de pastillas, visitó a comadres que le hicieran curas, sahumerios, fricciones, zarandeos para acá y para allá, pero fue inútil: el embarazo persistió, haciéndola quejarse de rebeldía e incomodidad durante horas enteras, hasta que entraba unos de sus hijos, y entonces, reprendiéndolo a gritos o zurrándolo por causas insignificantes, lograba por un momento evadir la conciencia de su miseria.

—Yo no me había dado cuenta de que era raro... —murmuró Estela, a quien don Andrés parecía preocupar.

—Córrete para acá, hay menos luz...

Mario no tomó a Estela. Uno junto al otro se apoyaron en la reja, envueltos en las sombras de las ramas que la neblina filtraba.

—Oye —dijo Mario de pronto—, te apuesto que tú le gustái a ese viejo...

—Sí.

—¿Y cómo sabíai?

—¡Bah!

—Cuidado, mira que los viejos se ponen muy cargantes con las cabras...

—¡Qué! ¡Si es más tonto!

—¡Chitas! ¡Y con la plata que tiene!

La misma preocupación de Mario se grabó en la frente de Estela.

—¿Te queda? —le preguntó.

—Ni cobre.

—Toma.

Le entregó cincuenta pesos, que Mario recibió sin mirarlos.

—¿Y el René? —preguntó Estela.

Mario movió la cabeza, diciendo:

—Ni agua, parece que estuviera muerto.

Estela movió la cabeza. Mordisqueándose las uñas, Mario prosiguió con la vehemencia áspera que últimamente solía apuntar en sus palabras:

—¡Me dan ganas de irme a dormir debajo del puente! ¡El desgraciado de René! ¡Estoy más cabreado! No tengo ni para fumar. Mira, esta porquería me la pasó un cabro en el Emporio.

Encendió el cigarrillo que había mostrado. Al hacerlo, la llama del fósforo señaló la falta del reloj en su muñeca.

—¿Y el reloj? —preguntó Estela.

Mario escondió la mano, como si se avergonzara.

—Lo empeñé —murmuró con desaliento.

Los ojos de Estela se humedecieron. El reloj era demasiado. Sabía perfectamente que lo que Mario más amaba en el mundo era esa pequeña máquina dorada que tanto tiempo había demorado en pagar. A veces, mientras hablaban, solía mover su muñeca al sol, y la luz hacía reír sus ojos con ese falso oro reflejado.

—¿Y por qué no pediste un adelanto en el Emporio, mejor?

—¿Que no sabís que ya había pedido? —dijo con brusquedad. Luego, apaciguado, agregó—: No me soltaron más...

—¿Y allá en el barrio?

—¡Qué me van a estar prestando, con la famita que se gasta el René! ¡Quizás dónde está ahora, capaz que lo tengan hasta preso por ahí! Y después capaz que nos metan presos a todos por causa suya.

Al cabo de unos instantes se despidieron.

Mientras echaba llave a la reja. Estela recordó las cosas dichas por misiá Elisita esa tarde misma. No las había recordado en todo el día, pero ahora, con la desesperación del reloj empeñado, las palabras de la anciana surgieron por su propia densidad a la superficie de su memoria:

«¿Ves? Uno, dos, tres, cuatro, cinco billetes de mil pesos. Los voy a poner aquí, debajo de mi

189

almohada, nada más que para que tú me los robes. Como eres una ladrona, no vas a poder resistir la tentación de robármelos, porque eres una chiquilla maleada...»

Estela había pasado a la señora un cofrecillo que se guardaba en un cajón del peinador. Ella sacó los billetes, doblándolos debajo de su almohada, y Estela, casi sin escucharla, repuso el cofre en su sitio en el peinador.

—Es para tentarte, para que robes...

Estela, ahora, no dudaba. Si misiá Elisita llegara a acusarla, nadie creería, puesto que diariamente acusaba de robo a todo el mundo. Nadie conocía la cantidad de dinero de la cajita, donde la anciana lo acumulaba desde hacía mucho tiempo sin permitir que nadie lo viera. Ella, entonces, daría esos billetes a Mario para que recuperara el reloj dorado. ¡Oh, no necesitaba confesar la procedencia del dinero, era fácil mentir porque Mario lo necesitaba con tanto apremio! Y era muy diferente a los robos de René, porque René era malo y ella no. Ella tenía que robar esos billetes de debajo de la almohada, que de otro modo se apolillarían en la cajita sin que nadie los utilizara.

Abrió la puerta sigilosamente. Con la mano en la baranda subió la escalera buscando los tramos con sus pies, hasta el dormitorio de la anciana. El dinero se hallaba bajo la almohada... y su padre estaba tan lejos, en el campo... y a Mario le hacía tanta falta el reloj. Abrió la puerta de la habitación... en el velador ardía una lamparilla de aceite, roja, como el Santísimo en las iglesias. Un paso, otro paso más. No era necesario tanto sigilo, ya que misiá Elisita dormía pesado. Estela se detuvo junto a la cama y se inclinó sobre la señora. Su boca desdentada se hallaba entreabierta. Su respiración era tan leve que parecía no existir. Pero débilmente, en el fondo de los bronquios calcinados por los años, el aire se atascaba un poco, dejando oír un pequeño ruido subterráneo.

Estela no pudo hacerlo. Fue al cuarto vecino y se acostó. Se dio vueltas y más vueltas antes de dormirse, oía la respiración de la anciana casi, casi en su mejilla, y en el cuarto de encima don Andrés parecía estar roncando. Finalmente, sin saber que había dormido, se encontró despierta del todo. El alba fría estaba lavando el harapo de noche que iba quedando. Y la niebla, suspendida, era la misma niebla de la noche anterior cuando ella y Mario se besaron en la calle.

Se encaminó al cuarto de misiá Elisita. No titubeó al hurgar bajo la almohada hasta que los billetes salieron al encuentro de sus dedos. Regresó a su cuarto y guardó el dinero donde nadie lo pudiera encontrar. Luego volvió a quedarse dormida.

Esa noche Andrés durmió en casa de su abuela. Y como el día siguiente amaneció lluvioso y desteñido, lo pasó dándose vueltas en la cama, entre dormido y despierto, su embotamiento rozado sólo por una raya de luz que apenas registraba el paso de las horas entre las cortinas. Como la tibieza reconfortante acumulada entre las sábanas en torno a su cuerpo formaba una barrera que lo defendía de la necesidad de pensar, no se levantó, pasando una noche más en casa de su abuela. Al día siguiente, algo despabilado pero con un nimbo de cansancio ofuscándole la conciencia, mandó traer algunas cosas desde su departamento, una muda de ropa y útiles de tocador, con el ánimo de pasar otra noche en la casa de su abuela y marcharse sin falta al otro día. Allí no podía permanecer. Su abuela estaba viva en el cuarto de abajo. Con cada una de sus débiles respiraciones, la nonagenaria lo iba cosiendo más y más a la angustia de los días anteriores, que por el momento se hallaba envuelta en la tregua de este embotamiento.

Debía partir porque la tranquilidad le era necesaria para olvidar, olvidar sobre todo que Estela rondaba por las habitaciones del piso inferior. Le era necesaria también la independencia proporcionada por la impersonalidad del matrimonio que en su departamento lo servía, ya que los mimos de Lourdes formaban parte del plan maléfico concebido para coserlo a esta casa por el resto de sus días. A menudo la criada subía para tender otro chal más a los pies de su cama o para ofrecerle algún bocadillo tentador. Revolvía la tisana y alisaba los cobertores con tal insistencia que Andrés se veía obligado a mandarle con voz cortante que lo dejara en paz. Pero temblaba al ver en los ojillos bonachones de Lourdes la seguridad de que él ya no volvería a abandonar la casa.

—De donde nunca debía haber salido —comentaba Rosario en la cocina.

—¡Viera lo mal cuidada la ropa del pobrecito! Da lástima. Figúrese que hasta le faltaba un botón en los calzoncillos, cómo será. Ese matrimonio nuevo que tiene ahora deben ser unos flojos. ¿Y se ha fijado en ella? Se arregla que parece una señora decente...

—Y con el sueldazo que les debe pagar se van a hacer millonarios...

Movieron sus cabezas en forma condenatoria. Después de un instante, Lourdes murmuró:

—Me dijo que le llevara coñac después de la comida...

—Qué raro...

—Mm. Qué raro. Eso mismo dije yo. Le dije que mejor no tomara nada porque capaz que le cayera mal al estómago, usted sabe lo delicado que ha estado, pues. ¿Pero creerá que me dio un grito y me dijo que no me metiera en lo que no me importaba? ¿Habráse visto?

—¿Un grito? Qué raro, antes nunca.

—Mm. Eso mismo dije yo.

Andrés no regresó a su departamento al otro día y tampoco al siguiente. Un centro de inactividad en él hacía rebotar sentires y decisiones, lacias, desposeídas de toda posibilidad de realizarse, manteniéndolo anclado en la casa de su abuela.

Erraba interminablemente de habitación en habitación, vestido de bata y pantuflas, pero siempre sin entrar al cuarto de la nonagenaria, y esquivando posibles encuentros con Estela. Su angustia se hallaba suspendida entre esos dos extremos, uno y otro eran objetos de su huir, de ese huir que lo mantenía flotando en una existencia crepuscular después de la vida y antes de la muerte, mientras deambulaba de sala en sala. No salió al jardín. Parecía no oír, no pensar, no ver, tumbándose un instante en un sillón, o atisbando los árboles llovidos a través de los intersticios de las cortinas de peluche. Tomaba un libro, para dejarlo en cuanto Lourdes le mostraba una botella engalanada con manchas de tiempo y de humedad, para preguntarle si ése era el coñac que quería. En una ocasión pidió a la sirvienta las llaves de cierta alacena vecina al comedor que guardaba la abundantísima platería de misiá Elisita, alacena no abierta más de un par de veces en los últimos diez años. Pero no llegó a abrirla. Tomó en cambio una revista de meses atrás, que pronto abandonó para hojear un álbum de fotografías antiguas hallado en el cajón de una cómoda que abrió porque sí, al pasar, donde además del volumen no había más que varias bolitas de alcanfor.

Al divisar a Estela alejándose por un pasillo alfombrado, sus ojos resbalaban sobre ella como si no la vieran, como si su mente rehusara aprehender la imagen de la muchacha. Pero pocos momentos después, mientras sentado al borde de su cama se cortaba las uñas, se sorprendía en medio de una meditación que sondeaba el porqué del efecto dolorosísimo de la belleza de Estela en su espíritu. ¿Por qué esta terrible sensación de injusticia? ¿Por qué una dosis más crecida del pigmento de la piel, unos milímetros menos de nariz, cierta flexibilidad de movimiento y humedad en los ojos, poseían esta aterradora facultad de atormentar a un espíritu como el suyo, al sumar esas proporciones misteriosas algo que para él era belleza? ¿Por qué esa necesidad de hacer suya esa, y no otra, belleza? ¿Por qué? ¿Por qué?

Para olvidar se daba una ducha helada. Pero no olvidaba. Los días pasaron y Andrés no abandonó la casa de su abuela. Los días fueron haciéndose semana, semana y media, dos. Llamó por teléfono a su departamento para que le enviaran lo que quizás llegara a necesitar. No pidió nada definitivo, sin embargo, nada que lo anclara, sólo mudas, pañuelos, un traje que se proponía usar a la mañana siguiente en caso de que se vistiera. Pero no se vestía. Vagaba por la casa sin conciencia de la hora, tirándose en su cama al atardecer, hora en que Lourdes tenía la costumbre de subir para acompañarlo un rato. Sentada a sus pies, la vieja se embarcaba en interminables monólogos, meandros de detalles y observaciones que hacía tiempo habían perdido toda vigencia, con los que logró destruir hasta los últimos impulsos de Andrés.

Cierta noche Andrés escuchó un agitarse inusitado en el cuarto debajo del suyo. Algo sucedía. Su atención se adhirió a la voz de su abuela, que se quejaba suavemente al comienzo y que, después de un instante, dio un débil gemido de dolor. Sobrecogido, se sentó al borde de su lecho, con sus pies metidos en las pantuflas. Aguardaba. ¿Y si su abuela muriera? ¿Si muriera allí mismo, ahora, esta noche? Sensibilizados de pronto, sus nervios vibraron a lo largo de todo su cuerpo, de modo que la ola de sangre que estalló en sus oídos inundó su ser adormecido, despertándolo. ¿No sería ésa la solución de todo? Lo invadió una alegría salvaje al pensar que en ese instante mismo, en el cuerpo que yacía abajo, se estaba extinguiendo ese remedo de vida, y que entonces para él se extinguirían todos los dolores. La casa, Lourdes, Estela —Estela sobre todo—, se dispersarían a los cuatro vientos en el momento en que la nonagenaria respirara por última vez. Sería como si nada de todo eso hubiera existido, figuras fantasmales en un sueño, nada más. En la oscuridad y el silencio de esa osamenta de casa sus oídos buscaron ansiosos ese latir último que lo iba a liberar. Pero el terror de la nada se abalanzó sobre él al considerar que con esa liberación él no volvería a existir más que en su antigua forma de cadáver animado, sus bastones, siempre diez, la vida incolora en su departamento que no era más que una antecámara para... para la nada, para otra nada, distinta de ésta, y más horrible aun porque no contenía ni siquiera la posibilidad de que Estela la atravesara para recordarle, muy de lejos y muy imposiblemente, que algo existía. ¡Su abuela no debía morir! No debía, porque entonces Estela partiría con su muchacho a comenzar una vida, mientras él se quedaba puliendo y dando vueltas entre sus manos, para admirarlos, sus diez hermosos bastones. ¡Y ni siquiera un pobre temor por la salud de su abuela de noventa y cuatro años turbaría su paz!

¡Su abuela no debía morir!

Lo deseó con aterrorizada vehemencia, poniéndose de pie con el fin de ir al dormitorio de la anciana para impedir su muerte. Se detuvo con la mano en la perilla, antes de salir de su propio cuarto. ¿Y Estela? Lo vería así, con el rostro embotado por el sueño, desgreñado, absurdo, feo, impotente para todo. Estaría a su lado en la misma habitación, y el vejamen de la juventud de la muchacha lo hizo detenerse. Volvió a su cama y se tendió.

Los quejidos de misiá Elisita cesaron pronto. En la voz de la anciana colada por las tablas ya no quedaba desesperación, sino agotamiento. Luego se oyó la voz de Estela. ¿Canturreaba? ¿Canturreaba suavemente una canción para que su patrona se durmiera? Sí... y la voz era sedante. Sentada cerca de la cabecera de la enferma, su cuerpo desnudo bajo el tosco camisón suelto era sin duda bañado por la luz rojiza de la lamparilla del velador. Para Andrés ese canturrear resultó cualquier cosa menos sedante. La canción se hacía el ritmo de su sangre golpeándole los tímpanos, las notas triviales y defectuosas eran el arañar de sus nervios dentro de su cuerpo.

Andrés no se acostó. Paseando largo rato por la pieza aguardó que el alba tiñera los bordes de las cortinas cerradas, y que las primeras voces y los primeros pasos sonaran en la calle helada. Más tarde, después de ducharse, se puso el traje que unos días antes había pedido.

—¡Qué pálido está, don Andresito! —exclamó Lourdes al llevarle el desayuno—. ¿Que no durmió bien?

Lourdes explicó que lo sucedido durante la noche no era más que una simple indigestión. Andrés se extrañó, puesto que su abuela apenas comía, más bien picoteaba como un pajarito y siempre de las cosas más rigurosamente sanas. ¿Rosario no le preparaba los alimentos en la forma debida? No, no era eso, dijo Lourdes. Era frecuente que el estómago envejecido de la señora se indigestara porque sí, de nada, espectralmente, causándole grandes molestias. No tenía importancia porque duraba sólo unos instantes. La señora había amanecido tan sana que pidió a Estela que le pintara las uñas.

La situación no podía continuar. Encerrado dentro de sí, y de las paredes de esa casa, Andrés no era más que un juguete de la presencia de Estela y de las indigestiones de su abuela. Era necesario abrir una brecha para escapar. ¿Cómo?

¡Carlos Gros!

Se dirigió a casa de su amigo, a quien no veía desde el mes anterior. Bajo la presión de los acontecimientos recientes el rostro del médico se había borrado de su mente, y tuvo que esforzarse para hallarlo entre los escombros de sus recuerdos. Su excusa para acudir a él tan temprano sería consultarlo respecto a la indigestión de su abuela, y poco a poco, en caso de hallarlo de ánimo comprensivo, deslizaría alguna sugerencia de su problema para ver si la compasión de su amigo picaba, o si reconocía su error de creerlo incapaz de sentir con su intensidad actual. Sólo entonces le confiaría todo.

Encontró a Carlos Gros recién salido del baño, con una toalla color tilo anudada en torno a su abultado vientre, en medio de los vapores de la ducha que comenzaban a condensarse cayendo en lagrimones por las paredes de azulejos del color de la toalla. Carlos, con los pies plantados en el felpudo, comenzó a afeitarse después de limpiar el vaho del espejo. Rodeado de las descaradas comodidades para el regalo del cuerpo, toallas de honda trama, el dulce calor de la atmósfera, los frascos de colonia inglesa, era como un sacerdote muy rechoncho y muy antiguo que oficiara en el templo de la satisfacción. Andrés no pudo contenerse. Le zampó todo su secreto, sin preámbulos, crudo y descarnado. No hubo sutilezas ni subterfugios que velaran su pudor; aunque arrastrado al mismo tiempo por la vergüenza, Andrés trató de descubrir y echar mano de alguna forma que lo cubriera. Pero las palabras brotaron desnudas.

El médico terminó de afeitarse con toda pulcritud, a pesar de que la atención de su rostro de mono inteligente se hallaba prendida a la conversación de su amigo, que siguió hablando sin detenerse hasta que pasaron al dormitorio, donde Carlos comenzó a vestirse lentamente. Sentado junto a una mesa. Andrés continuó su confesión, con la vista fija en el médico, pero como si no lo viera. Cuando sus palabras atropelladas llegaron a un alto que pareció definitivo, Carlos, que elegía una corbata, le preguntó:

—Pero, Andrés, ¿para qué sufres tanto? ¿Qué tiene de malo, o de terrible, o de anormal todo esto que me estás contando?

Andrés miró a su amigo un segundo y las lágrimas rodaron por sus mejillas descarnadas. Al verlo, el corazón de Carlos se hizo un nudo de compasión y de vergüenza. Preguntó:

—¿Pero qué te pasa, hombre, qué te pasa?

Se acercó a Andrés para consolarlo, pero, repugnado, se quedó a medio camino. Agregó:

—¿Qué importa? ¿Qué tiene de malo? No entiendo...

—No sé, no sé qué tiene de malo. Lo único y lo peor es que es ridículo, que es feo, que, por las circunstancias, todo lo que siento es absurdo, no tiene dignidad... ni altura. ¿Me imaginas, a la luz del día, paseándome por las calles de la mano de Estela?

—¿Es eso lo que quieres? —preguntó el médico, estupefacto.

Andrés asintió con la cabeza. Carlos hizo y deshizo y volvió a hacer el nudo de su corbata para no verse obligado a mirar a su amigo, que le repugnaba. Murmuró sin convicción:

—Pero si es una chiquillita...

Andrés se quedó mirándolo. Se secó las lágrimas con el dorso de la mano, sorbió como un niño y dijo:

—Si sé, sé todo lo que puedas decir. ¿Quién puede saberlo mejor que yo, que tengo el espejo vacío de mi vida para contemplarme?

La desacostumbrada retórica de las palabras de Andrés conmovió al médico mucho más que el relato de su amor por la sirvientita y el amor de la sirvientita por un muchacho, que, bien miradas, no eran más que historias triviales. Carlos percibió en esta retórica tan absurda y fuera de lugar una descomposición auténtica en el espíritu de su amigo, lo que no dejó de atemorizarlo; vio en ella algo como un deseo patológico de volver atrás, de huir de algo, de todo, de nada, de regresar a una adolescencia que jamás tuvo. Era peligroso. Era peligroso, más que nada, porque era tan absurdo que el asomo de compasión que nació en él fue derrotado instantáneamente al darse cuenta de que era arriesgado abonar ese absurdo. Dijo:

—¡Cuidado, Andrés! Estás hablando como un loco...

—No me entiendes.

—Dime mejor que no me quieres hacer caso. Y si es así, no me hagas perder el tiempo, mira que ya voy atrasado a la clínica. No puedo gastar una mañana en oír otra versión más de la historia de tu cobardía...

—Ándate. No te necesito para nada.

—Sí. Sí me necesitas.

—Te equivocas, viejo, porque ahora me basto completamente a mí mismo. Estoy más solo que nunca antes, excluido por todo y de todo. ¡Pero tengo este dolor quemándome el pecho!

—¡Para, Andrés, para! ¿No te das cuenta de que estás haciendo frases para convencerte a ti mismo de que algo que es simple, es terrible y complicado? No seas tonto, hombre, las cosas no son así. ¿No ves que ahora te estás tomando esta revancha, falsa, por supuesto, de todo lo que no has vivido, y para convencerte de tu propia capacidad de sentir te estás creando esta ficción de tragedia? Nunca creí que fueras tan simple, Andrés.

¿No ves que lo que no es más que un deseo animal común y corriente lo estás disfrazando de amor para convencerte de que eres capaz de sentirlo? ¿No ves eso?

—¿Tan poca cosa me crees?

—No, no, no, te creo mucho más que eso y por eso mismo es que te lo estoy diciendo. Mereces experiencias más ricas que ésta, Andrés, más completas, no te dejes llevar por situaciones que están teñidas de locura. Convéncete, no es más que deseo crudo...

—¡Qué tipo tan limitado eres! ¡Qué corto de vista! ¿Crees que si fuera sólo eso mi abuela hubiera captado del aire, de la nada, antes que yo mismo me diera cuenta, lo que yo sentía? ¿Crees que mi abuela hubiera sido capaz de captarlo si no hubiera sido auténtico?

—No dejes que las locuras de misiá Elisita alteren tu equilibrio, por favor, Andrés. ¿No ves que toda la situación se presentó en la forma más conveniente para que te crearas esta ficción? La muchacha es deseable, como casi todas las muchachas, y además es conmovedor, y te reconozco que hasta dolorosamente bello, el espectáculo de su juventud. Está enamorada de un muchacho, como miles de sirvientitas jóvenes, y por lo tanto no es fácil que llegue a acceder a tus deseos. En esa simplísima dificultad estriba toda esta gran tragedia folletinesca que estás tratando de vivir. Estás celoso, nada más. Y te aferras a esta dificultad para fabricarte una tragedia de amor imposible, y lo que es peor, esta tragedia de una vejez inactiva y dolorosa, inexistente, por lo demás, frente a la belleza de la juventud. ¿Por qué no tratas de conquistar a Estela? ¿Por qué no tratas de enseñarle a amarte, si eso es lo que necesitas? Tienes dinero y eres un hombre inteligente, al que todo el mundo encuentra encantador. Te lo aseguro que pese a esos cincuenta y cuatro años que tanto te molestan eres mucho más seductor que cualquier muchacho. Pero no. El señor quiere tragedia. Quiere sentir hondamente, sufrir para asegurarse de que es capaz de vivir. Pero todavía sin arriesgarte, Andrés, todavía sin vivir de veras. Te digo que tengas mucho cuidado, mira que así te vas a volver loco. Trata de enamorarla, de conquistarla, como debe hacerlo un hombre que siente de veras. Entonces te creeré. Y si no tienes éxito, te compadeceré y sentiré contigo. Pero así...

Andrés se puso de pie violentamente, exclamando:

—Tú no entiendes nada porque eres un frívolo. ¿Que no ves que lo que quiero es poesía? ¿Cómo va a ser poético un caballero como yo conquistando, seduciendo, aunque sea con los propósitos más altos, a una sirvienta de su casa? ¿Crees que el muchacho tuvo necesidad de eso? No, no, lo de ellos fue natural, simplemente les sucedió. Eso es lo imposible y lo doloroso para mí. A ti lo único que te importa es el placer frío de acostarte un par de veces con la chiquilla. Yo no quiero eso solamente.

Las palabras de Andrés agotaron a Carlos. El absurdo era tan monumental que la humillación de su amigo tocó al médico, haciéndolo enrojecer de incomodidad debido a sus lágrimas y a su tono de apasionada desesperación. En fin... en el fondo carecía de importancia puesto que, conociendo la corta duración de los impulsos de Andrés, era claro que pronto recuperaría su cordura.

—Si sigues mintiéndote, te vas a volver loco.

—¿Loco? ¡Ojalá! ¡Ojalá me volviera loco! Eso sería lo más maravilloso de todo. El único orden que existe en la vida y en el universo es la injusticia y el desorden, y por eso la locura es el único medio de integrarse a la verdad. Ojalá me volviera loco para así no tener que abocar directamente, claramente, a la luz plena y con toda conciencia, el problema de la muerte y de la extinción. ¡Qué maravillosa manera de escamotearse a la necesidad de mirar de frente... eso... eso! ¡Y qué misticismo perfecto de la locura, qué don de vivir la verdad! Mi abuela loca es la única persona que conozco que es capaz de percibir verdades, tú ni siquiera te acercas a ella con tu razón fría y tus pasiones acartonadas.

Carlos vio que su amigo se estaba tomando una revancha demasiado transparente. Era verdad que desde su juventud él había gozado con mostrarse ante Andrés como un modelo de naturaleza apasionada, no sólo en amores sino en todas sus actitudes ante la vida, en política, en su profesión, en asuntos de dinero y de negocios. Estas actitudes llegaron a dotarlo de una superioridad sobre Andrés, que rechazaba todo aquello como vulgar y barato y que se vio obligado a crearse otras superioridades. Era cierto que por tomar estas posturas había ignorado los problemas que se gestaron oscuramente dentro de Andrés. Egoísmo, era verdad, pero él, Carlos Gros, también tuvo problemas, muchos de ellos graves e insolubles, que Andrés ni siquiera divisó.

De pronto, todo el asco que Carlos había sentido frente a las cosas que Andrés le decía esa mañana se erizó como odio frente a su amigo, que sin derecho alguno estaba haciéndolo sentirse culpable. Indignado, dijo:

—Bueno. Ya está bueno de tus estupideces adolescentes. ¿Qué quieres de mí? ¿Compasión? ¿Que te abrace diciéndote que comparto tu gran dolor? No, Andrés, no puedo hacerlo, me repugnas. Tus problemas no me pueden convencer porque no son reales...

—¿No son reales?

Mirando a Carlos fieramente, Andrés abandonó el cuarto sin una palabra más. Eran las últimas palabras que en su vida iba a dirigir a Carlos Gros.

Ahora estaba verdaderamente solo, aunque la herida de su amor por Estela estaba allí acompañándolo, afirmando su existencia. Carlos podía decir que no era real, pero fuera lo que fuere, él lo estaba sintiendo y para él era verdadero.

Andrés caminó largo rato por la mañana turbia.

En una esquina, dos hombres ataban lonas sobre las cargas de sus camiones. Eran jóvenes toscos, mal afeitados, pero con la lumbre de la vida chisporroteándoles en los ojos. Comenzaron a charlar sobre sus máquinas, sobre el precio de la gasolina, compararon radiadores, discutieron sobre bielas y neumáticos, sobre manubrios y baterías y condensadores. Los focos de los camiones estaban pálidos a esa hora de la mañana. Andrés se imaginó esos focos en la noche, taladrando con sus haces amarillos la oscuridad compacta y lluviosa de un mal camino en el sur, viajando de pueblo en pueblo desconocido, los rostros soñolientos de los camioneros detrás de los parabrisas empapados, los ojos fijos en la claridad con que los focos jironeaban la lluvia. Imaginó a esos hombres injuriando a quienes los molestaran; durmiendo hechos ovillos en los asientos de sus máquinas; llegando a un pueblo donde después de pedir un fósforo a un extraño en una esquina resultaba fácil amistar en torno a cañas de vino o botellas de cerveza. ¡Cuántas necesidades, apetitos, hambres, deseos en sus ojos! La necesidad de dinero era para ellos una manera de saldar cuentas vitales con la existencia, quizás tuvieran mujeres a quienes dárselo, hijos o padres que alimentar, vino aguardando sus labios sedientos detrás de miles de mesones de remotos bares. Y ellos conocían a la perfección todo lo que les era amado, como sus máquinas que para ellos carecían de misterio: conocían cada pistón, cada bujía dentro del motor. Y conduciendo sus amadas máquinas partían a pueblos distantes, alejándose o acercándose a los seres amados y necesitados, a su hambre y a su sed.

Los hombres se despidieron, a punto de partir.

Y, Andrés meditó, ¿si pidiera a uno de ellos que lo llevara consigo? ¿A Perquilauquén, a Curanilahue o a Tinguiririca? Andrés se rió de su estúpido deseo. Tenía cincuenta y cuatro años y era un caballero de cultura y refinamiento. Los hombres lo miraron. Andrés no pudo resistirse a acercárseles, a decirles cualquier cosa para compartir algo siquiera de esa vitalidad a la que no tenía entrada.

—¿Pueden convidarme un fósforo, por favor?

Los hombres se lo dieron, y Andrés se alejó por la mañana opaca.

14

En cuanto la noche dejaba caer su silencio sobre aquellos techos de barrio miserable, René hacía su aparición en los sueños de Mario. Quizás no fuera René, quizás fuera otro ser, más hostil aun, pero que se le parecía con sus ojos de ascuas. Llamaba a Mario, arrastrándolo consigo hacia algo aterrador, en medio de batallones de carabineros. Y los carabineros no eran amistosos como los que, despojados de la gorra que los dotaba de fiereza, lucían sus rostros limpios y sonrientes como los de cualquier hijo de vecino al comerse un sándwich en un restaurante. Los carabineros de los sueños de Mario no tenían más actividad que dar castigos sangrientos a René. Y a él. Porque él era igual que René, juzgado igualmente responsable por ese batallón de carabineros que, multiplicándose como hormigas, cubrían todas las perspectivas de su sueño. Mario despertaba gimiendo, porque no sabía de qué lo iban a juzgar.

Sus sueños eran preferibles a la realidad. La Dora lloraba todo el día por su embarazo, y los chiquillos, con los mocos chorreando, detenían sus juegos insoportablemente bulliciosos para pedir de comer una y otra y otra vez. Mario ya no sabía a quién acudir, qué hacer. Venciendo su repugnancia, preguntó a cada uno de los amigos *de negocios* de René si algo sabían de su paradero, pero no recibió más que miradas recelosas y respuestas entre dientes. Don Segundo, en el Emporio, lo miraba con ojillos legañosos, como advirtiendo: «Vas a parar mal. ¿No decía yo que este cabro iba a parar mal?»

Y Mario temía que don Segundo tuviera razón.

Pensaba en Estela continuamente, sobre todo cuando la influencia maléfica de René lo iba a envolver. Era suficiente evocar la imagen de la muchacha, pensar en ese cuartito con la vitrina llena de copas azules y banderines que tantas veces habían comentado como ideal, para que todo el mundo de René y todo terror se disiparan. Sin embargo, la mayoría de las veces que estaban juntos, Mario era duro con Estela. Los cinco mil pesos con que había rescatado el reloj que de nuevo adornaba su muñeca lo hicieron sentirse prisionero de la muchacha, su deudor, ahogado, sin libertad para moverse ni respirar. Además, era difícil creer lo que Estela dijo acerca de la procedencia del dinero, y una sospecha turbia que lo comprometía tanto a él como a ella lo hizo perder toda suavidad y toda confianza. La veía rara vez, porque el patrón la vigilaba continuamente, impidiéndole salir.

—¿Y qué más te hace ese viejo desgraciado?

—Nada...

—¿Y para qué te quejái tanto, entonces? Estái poniéndote igual que la Dora.

—Nada... es que se lo lleva mirándome no más cuando me encuentra por ahí, no sé, como si se me fuera a largar encima. Me llega a dar miedo a veces, oye...

—Si estos viejos no son capaces de nada.

—¿Y entonces cómo me dijiste que tuviera cuidado?

—Leseras, ese viejo ya no sopla.

—Y cuando cierra todas las puertas y todas las ventanas a las ocho en punto... es como, bueno, es como si no fuera nada más que para no dejarme salir a juntarme contigo. ¡Me mira más, oye...!

Una tarde llegó carta al Emporio, dirigida a Mario. El papel tembló en sus manos al leerlo:

«Ven», decía perentorio. Además de una dirección y varios detalles escuetos, agregaba: «Trae plata.»

Era la mano de René que por fin se extendía para atraparlo. Ese mal atemorizante e incierto que tantas veces lo había hecho pelear con quien se atreviera a decir que su hermano era ladrón, ese sobresalto vago que repentinamente lo hacía mirar atrás en una calle oscura, esas sospechas, inquietudes que hasta ahora sólo habían rondado su vida, de pronto, con esta carta, adquirían fundamento, porque él tenía que ir donde René para unirse a él.

Hizo un rollo con la carta, lo lanzó al agua que corría junto a la cuneta, y lo vio bambolearse sobre el hilillo sucio, adelantándosele en dirección a la casa de misiá Elisita, al final de la cuadra. Siguió el papel con paso incierto, palpándose la ropa en busca de cigarrillos, pero no encontró, tan pobre estaba. Sus nervios, preparados para recibir el veneno, quedaron expectantes. ¡Él, que antes se fumaba un paquete entero en una tarde, y de los caros! ¡Todos, la Dora y René y Estela y ese viejo loco, todos querían acorralarlo, no dejarlo vivir! Pero tenía que ir donde René, porque cualquier cosa era preferible a esta incertidumbre, a ver la espera continua escrita en la cara de los chiquillos y de la Dora, a este temor que hacía de sus propios nervios algo tan áspero y tan cortante como un se-rrucho, siempre tensos, siempre incontrolables y erizados.

Al llegar a casa de misiá Elisita, tocó el tim-bre. Estela salió inmediatamente.

—¿Para qué fuiste a tocar? ¿Y si el caballe-ro hubiera salido a abrir?

Un velo parecía tener presa su voz, una gra-vedad nueva. Mario la miró extrañado, mientras caminaron un trecho, sin hablar ni tocarse. Estela le dio un paquete con pan y fiambres, y cuatro bi-lletes de diez pesos, mirando al muchacho con la insistencia de quien quiere introducir como una cuña sus propios problemas en los problemas de otro. Mario le preguntó:

—¿Qué te pasa?

Estela lo tomó de la muñeca, arrastrándolo hasta un umbral, como para esconderse en la som-bra. Mario vio avanzar por el rostro de Estela la luz de los focos de un automóvil cortada por la jamba de la puerta, hasta que las facciones de la muchacha volvieron a caer en la oscuridad. ¿Por qué Estela no le soltaba el reloj que había rescatado con dinero de tan dudosa procedencia? Le dijo:

—Suéltame el reloj.

...ese reloj que al día siguiente debía seguir el tan conocido camino de la casa de empeños. Pero no. Esta vez era necesario venderlo, deshacerse de él para siempre, con el fin de llevarle siquiera algo de dinero a René... venderlo, porque eso sería cortar todos los lazos con su antigua vida, adiós al Emporio y a las bicicletas y a don Segundo, adiós al «Cóndor» y a sus amigos, adiós a su apodo de Picaflor Grande, adiós a todo.

Adiós. ¿Qué venía ahora?

—Oye... —murmuró Estela.

—¿Qué querís?

Estela no respondió. Permanecía callada junto a Mario, que sacándose el reloj de la muñeca lo guardó en su bolsillo junto a los cuatro billetes y allí lo tuvo encerrado en el calor de su mano, como para despedirse.

—Oye... —murmuró Estela nuevamente.

Estaba llorando en silencio. Mario vio su rostro descompuesto por las lágrimas, iluminado por las luces de otro automóvil que pasó.

—¿Qué mierda te pasa a ti también ahora, que andái con lloriqueos, ah? ¿Ah? ¿No podís hablar en vez de estar lagrimeando ahí?

Los ojos aterrorizados de Mario buscaron los de Estela en la oscuridad. Estela tenía las palabras a flor de boca, pero no pudo decirlas porque lloraba a lágrima viva. Al verla, Mario la tomó de los hombros, sacudiéndola, súbitamente enfurecido:

—¿Quiubo, mierda, qué te pasa? ¿Ah? ¿Qué te pasa? ¿Para qué estái llorando? ¿Creís que no sé que te robaste los cinco mil? ¿Creís que no sé que eres ladrona? ¿Ah? ¿Quiubo?

Estela se cubrió el vientre con las manos como para protegerlo. Nada más. Y las manos de Mario se suavizaron apenas un segundo sobre los hombros de la muchacha al ver su gesto. Pero inmediatamente, poseído de una furia mayor y más peligrosa, sacudió a Estela una y otra vez, aun con más violencia:

—¿Estái esperando, jetona de mierda? ¿Estái esperando? ¿Estái esperando?

Su voz temblaba al repetir la pregunta de nuevo y de nuevo y de nuevo, premiosa, aterrada, furibunda, mientras sacudía a Estela como si quisiera desarmarla, miembro a miembro.

—Sí... —murmuró ella.

Entonces, como si toda la fuerza de René hubiera poseído su cuerpo, Mario dio un golpe salvaje con la mano abierta en la cara de Estela, que lanzó un gemido de animal.

—¿Tú también querís joderme, huevona de mierda?

Y huyó, dejando a Estela sola palpándose la mejilla con la punta de sus dedos.

Mario corrió mucho rato antes de recobrar su paso normal. Su cuerpo latía entero, palpitaba y palpitaba, como si el corazón y la sangre quisieran escapársele por todas partes. Buscó cigarrillos entre su ropa, pero no encontró. No tenía. Ahora no tenía nada, ni eso, cigarrillos. Una voracidad salvaje de tabaco lo hirió en las narices, en la boca, un deseo feroz de tener la forma oval del cigarrillo entre sus labios secos, el humo enturbiándole los ojos, la tibieza reflejándose en sus facciones y en sus dedos. Olió sus dedos, pero como ahora fumaba poco, el aroma se había desvanecido, así como las manchas ocres en su índice y su anular. Caminó y caminó por las calles, atravesando media ciudad, calles que fueron poblándose de alegres rostros nocturnos iluminados por los letreros de neón, por los faroles encendidos, por las puertas abiertas, por la claridad de los almacenes, talleres, farmacias, vehículos atestados, fuentes de soda. No tenía frío ni hambre, su conciencia estaba reducida a su avidez de tabaco. Recordó los billetes que Estela le había dado, y juntándolos con unos pocos pesos sueltos que encontró en su bolsillo entró en una cocinería para comprar tabaco. La gente se apiñaba a la puerta del cine Coliseo, y por la Avenida Matta pasó un tranvía crujiendo como si se fuera a desintegrar. En una esquina, bajo la llovizna y el viento, Mario abrió torpemente el paquete de cigarrillos, pero sólo después de gastar cerca de la mitad de la caja de fósforos logró encender uno. Sus pulmones se sintieron inmensos, apaciguados al llenarse del humo que tanto habían aguardado, y fue como si Mario entero resucitara: tuvo frío y tuvo hambre, y el tabaco fue aclarando su mente poco a poco, como si cada bocanada de humo consumiera la sangre que momentos antes colmaba su cabeza, como si amansara los latidos que allí sentía.

214

Mario sabía que el círculo de peligro que desde siempre vio formándose en torno suyo se cerraba, apresándolo. Ya no tenía otra alternativa que partir a la mañana siguiente para reunirse con René y, con él, perderse. Él le iba a enseñar una manera distinta de vivir, quizás se irían juntos a alguna parte, después, cuando valiera la pena hacerlo. Era como si no hubiera vivido más que para esto, esto que —de pronto descubrió— era ser hombre. ¿Qué tenía que hacer? ¿Matar a alguien? Bien, mataría con la misma mano pesada donde aún ardía el golpe que le dio a Estela. ¡Estela! ¡Él ya no era ningún incauto que se iba a dejar pescar por la primera mujer a quien le había hecho un chiquillo! No era la primera vez que pasaba, a muchos de sus amigos les había sucedido y siempre lograban esconderse o huir. ¡Cualquier cosa, menos dejarse pescar! Y menos por Estela, que además de todo era una ladrona, sí, ladrona, porque a él no le iban a contar cuentos, esos cinco mil pesos eran robados. ¡Cómo no! ¿Para que la mujer lo hiciera trabajar como un caballo, y ella anduviera rabiosa y quejándose todo el tiempo, y después del segundo o tercer chiquillo quedara convertida en un espantapájaros asqueroso, igual que la Dora? No, no. Con razón los cabros del club se reían de él porque ahora lo encontraban tan serio. ¿Juntarse con ella? ¿Para qué? El mundo, y sobre todo el mundo de René, estaba lleno de mujeres con quienes era fácil pasarlo bien sin necesidad de amarrarse. Porque él, ahora, no iba a dejarse amarrar por nadie. Él era suyo, suyo propio. Lo que ganara, fuera como fuere, era para divertirse, para mujeres distintas a la Estela, para comprar relojes muchísimo mejores que el que mañana debía vender.

Caminaba temblando de frío, con el ansia de llorar a punto de desatarse dentro de él, pero toda una parte suya se había hecho sorda a ese llanto, porque ese llanto era mucho más peligroso que juntar su suerte con la de René.

La Dora gritó y se lamentó de tal manera cuando Mario le dijo que a la mañana siguiente debía partir para reunirse con René, que el muchacho temió que se hubiera vuelto loca. Hasta que logró acostarla. Entonces la mujer se fue calmando poco a poco.

Acerado en su nuevo papel, Mario se miró en el jirón de espejo suspendido con tres clavos en la pared de ladrillos desnudos. Hizo una mueca al reventarse un grano que le había salido en la barbilla. Se alisó los cabellos castaños que antes tan bello jopo formaban sueltos y sedosos sobre su frente, lacios ahora. Después, sin desvestirse, se tumbó en su cama con los ojos abiertos, fijos en el revés de calamina ennegrecida del techo.

15

Un cambio radical se efectuó por entonces en la casa de misiá Elisa Grey de Ábalos. La quietud ya no existía. Era como si la casa entera, de subterráneo a desván, presa de un estremecimiento sin sentido, saliera de la modorra que rodeaba sus maderas carcomidas, sus postigos cerrados, sus aleros entre cuyos recovecos y enredaderas tanto las golondrinas como los ratones habían hallado cómodo refugio.

Era que un cambio se había operado en Andrés.

Ya no erraba en busca de su propia sombra por las habitaciones polvorientas, deslizándose por ellas intranquilo y sin pensamiento, lidiando vagamente, espectralmente, pero sin lograr deshacerse de ella, con la maraña en que Estela había apresado sus sensaciones. Un buen día, porque sí, amaneció con la idea de que la vida y el orden existentes en la casa desde tan antiguo no podían continuar. Esa casa cuyas ventanas eran cerradas por sus propias manos al dar las ocho de la noche, y donde las criadas pasaban días y días escuchando comedias en la radio de la cocina, o hablando de nada y tejiendo y bordando iniciales en cualquier tela bajo el parrón si el tiempo estaba bueno, era, según la nueva opinión de Andrés, el centro de la pereza mundial, y no se hacía más que perder el tiempo desvergonzadamente.

Entonces, bajo su comando y vigilancia, una actividad sin tregua llenó el caserón. Ordenó que todas las ventanas fueran abiertas de par en par en las mañanas para efectuar todos los días el más minucioso aseo. Condenó a los armarios las fundas de lienzo de los muebles, y bajo la luz, que cayó a raudales entre las cortinas abiertas, cada chafadura del terciopelo de las sillas, cada mancha desteñida en el papel de los muros, cada agujero producido por las polillas en las cenefas, cada saltadura en las estatuas de mármol, tomó una tremenda evidencia. En la noche, Andrés encendía las luces de todas las habitaciones de la planta baja, y paseándose por las extensas alfombras el caballero adquiría una vida inútil y artificial.

Mandó también que le sirvieran delicadezas a la mesa, todos los días. Tardaba horas en cenar, generalmente en una mesita colocada por Estela en un ángulo de la biblioteca. Al mirar el rostro de la muchacha, pesado y entorpecido por la preocupación, llegó a figurarse que era él el causante de ese dolor, detestándola por retratar así su culpa... pero no podía permitir que Estela saliera, bajo sus propias narices, a juntarse por las noches con un hombre joven. Sin embargo, en cuanto la veía salir de la estancia, la imaginación de Andrés dotaba nuevamente de claridad y transparencia a ese rostro, y todo su dolor y su deseo volvían a derramarse.

Lourdes y Rosario estuvieron encantadas con estos cambios. Era como si a cada una le hubieran regalado oportunidades no proyectadas para volver a vivir con intensidad. Rosario salía a primera hora de la mañana rumbo al mercado y nunca dejaba de regresar con algo extraordinario, una lisa, un queso fresco sumamente especial, repollitos de Bruselas tempraneros, o lo que fuese. Lourdes rejuveneció veinte años. ¿Quién sino ella sabía limpiar con la debida pericia las mil chucherías de la vitrina: el zapato de don Andresito cuando era niño, fosilizado en bronce; el menú del almuerzo ofrecido a don Ramón por don Pedro Montt y misiá Sara en La Moneda; los adornos de porcelana y de cristal, los recuerdos de viaje y las miniaturas? En una ocasión, cuando su entusiasmo llegó al colmo, Lourdes se encaramó en una escala para limpiar el inmenso retrato al óleo de don Ramón, pintado en París según fotografías. La criada lo sobó con las mitades de una cebolla hasta desprender el polvo y las manchas de moscas, dejando un barrillo fétido que lavó con un trapo humedecido. Se alejó para admirar la reaparición esplendorosa del magistrado, de levita y bigote de manubrio, sobre un fondo de columnas corintias quebradas en un parque crepuscular. Y Lourdes osó tener esperanzas de que las cosas fueran como antes en la casa de don Ramón Ábalos.

Poco a poco, ambas mujeres se dieron cuenta de que las cosas no iban a ser ni tan simples ni tan deleitosas como creyeron al principio. Al cabo de unos días Andrés ya no permitió a las sirvientas ni un solo segundo de reposo, ni un instante para sus vidas propias y menesteres particulares, fuesen los que fueren. Como un negrero insistente y cruel las acosaba el día entero, inventando para ellas trabajos inútiles o insospechados.

—Rosario, tú que no estás ocupada en nada, hay que pintar los palos de los rosales, están hechos una lástima...

—¿Pero para qué, don Andresito, Virgen Santa?

—Porque hay que pintarlos.

—Hay que llamar a un hombrecito, entonces, yo soy cocinera, no puedo.

—No me vengas con cuentos, no tienes nada que hacer.

Rosario, vejada en su dignidad culinaria, se calaba una chupalla rota, y de la mañana a la noche, con un tarro grande de pintura blanca y otro más chico de pintura roja, encuclillándose y volviéndose a parar, pintó los tutores de todos los rosales.

Contra su costumbre, la cocinera se lamentaba:

—¡Ay, me duelen toditas las costillas, Lourdes! ¡Estar agachada todo el día también, ya no tengo años! Miren las ideas que se le ocurren a don Andresito.

Lourdes, con los ojos medio cerrados por el agotamiento, dijo:

—Mm. Yo tampoco puedo más. ¡Qué le habrá dado a este niño, por Dios!

Bostezaron y se sobaron los lomos al unísono.

—Capaz que quiera dar una fiesta, ahora que parece que se va a quedar a vivir aquí —sugirió Lourdes, los ojos brillantes con el entusiasmo de la idea.

—¡Qué sé yo! La otra noche se quedó hasta qué sé yo qué horas hurgueteando todos los cajones de la casa.

—Y la otra tarde ordenó todos los libros. ¡Tantísimos que hay!

—Y si se va a quedar aquí, ¿por qué no despacha al matrimonio y manda que le traigan todas sus cosas?

—Quizás. Oiga, ¿sabe en qué me ha tenido todo el día?

—Sí, ya vi.

—¿Creerá que este niño me hizo sacar todita la platería de la alacena, usted sabe que hay tantísima cosa, pues Rosario, y me está haciendo limpiarla toda, pieza por pieza?

—¿Alcanzó a terminar?

—¿Está loca? ¡Qué voy a haber terminado! Parece que usted no se acordara de tantísima cosa que hay guardada. Mire, venga a ver —dijo Lourdes, dirigiéndose al comedor seguida por Rosario.

Encendió la lámpara del centro, cuyas luces se reflejaron en el lago oscuro de la mesa y en las caobas de los aparadores. Diseminadas por todas partes se hallaban las piezas de platería, opacas bajo el velo de los años, menos unas cuantas de las más pequeñas, a las que la mano de Lourdes ya había restituido su brillo, y que, alineadas en formación militar, rodeaban un trapo manchado de negro-verdusco. Por todas partes había aparatosos servicios de té, bandejas, poncheras, alcuzas y figurillas.

—¡Qué cosas tan lindas! ¡Se me habían olvidado! —exclamó Rosario.

—Tanto tiempo guardadas, pues. ¿No es cierto que parece un matrimonio, con toda la platería de regalo? Mire. ¿Se acuerda de los faisanes que cuando venía gente a comer poníamos en el centro de la mesa?

—Cómo no. Se va a demorar mucho en limpiar todo esto.

—Sí. Tengo para mucho.

Al día siguiente, Andrés amaneció con una nueva ocurrencia. Después de almorzar llamó a Lourdes y le dijo que dejara la platería tal como estaba, que se dedicara a ella en los momentos en que no tuviera nada que hacer, y que Estela la ayudara. Ahora la necesitaba para algo más urgente: para subir al desván.

—¿Al desván? —preguntó Lourdes aterrorizada—. ¿Y para qué vamos a hacer eso, don Andresito, por Dios Santo?

Andrés no respondió.

—Pero, don Andresito, ¿cómo quiere que ordenemos todo eso solas? Necesitamos a alguien con fuerza para que nos ayude a levantar los baúles y a mover las cosas. ¡Y todo debe de estar tan cochinazo!

—Yo tengo fuerza. Yo te ayudo. Además está la Estela, si la necesitamos.

Lourdes reflexionó que su sobrina no estaba como para levantar baúles. Era un hecho que la ciudad no le probaba bien, como si echara de menos el campo y a su familia, porque le había notado un aspecto enfermizo, estaba pálida y más muda que nunca. Hizo una nota mental de decirle a Rosario que esa noche le preparara una agüita de toronjil, tan buena para la pena. Andrés y Lourdes subieron al desván, en la parte más alta de la casa, Lourdes bufando porque casi no cabía por la escalerilla angosta y empinada. Al entrar en el desván, vieron en la oscuridad algunas monedas de luz reluciendo en los intersticios de ese cuarto amplísimo de techos bajos y en desnivel, cuyo silencio con olor a polvo y a encierro era limitado por el escurrirse de una laucha o por los saltos de algún pájaro sobre el latón desnudo de la mansarda. Lourdes dio un grito cuando, al avanzar por la negrura, una telaraña se adhirió a su frente.

Una a una, Andrés fue abriendo las cuatro pequeñas ventanas redondas, que vertieron sus rayos en el piso cubierto de polvo, encendiéndose en un reguero de vidrios quebrados y en las natas de telarañas. Había cajones, baúles, maletas, maletines, muebles destripados, un maniquí decapitado del torso de misiá Elisita, parado en una sola pata como una garza con cuerpo humano, cajas de sombreros, montones de revistas viejísimas, una *chaise percée*, una tina de baño de loza en la que golondrinas y patos azules se perdían en una selva de juncos.

—¡Tanta cosa! —exclamó Lourdes—. ¡Y tan sucio!

Andrés examinaba todo sin desconcierto. Se sentía perfectamente tranquilo en ese hacinamiento de cosas descartadas de la vida. Una sonrisa de paz animó su rostro fatigado.

—¿Qué habrá en este baúl? —preguntó.

—¡Qué me voy a acordar, don Andresito, por Dios!

Abrieron la tapa de un baúl de cuero alazán que tenía las iniciales *R.A.* impresas en negro.

—Mira, Lourdes, ropa de mi abuelito. Esta capa española... ¿te acuerdas? Cuando yo era chico, a veces se la ponía en la tarde cuando hacía frío para salir a pasearse por el jardín.

Tanto Lourdes como él parecían haber olvidado la existencia del resto del mundo, haberse embarcado en un viaje de regreso a una época en que para ellos era imposible perderse porque todo valor les era conocido. Abrieron sombrereras de cuero en forma de campana, sacando coleros brillosos que salían perfectos de sus casillas de seda roja con el nombre del mercader londinense bajo un escudo en que decía *By Appointment*. Hurgaron dentro de cajas llenas de guantes, sacudieron la piel apolillada de los cuellos de los gabanes, a pesar de que era como si el polvo, acumulándose en la superficie de las maletas, hubiera preservado esos objetos en forma intacta, tanto, que la época en que tuvieron una vida activa se precipitó entera en el momento presente.

Andrés se probó un colero.

—¡Qué bien le queda, don Andresito!

—Limpia ese espejo —mandó a Lourdes.

Y mientras la criada abría un boquete de claridad en el espejo enceguecido por el polvo, Andrés se embozó en la capa española.

—¡Qué bonito está! —palmoteó Lourdes.

—¿Sabes que me voy a llevar estas cosas para abajo? Por si acaso... —dijo Andrés oscuramente.

En un baúl encontraron vestidos de mujer. Sacaron algunos para examinarlos. Lourdes tomó un largo vestido de gasa recamada, que no había sido capaz de resistir el tiempo.

—Mire, qué pena. Está rompiéndose. ¡Tan precioso que era!

Andrés palpó la gasa delicadamente, llevándola hacia la ventana para mirar la luz que hería el recamado. Estuvo largo rato pensativo, examinando ese objeto vivo aún pero a punto de expirar, extendido levísimo en sus brazos, brillante en medio de todo el polvo.

—¿Sabes una cosa, Lourdes? No me puedo acordar ni de una sola vez que mi abuelita se haya puesto este vestido. Es, más bien, que cada vez que trato de acordarme de ella cuando era mujer joven, en mi imaginación siempre lleva puesto este vestido, nunca otros que recuerdo asociados claramente a ciertos acontecimientos. Es como si en mi pensamiento siempre fuera envuelta en esto tan tenue, con esas mangas amplias como alas luminosas en forma indefinida velándole el cuerpo. Curioso, ¿no? Y aun ahora, cada vez que la veo mal y quejándose, para alejar el horror de su locura, parece que mi mente quisiera vestirla con este traje...

—No diga que la señora está loca, don Andresito, mire que Dios lo puede castigar.

Permanecieron activos toda la tarde, olvidados de la hora, parloteando alegremente, hurgueteando tanto que no recordaron que habían subido

225

al desván con el propósito de limpiar y ordenar.

—Mañana vamos a seguir ordenando aquí —dijo Andrés al salir. Tenía las cejas nevadas de polvo y la cara llena de tiznes.

Lourdes, entre muchas chacharachas de las que se apoderó con el permiso de Andrés, llevaba el vestido de gasa de misiá Elisa y un largo boa de plumas blancas, bastante apolillado. Andrés bajó con el colero puesto y embozado en la capa española.

Después de comida, Lourdes se instaló junto a la mesa de mármol de la cocina, bajo la pantalla verde de la lámpara. Frente a ella y a pedido suyo, Rosario escarbaba en un gran envoltorio de hierbas aromáticas secas, en busca de toronjil para hacerle una tisana a Estela. Lourdes se entretenía enderezando alambres y limpiando amorosamente una cantidad de florecillas hechas con hilos de plata y trozos de conchas. Dijo:

—Me las dio don Andresito.

—¿Y para qué las quiere?

—¿No se acuerda de dónde eran?

—No...

—¿No se acuerda de esos fanales que había en el costurero de la señora y que ella quebró uno después de una de las primeras peleas con don Ramón? ¿Ésos que eran dos iguales llenos de estas florecitas?

—Ah, sí, claro. ¿Y para qué las quiere usted?

Una dulce sonrisa llena de malicia y superioridad asomó a los labios de Lourdes.

—Tengo una idea... —murmuró.

—¿Una idea?

—Le estoy haciendo un regalo a misiá Elisita.

—Mire, Lourdes, que la señora las va a reconocer y va a creer que usted se las robó.

—No creo. Estoy haciéndole una coronita, una coronita de flores de plata para regalársela el día de su santo, que ya está acercándose. ¿No ve que ella siempre dice que es reina de Europa, y además que merece una corona de santa por lo buena que ha sido? También voy a regalarle este vestido de gasa, tengo que arreglarlo con mucho cuidado porque está hecho un harnero. Y se lo voy a regalar todo para su santo...

—Poca gente irá a venir.

—¿Será la hora de la comedia?

—La bonita ya pasó qué rato.

—Ay, qué pena. Sí, poca gente...

—Dicen que don Emiliano se quedó muerto en la tina de baño.

—¿De qué?

—De repente.

—Sí, pues, así dicen.

—Pobre. Tan diablazo que era.

—Y mucho más joven que la señora.

—No, no mucho. ¡Qué salud la de la señora! Va a ver no más, nos va a enterrar a toditos...

—Harto bueno que sería, digo yo, tan santa que es la pobre. Y se pone cada día más diabla y más habilidosa. Y como es tan moral para sus cosas, bueno sería que durara un ejemplo como el de ella.

—Así no más es.

—Y tiene noventa y cuatro.

—Mm...

—¿O noventa y seis?

—Mm...

—No, noventa y... no me acuerdo. ¿Se acuerda usted?

Rosario se había dormido porque estaba realmente extenuada.

—¿Noventa y cuántos, Estela?

—No sé, tía —respondió la muchacha, que había entrado silenciosamente y estaba sorbiendo su tisana de toronjil en un platillo sobre el que soplaba.

La herida que le había producido el abandono de Mario era dolorosa y persistente, pero como el molde que aprendió para la conducta de los hombres consultaba que fueran brutales e impredecibles, le era difícil perder toda su fe en el regreso del muchacho. Esta fe llegó a ocupar un pequeño espacio muy duro y muy nítido, como una nuez, en medio del dolor que cubría sus horas.

En la tarde, cuando el crepúsculo que entraba en el dormitorio por las altas ventanas hacía que la gran embarcación de misiá Elisita flotara en la penumbra, y que los muebles perdieran sus contornos, conservando sólo sus densidades, Estela se acercaba de puntillas a las ventanas para cerrarlas. Desde una de ellas se divisaba el cerro Santa Lucía, sus almenas rosadas con el último resuello del sol. Mario le había prometido llevarla algún domingo futuro... pero ahora ya no era posible. Entonces su fe en el regreso de Mario se endurecía dentro de ella haciéndose punzante, empequeñeciéndose casi hasta desaparecer. Estela pensaba en el rebenque de su padre colgado de un clavo mohoso en el corredor de su casa, en el campo... y también pensaba en su hijo. Hacía un esfuerzo por arrancarse de esa ventana, asegurándose una y otra vez que no, que la ausencia de Mario no era más que una interrupción momentánea, una falla insignificante en lo que había llegado a ser la trama misma de su vida. Una vez cerradas todas las ventanas y corridas todas las cortinas, Estela apretaba el interruptor de la luz eléctrica, y las formas precisas de los muebles asaltaban súbitamente las que hasta entonces no habían sido más que densidades de oscuridad.

Una noche, don Andrés se había acercado tanto a Estela en un pasillo que ella, temerosa, tuvo que pegarse al muro. Sintió en su cara el aliento del caballero, fétido a licor, y vio sus manos listas para tocarla. Estela alcanzó a tener la presencia de ánimo para musitar, muy bajo y muy confusamente:

—Cree que porque una es regalada...

Las manos de Andrés cayeron, temblando, y se fue sin tocarla, con una expresión en la cara que empavoreció a Estela. ¿Estaba loco? ¿Estaba borracho? ¿Estaba enfermo? Al día siguiente Andrés regaló a la muchacha un corte de género, que ella aceptó sólo porque no supo qué hacer para rechazarlo.

Para disimular su mal aspecto, Estela comenzó a usar colorete en la boca y en las mejillas, con lo que sólo logró recalcar el aspecto enfermizo de su rostro. Una tarde, cuando tejía junto a misiá Elisita, la anciana le dijo:

—Anda a lavarte la cara, mujer, pareces una

perdida. ¿Crees que quiero que la gente piense que tengo casa de remolienda?

Estela se lavó, regresando en seguida a sentarse junto al lecho de la enferma.

—¿No te dije que eras una ladrona? Ya ves, me robaste los cinco mil pesos de aquí, de debajo de la almohada. ¿No te había dicho yo que eras una mujer corrompida, una ladrona?

Como si encontrara insuficiente la luz, Estela acercó su tejido a sus ojos para contar los puntos y esconder su conciencia en esa actividad pueril, porque tanto misiá Elisita como Mario tenían razón de llamarla ladrona.

Nunca como en este tiempo estuvo tan clara y perspicaz la mente de la enferma. Daba una explicación precisa a cada uno de los ruidos, aun a los más remotos, del caserón.

—Ya no está en edad de subir tan apurado las escaleras Andrés...

O bien:

—Me van a dar tortilla para el almuerzo. La Rosario está batiendo huevos.

Sus manías también se agudizaron, o era como si se hubieran extendido, cubriendo su mente por completo. Continua y persistentemente, colmaba cada segundo con el extravío de sus palabras:

—...y Ramón se reía de mí porque creía que eran todas mentiras, pero yo sé que me tenía envidia. ¿Cómo no, si soy pariente de todos los reyes y los nobles de Europa? Aquí en Santiago me miraban en menos porque mi papá no era chileno y decían que Ramón se había casado con una des-

230

conocida. ¡Claro, desconocida aquí, en este país de indios! Cuando era chiquilla, mi mamá fue a un baile en el palacio de no sé quién, en Europa, y bailó toda la noche con un príncipe. Ella tenía puesta una corona, a la que tenía derecho porque era noble, como yo también tengo derecho. ¡Tan buena que era mi mamá, y tan linda! ¡Tan creyente y tan cristiana, igual que yo! Porque te diré, niña, que yo he sido una verdadera santa toda mi vida, y si tengo derecho a usar corona de noble, también tendría derecho a usar corona de santa. ¿Creerás que siempre he sido una mujer tan buena, tan moral, que nunca en todos mis años de casada permití que Ramón me mirara el cuerpo? Nunca, nunca, y eso que dormíamos en la misma cama. Ya ves, dime si no merezco corona de santa. En fin, Dios premiará mis sacrificios en el cielo, dándomela allá...

Seguía hablando así mucho rato, sin cambiar el tono, casi sin alzar ni bajar su voz cascada, hilando su locura desde las blancas sábanas. Estela no comprendía mucho. En un comienzo, cuando recién llegó del campo, había hallado cierta fascinación en las presencias alucinantes que misiá Elisita evocaba, asomándose apenas a categorías que su mente fresca no era capaz de captar. Cuando más tarde Mario cobró presencia en su vida, ya no escuchaba a la anciana por estar siempre pensando en él.

Una tarde, la anciana observó a Estela mientras iba y venía por la habitación, limpiando y ordenando. De pronto le gritó:

231

—¡Estela!

—¿Señora?

Se acercó al lecho donde la anciana se había incorporado a medias y trató de volver a recostarla.

—No me toques, inmunda —dijo la señora.

Estela retiró sus manos como si se las hubieran quemado.

—¡Híncate! —ordenó misiá Elisita.

Estela la miró aterrorizada, como si se hallara en el umbral de entender las cosas sombrías que últimamente vislumbraba en todo.

—¡Arrepiéntete! —ordenó la anciana.

Estela bajó la cabeza, murmurando con voz que casi no se oía:

—¿Pero por qué pues, señora?

—¿Cómo por qué? ¿Te atreves a preguntar, inmunda, como si no supieras? No te vengas a hacer la santurrona conmigo. ¡Arrepiéntete de tus pecados!

La pequeña voz de la nonagenaria parecía llegar hasta cada uno de los rincones de la habitación, colmándola de amenaza.

—¿De qué? —volvió a preguntar Estela.

—¡Atrévete a decirme que no has pecado! ¡Atrévete! ¡Te vas a condenar para siempre al infierno, por los siglos de los siglos! El pecado de la carne es el peor de todos, el más inmundo y el más terrible. Mira ese cuadro...

Señaló una litografía en que la Virgen del Carmen contemplaba un pozo de fuego donde numerosos pecadores se retorcían de dolor.

—¡Mira! Así te vas a quemar en el infierno,

porque el amor que a ti te interesa es el de la carne, y nada más. ¿No te da miedo el infierno, el rostro del Señor enfurecido enjuiciándote porque te atreviste a desobedecer el principal de sus mandamientos? ¡Puta, eso es lo que eres, pervertida, y todo el mundo te va a señalar con el dedo diciendo que eres una condenada!

Misiá Elisita estaba sentada en el lecho. Sus ojos habían concentrado fiereza al mirar a Estela, que temblaba.

—...porque ese hombre que te perdió lo único que quiso fue el placer egoísta, el placer bruto y carnal, como todos los hombres, sí, todos los hombres lo único que quieren es abusar con nosotras... y el placer es una cochinada, una inmundicia. ¡La vida es un asco, y hay que buscar refugio en la religión para no verse obligada a descender hasta eso y contaminarse! ¡Arrepiéntete! Odia a ese hombre, ódiate a ti misma por haber sido tan débil como para haberte creído enamorada, y tu amor y el de él no eran más que basura. Y él no va a volver más, no estés creyendo, porque sació su placer y te dejó a ti manchada... pecadora, pecadora.

¡Pecadora!

Cubriéndose la cara con las manos, Estela comenzó a sollozar. ¡La señora tenía razón, tenía razón! ¿Cómo no iba a ser malo lo que había hecho si todos los castigos, el de su padre cuando ella regresara al campo con su huacho en brazos, y el del fuego del infierno, la esperaban? ¿Cómo no iba a ser canalla Mario si la había inducido a lo peor, incluso a robar, por él? Sí, Dios la castigaba por sus vicios haciendo que Mario la dejara sola en el mundo, sola, y con esa vida que iba creciendo dentro de ella. Todo era mentira, malo, la señora era la única santa, la única que sabía la verdad...

Estela se arrodilló con el rostro sucio de lágrimas y, acompañada de la vocecilla seca de misiá Elisita, comenzó a rezar, arrepentida, jurando jamás volver a ver a Mario, negando que jamás lo hubiera querido.

En los días siguientes, Estela no hizo más que llorar, sola, en los pasillos, en su cuarto, en los rincones apartados. No levantaba la vista del suelo, y bajo sus pestañas las ranuras oblicuas de sus ojos ya no tenían el brillo de antes. Pasaba horas con el rosario en las manos, rezando avemaría tras avemaría, sin atreverse a separarse del lecho de misiá Elisita, porque todo lo que no fuera la cercanía de la señora era terror para Estela.

—¡Esa chiquilla anda como espirituada! —comentaba Lourdes—. Y tan buena que decían que era la agüita de toronjil...

16

La anciana estuvo varios días sumergida en tal estado de agitación, presa de fantasmas, anatemas lanzados por ella misma y arrepentimientos, que era imposible conseguir que probara bocado. Como se debilitó bastante fue necesario llamar al doctor Gros, que después de examinarla someramente y sin conmoverse, no dijo casi nada.

—¿Y no vas a examinarla más? —preguntó Andrés, decepcionado.

—No. ¿Para qué?

—No sé. Al fin y al cabo está viva, igual que tú y yo...

—¿Qué quieres que te diga, Andrés? Tu abuela no está enferma más que de años, y para eso no hay curación. Tengo que repetirte lo que te he dicho mil veces: hay que esperar. Se aproxima un marasmo senil, el agotamiento de todas las funciones de su organismo. La materia, aburrida de estar viva, se prepara para el reposo de no ser más que sustancia. Es el ciclo que se cierra, simplemente. ¿Qué más quieres, a los noventa y tantos años?

Bajaron la escalera en silencio, Andrés adelante, un poco amurrado, como un niño al que no se ha concedido la importancia a que se siente acreedor. Bajando detrás de él, Carlos observó que en la nuca su cabello estaba sin cortar. Jamás lo había hallado tan viejo y tan pueril a la vez, reducido a su expresión mínima, casi como misiá Elisita. Recordó al Andrés de seis meses antes, conservando espléndidamente su *tenue*, palabra tan frecuente como admirativa en sus labios, dueño de discretísimas elegancias, de conversación informativa y vivaz al tocarse los temas de su preferencia. ¿Era, entonces, tanta la fuerza de la belleza de una sirvientita de diecisiete años como para hacer escombros la arquitectura de un ser, reduciéndolo a esto, a un vejete mal afeitado y sin control de sí mismo, que bajaba la escalera como si le dolieran los pies? Una ola de rabia contra Andrés por dejarse deshacer tan fácilmente borró toda compasión en Carlos. Hubiera querido empujarlo escalera abajo, remecerlo, hacerlo salir de sí mismo de alguna manera. Al pie de la escalera aguardaba Lourdes, con sus manos enlazadas sobre la barriga, sonriente y benigna, centrada en su inconmovible universo doméstico.

—¿Cómo estás, Lourdes?

—¿Yo? De lo más bien, don Carlitos, usted sabe que a nosotras las viejas hay que matarnos a palos. Son los jóvenes que están mal, ya ve a don Andresito. Chupado que parece un huesillo. Y no sale de la casa para nada. En balde yo me paso diciéndole que salga y se divierta, que vida no hay más que una sola...

Andrés, que mantenía la vista impaciente

clavada en el suelo, asaltó el rostro de Lourdes con su mirada, preguntándole:

—¿Una sola, Lourdes? ¿Y la otra?

—Ja, ja, ja, mire las cosas con que sale. ¡Ésa es para otra cosa, no para divertirse, pues, don Andresito! ¿No digo yo que este niño se está poniendo raro? ¡Las cosas que dice! ¡La otra vida! Ja, ja, ja... ¿No digo yo que se está poniendo cada día más igual a misiá Elisita?

—Bueno, ya está bueno, Lourdes. Tengo mucho que hablar con Carlos. Llévanos algo que tomar a la galería.

—¿Ve, pues, don Carlitos? Si hasta conmigo se está poniendo de malas pulgas. Oiga, don Carlitos, yo quería hablar una palabrita con usted. ¿Por qué no aprovecha ahora que está aquí y me examina a la Estela, mire que anda con malaza cara, como si hubiera visto visiones? Yo le he estado dando agüita de toronjil, que dicen que es tan buena para la pena, pero la chiquilla sigue igualita. Y dice que anda con una puntada... quizás qué será...

Dirigiéndose al cuarto donde Estela aguardaba, Lourdes detalló de tal modo los síntomas de la dolencia de su sobrina, que al médico le parecieron no sospechosos sino perfectamente claros.

Encontraron a Estela tendida en la cama de un dormitorio de servicio desocupado desde hacía muchos años. Al principio la muchacha no quiso dejarse examinar ni responder preguntas, hasta que Carlos rogó a Lourdes que abandonara el cuarto. La sirvienta lo hizo, desconfiada, murmurando entre dientes:

—Es que usted es tan diablazo pues, don Carlitos...

Esta insinuación de Lourdes, además de ser ofensiva, fue un chispazo que con su claridad señaló otra cosa a Carlos: en el momento mismo de entrar en ese cuarto con olor a colchón en desuso y a armario vacío, la presencia animal de Estela tendida en el lecho lo había perturbado. Se mantuvo lejos del catre, interrogando a la muchacha con sequedad. El interrogatorio, sin embargo, estaba de más. Tanto su silueta ligeramente deformada como los síntomas detallados con tanta inocencia por Lourdes decían todo lo que era necesario saber. Estela se hallaba encinta.

Con su antebrazo la muchacha defendía sus ojos de la luz de la ampolleta desnuda que colgaba en el medio del techo, de modo que debajo de la blusa los tendones de la axila erguían sus pechos. Carlos buscó ese color rosado muelle de las palmas, descrito con tanta turbación por Andrés y, al verlo, un violento deseo de palpar a Estela acometió al médico. Nada más fácil. Bastaba decirle que era necesario que la examinara. Pensó en la tarde árida que se extendía ante él, en el regreso a su casa guiando el automóvil por las calles llovidas, sus amistades inlocalizables, Adrianita en un té de beneficencia, sus hijos dispersos en pos de sus intereses y aficiones. Estaba solo. Y la muchacha estaba tendida sobre su camastro. ¡Pero no, no podía ser! Carlos hizo un esfuerzo para retirarse del catre y plantearse una negación definitiva. No. Era sucio. Sucio e innecesario e inconducente. Lo reduciría al plano de Andrés... o peor. Entonando su voz hacia la dulzura, el médico dijo:

—Está bien, ya sé lo que tienes...

—No diga nada, no le diga nada a mi tía, por favor...

—Bueno, pero mañana tienes que ir al hospital para examinarte bien. Dime, ¿quién es el padre?

—Mario.

Nada más. Estela estaba llorando y con la cara sucia, pero todo el mundo debía conocer a Mario, porque era el centro de su vida, el único Mario de la tierra.

Carlos fue a reunirse con Andrés. Las mecedoras de la galería, las dos palmeras, los helechos y begonias, a pesar de ser los mismos de siempre, poblaban un silencio nuevo entre los dos amigos. En la penumbra Carlos oyó chocar el hielo en el vaso que Andrés tenía en la mano, y él llenó también su vaso. A través de los vidrios de la galería, más allá de los árboles del jardín, se descorrieron vertiginosamente los manchones negros de las nubes, desnudando aquí y allá boquetes de cielo colmados de estrellas.

—¿Tienes fósforos? —preguntó Carlos—. Ah, no te molestes, aquí encontré mi encendedor.

Andrés se inclinó hacia el médico, como si de él esperara palabras que arrancaran chispas de su yesca. De pronto Carlos se puso de pie, apagando el cigarrillo recién encendido en la tierra de un macetero de helechos. Exclamó:

—La Estela está embarazada.

Andrés se dejó caer contra el respaldo de la

mecedora, que comenzó a balancearse. Preguntó en voz muy baja:

—¿Para qué me lo cuentas a mí?

—En última instancia, tú eres responsable.

—¿Yo?

—Claro. Tú la trajiste para que cuidara a tu abuela.

El movimiento de la mecedora continuaba disminuyendo.

—Dijo que el padre se llamaba Mario —agregó Carlos.

Una noche de neblina, Estela había tocado el brazo de un muchacho llamado Mario bajo un farol de la calle. Nada más. Desde ese momento todo para Andrés fue en disminución, mientras que en el vientre de Estela dos vidas conjugadas bellamente producían otra vida, completando un ciclo de perfección. Él, en cambio, se hallaba desnudo bajo un firmamento hostil, que sólo podía señalarle su propia pequeñez y la inútil brevedad de su conciencia. Andrés, con su dolor desnudo, palpó el tiempo, los millones de años hacia adelante, los millones de años hacia atrás, pensó en los seres que supieron prolongarse al realizar uniones con otros seres. En la tranquilidad de esa noche en la galería, balanceándose apenas en la antigua mecedora, Andrés permitió que una pena punzante lo envolviera, humedeciendo sus ojos vencidos.

—Hay que hablar con este Mario —opinó Carlos.

—Claro.

Después de un rato, Andrés agregó:

—La examinaste a ella que es joven, pero a mi abuelita ni siquiera la miraste. Apuesto que a mí tampoco me mirarías...

—No seas ridículo, Andrés. ¿Qué quieres que te diga de misiá Elisita? Que se va a morir...

Andrés, que había estado observando una estrella lejanísima descubierta dentro de un jirón de cielo, se puso de pie bruscamente, y exclamó:

—No me hables de eso, no me hables...

—¿De qué?

—No quiero oír hablar de la muerte. ¡No quiero! ¡No quiero!

—Pero hombre...

—¿No ves que lo que acabas de decirme me despoja de todas las cosas con que había sido capaz de disfrazar mi terror a la muerte, y me deja ese terror desnudo?

Pero ese miedo lo tenemos todos...

—Ah, pero ustedes tienen lo que han hecho y lo que pueden hacer, tienen con qué defenderse. Yo no tengo ninguna defensa, ninguna... ni vida, ni fe, ni estructuras racionales... nada... nada más que terror...

—¡Qué estás hablando, hombre...!

—¿Qué experiencia tengo a mi haber? Ninguna, mis bastones... Y ahora, ¿qué experiencia me queda? La muerte, nada más. No puedo pensar en otra cosa. Y en ella no puedo pensar más que con terror porque sé demasiado bien que todas las teorías filosóficas, todas las satisfacciones de vivir y toda creencia religiosa son falsas, todas mentiras para ahuyentar el gran pánico de la extinción...

—¿Pero no ves que toda vida, toda creación en el campo que sea, todo acto de amor, no es más que una rebeldía frente a la extinción, no importa que sea falsa o verdadera, que dé resultados o no?

—¡Ah, si sólo lograra mentirme de alguna manera!

—Lo que estás diciendo es morboso y repugnante. ¿Para qué pensar en eso?

—Morboso. No pensar en eso... ¿Por qué no me dices mejor que silbe en la oscuridad? ¿Qué me propones, que adquiera una fe religiosa como se compra un par de calcetines? Pero no puedo hacerlo así. Daría cualquier cosa por recobrar mi fe. ¡Qué cómodo sería tenerla! Pero, por desgracia, las religiones no me dan más que risa. ¿No comprendes que no son más que disfraces del instinto de conservación, maneras de salvaguardarse del terror de no existir, formas de agrandar, impotentemente, mediante mentiras, esta vida que es tan horriblemente exigua? «No, hijito, no tengas miedo», nos dice el Padre Eterno. «No tengas miedo, no creas en la extinción. La muerte es sólo un juego. Vas a jugar a morirte, y después te voy a regalar una vida mucho más larga y mucho mejor y donde vas a divertirte mucho más que aquí.» Y como silba en la oscuridad de la nada... ¡Claro que sería cómodo! Pero ahora yo estoy lleno de desprecio por los que son capaces de engañarse, consciente o inconscientemente, con esa fórmula de vida eterna. ¡Qué fácil es para ellos verse ante la muerte! ¡Qué descanso...!

Carlos estaba apabullado por la intensidad

de las palabras de Andrés, como si éste lo abofeteara una y otra y otra vez, y él, con la cara sangrante y deshecha, fuera incapaz de levantar los brazos en defensa. Porque defensas había, miles de defensas válidas y verdaderas. Sólo vio claro que Andrés estaba convirtiendo lo que no podía pasar de un estado de ánimo en una posición ante la vida. Carlos no podía reflexionar, tanta era la fuerza de las palabras de su amigo. Además, estaba resfriado, y con eso sentía cada uno de los latidos de su corazón, cada pulsar de la sangre en sus mejillas y en la punta de su nariz, y en los extremos de sus dedos. Y estas pulsaciones producidas por un resfrío lo delimitaban, asegurándole que ésa era su forma en el espacio, que existía por lo menos aquí y ahora, y que dijera lo que dijere Andrés, esa forma era él, Carlos Gros, vivo y consciente. Andrés continuó:

—¿No te das cuenta de que todo no es más que un desorden, una injusticia, un juego de locura del Cosmos? Si hay un Dios que vele por el destino de los hombres, no puede sino ser un Dios loco. ¿Qué locura más completa que haber dotado a los hombres de conciencia para darse cuenta del desorden y del terror, pero no haberlos dotado de algo para vencerlos? No, Carlos, no te ciegues, el único orden es la locura, porque los locos son los que se han dado cuenta del caos total, de la imposibilidad de explicar, de razonar, de aclarar, y como no pueden hacer nada ven que la única manera de llegar a la verdad es unirse a la locura total. A nosotros, los cuerdos, lo único que nos queda es el terror...

En el silencio que rodeó a Carlos, el terror de que hablaba Andrés se estableció como una amenaza sólida y permanente. Con sólo moverse o hacer la menor concesión mental, lo sabía, ese terror se apoderaría de él. Pero no. Era suficiente estar resfriado, sentir que sus dedos latían, que su nariz latía, que su sangre latía en su oreja izquierda abrasada, para que el terror huyera más allá de esa estrella que brillaba en el último rincón del cielo... una experiencia verdadera pero que no alteraba la forma de su vida ni socavaba su individualidad. Andrés seguía:

—...y cuando me esté muriendo, te juro que patalearé y gritaré y me humillaré, que seré violento y cobarde y absurdo e indigno y desdichado, y con mi último aliento te imploraré que me salves, te insultaré porque dejas que me extinga...

Carlos se puso de pie como si fuera a azotar a Andrés. Dijo:

—¡Cállate! ¡Cállate, imbécil!

Parados uno frente al otro, mirándose, permanecieron un segundo en silencio. Después, como si por mutuo acuerdo hubieran decidido no abofetearse, se dejaron caer en sus sillones respectivos. Carlos dijo:

—¿Quieres destruirlo todo, imbécil? ¿Ésa es tu protesta porque una sirvienta no quiere acostarse contigo? Te crees un filósofo y no eres más que un histérico.

—Ésa es una manera de ser loco, de ser verdadero.

—¿Pero no te das cuenta de que la vida no es más que estructura? Todos, hasta los más vulgares, sabemos que la verdad, si existe, no se puede alcanzar. De ahí nace todo. Y tú te burlas porque los hombres buscan nombres hermosos y queridos con los cuales les sea posible engañar la desesperación. Bueno, ésa es la vida, porque no podemos vencer la muerte; son esos engaños los que dan estructura a nuestra existencia y pueden llegar a darle una forma maravillosa al tiempo en que somos seres de conciencia y, aunque te rías, de voluntad, no cosas, antes de volver a la nada y a la oscuridad. ¿Que las soluciones ofrecidas por las religiones y las filosofías y las ciencias no bastan? No, Andrés, te equivocas, bastan cuando echando mano de una de ellas eres capaz de dar una forma armónica a tu existencia. ¿No ves que lo único cierto son estos setenta años de vida en que la materia asume este privilegio de estar viva, y consciente de estarlo? La verdad en sí no interesa más que a los profesionales de ella. Lo que es yo, prescindo totalmente de la verdad. Me interesa sólo cuando se encuentra en relación a los demás seres y a la historia, cuando me pide una posición dentro del tiempo, no fuera de él. Tu terror es insignificante, Andrés, pobre, aunque te concedo que no te lo envidio. ¡Vivan las religiones, hasta la más absurda y atrabiliaria, todas, si con alguna de ellas somos capaces de escamotearnos este dolor absurdo que tú estás padeciendo!

—¿Y si me matara?

—No hables tonterías, no lo vas a hacer, no te creas héroe. Somos nosotros, no tú, nosotros, los que nos hemos apegado a las cosas, los que nos

245

hemos fabricado o aceptado una vida, malamente, a trastabillones, como sea, nosotros, te digo, somos los héroes. ¿Por qué? Porque hemos aprendido a vivir con este terror, lo hemos incorporado a nuestras vidas. Somos seres vulgares, no dioses como tú. ¿Tenemos frío? Bueno, nos arropamos, no hacemos el inútil gesto heroico de salir desnudos a la tempestad...

Carlos encendió un cigarrillo. Había muchas cosas más que decir, quizás había esbozado apenas una parte de lo que hubiera podido decir, de lo que, ahora se daba cuenta, llevaba claro dentro de sí. Pero se hallaba invadido por la satisfacción de haber puesto en palabras por primera vez, después de la adolescencia, su posición ante la vida. ¿Era su realidad? Quizás no completa. Una tremenda melancolía fue subiendo de nivel dentro de él, como si al haberse definido se hubiera también limitado, mediante un engaño o un silbido en la oscuridad o lo que fuera, pero mediante algo que había cortado todos los caminos, menos el señalado. Frente a él, Andrés se hallaba encogido como un pequeño demonio seco, reducido a la nada. Después de largo rato de silencio, Carlos le preguntó:

—Bueno. ¿Y qué piensas hacer?

—No sé, no me preguntes nada ahora. Tratar de casarla, supongo, y de allanarle las dificultades...

El médico se puso de pie y tocó el hombro de Andrés, que con su pobre pasión impotente y ridícula volvía a ser una persona conmovedora. Amaba y no era amado, algo simple y, después de todo, armonioso. Carlos quiso demostrarle su afecto, pero no pudo porque se le escaparon todas las palabras y las efusiones. Andrés dijo:

—Ya que no puedo conseguir su amor, lo mejor será ayudarla a ser feliz, como en las novelas. Eso lo pienso ahora, en este momento, pero acuérdate de que a mí no se me puede pedir que sea consecuente y siga pensando mañana lo que pienso hoy. Quizás después...

—¿Después?

—¿Qué voy a hacer? No sé, no me extrañaría que de repente sintiera ganas de asesinarla...

Se rieron, y llenaron sus vasos una vez más.

Esa noche Carlos se retiró de la casa de Andrés con la sensación de que él, como ser humano, había alcanzado su cúspide por haber logrado expresar en palabras el contenido de su triunfo, pequeño y tal vez cojo, pero triunfo después de todo. ¿Era entusiasmo o sólo un poco de fiebre lo que hacía latir tan apresuradamente su corazón, produciendo ardores en la yema de sus dedos y en su oreja izquierda? Al salir lo rodeó el frío bondadoso de la calle, y fue como si todas las cosas, árboles, aire transparente, ruidos que después de acercarse se iban a perder en los confines de la ciudad, todo, quisiera apoyarse en su conciencia despierta para buscar sus realidades. Se diagnosticó un estado de hiperestesia, delicioso y turbador como el de un poeta, fuerte y abierto a la belleza y a la emoción de todo. El ruido de la verja al cerrarse se multiplicó clarísimo en sus tímpanos, el frío preciso de la manilla de la puerta de su automóvil descubrió su forma propia al sentirse encerrado en la tibieza de su mano regordeta, y el movimiento con que abrió esa puerta fue corto y perfectísimo.

Desde el interior de su automóvil se quedó observando esa casa defendida por esqueletos de árboles humedecidos, goteando aún después de la lluvia de la tarde; era una visión de lo inútil, con sus adornos de mala calidad confundiendo la línea esencial hasta borrarla a fuerza de pequeños torreones, mansardas innecesarias, terrazas, balcones que no se abrían a pieza alguna. Las luces del piso bajo se hallaban encendidas y caían al jardín desmenuzadas por arbustos y matorrales. La silueta de Andrés, encorvada sobre sí misma, se enmarcó fugazmente en la claridad de la ventana de la biblioteca: un ser hermético, desposeído de toda facultad que no fuera la de acariciar su propio drama. «Después... quizás...», había dicho, pero no era una amenaza. Durante un instante Carlos tuvo la tentación de volver donde Andrés y permanecer junto a él hasta ahuyentar todos sus fantasmas. Pero Andrés era un ser completamente solo, porque sus posturas trágicas lo despojaban de la humildad necesaria para saber pedir y saber recibir ayuda.

Carlos hizo partir el motor. Las calles fueron cambiando, las luces haciéndose variadas y hermosas y amenas. Todo era hermoso. Pero no para todos. En una habitación de segundo piso, misiá Elisita seguía burlándose de la muerte, y su vida, al prolongarse, iba desbaratando vidas valiosas en torno suyo. Esa noche Carlos no quiso pensar más en ellas. Él tenía una vida propia que proseguir. Aceleró para llegar pronto a su casa en busca del calor, merecido o no, pequeño o grande o imperfecto, que lo aguardaba allí porque él lo había generado. Se propuso vivir lo mejor de ello esa noche.

El vestíbulo de su casa, como de costumbre, estaba iluminado. Pero la luz no era cruel como en casa de Andrés, porque aquí los objetos eran completados por la claridad, y bajo ella adquirían significación al dejarse reconocer. Esa alfombra Tabriz, por ejemplo, fue un despilfarro adquirirla en un remate sólo un mes después de casados, en aquella época de cortos medios, y para pagarla necesitaron privarse de mucho. Ésa era la fotografía de sus dos hijos cuando eran niños, vestidos con el uniforme del colegio inglés en que los hizo educar, el más caro y el mejor de Santiago. Allá, Isabel retratada en traje de baile; era una lástima que siendo inteligente además de bonita estuviera empantanada en la vulgaridad de la vida social adolescente, ocultando sus valores reales bajo tonterías estereotipadas. En fin, Isabel tenía diecisiete años, el tiempo le sobraba para desprenderse de todo eso y, quizás a costa de equivocaciones, finalmente, dar curso a la mujer auténtica que había en ella.

Carlos se sacó el sombrero y se arregló la corbata frente al espejo del vestíbulo. Escuchó los ruidos apagados de la casa, el ir y venir de los sirvientes preparando la comida, un cuchillo que cayó al suelo, el chorro de agua en un baño del segundo piso, el tictac del reloj de la escalera. Eran ruidos gratos. Todo funcionaba con tranquila perfección. Al pasar del vestíbulo a la sala tomó de encima del cofre de cuero policromado un diario de la tarde, y desplegándolo llamó:

—¡Adriana!

Al pronunciar el nombre de su mujer, que casi sin darse cuenta había venido formando en sus labios desde que entró a la casa, sintió con agrado nuevo que las sílabas familiares acudían a su boca fácil y tibiamente. Repitió la palabra en voz baja para renovar la experiencia:

—Adriana...

Al oírse pronunciando así ese nombre viejo, el amor, viejo también, acudió lozano después de tanto tiempo, porque el amor estaba allí, y era suyo, y era fácil. Se sentó en un sillón de felpa color lúcuma y plegó el diario sobre sus muslos.

—¡Adriana! —volvió a llamar, apremiante ahora.

—¿Carlos? Ya voy, lindo... —repuso la voz de su mujer desde el segundo piso—. Espera...

Carlos escuchó el taconeo menudo de su mujer bajando la escalera. Apareció en el umbral, corpulenta, vestida con unos pantalones negros que solía usar en casa y que a él le disgustaban. Sólo hoy, por hallarse abierto a todo, no le parecieron mal. Pensó:

«Es increíble que tenga más de cincuenta años...»

Adriana no era una belleza y había ocultado los buenos puntos de su aspecto con la máscara trivial de la mujer que ha renunciado a ser seductora para los hombres, por *verse bien* ante los ojos de las mujeres. Pero el amor redescubierto por su marido cortó limpio entre los arreos y arrechuchos de un buen tono puramente mujeril, para dejar limpio lo que antes, hacía mucho tiempo, tanto admiró: ojos no grandes, pero elocuentes de viveza; algo gracioso en la postura y en el andar, conservado pese a los kilos distribuidos sin gran acierto; una lujosa transparencia de cutis.

La miró en silencio más de lo acostumbrado, apenas más. Adriana advirtió instantáneamente algo turbador, pero desechó la duda. Carlos no variaba, era igual, siempre igual, durante mucho tiempo demasiado igual, tanto que, si ahora dejara de serlo, para ella no resultaría más que una incomodidad. ¿Para qué inquietarse? Avanzó confiada hacia él, como todas las tardes.

Cegado con la certeza de que este amor suyo era real, que estaba allí, generoso, para recogerlo en un momento cualquiera, Carlos consideró que las infinitas mujeres amadas y agotadas, todo sus amores extramaritales, carecían de sentido al compararlas con Adriana. Ella llegó hasta él y lo besó en la frente. Carlos se contuvo. Éste no era el momento más apropiado para las efusiones, pero no pudo menos que conservar la mano de su mujer unos segundos más de lo habitual entre las suyas.

—¡Uf! ¡Qué cansada estoy! Fíjate que me ganaron más de dos mil pesos en el bridge. ¡Qué rabia! ¡Rosa...! ¡Rosa! Sirva la comida sin esperar a los niños. La Isabel fue donde la Pelusa y tú sabes lo que se demora cada vez que va para allá.

—¿Cómo estás?

Adriana, cigarrillo en mano, recorría la habitación, enderezando un grabado acá, moviendo allá una figura de *blanc de Chine*, de modo que su posición quedara justa. Estaba orgullosa de su casa. Todas sus amigas reconocían que era exactamente como debía ser y de la mejor calidad, nada era vulgar y nada era *raro*, palabra que encerraba un anatema de terror. Este tipo de satisfacciones compensaba otras satisfacciones a las que había renunciado hacía mucho tiempo y que ahora, al escuchar el tono pegajoso de la respuesta de su marido, temió que la incomodaran innecesariamente. Como si no hubiera oído, Adriana preguntó:

—¿Necesitas algo, lindo?

Carlos repitió la pregunta, borrándole el tono que había turbado a su mujer. Adriana se dejó caer en un sofá y, al comenzar a volver las hojas de una revista, respondió:

—¡Imagínate cómo estaré de furiosa! Perdí más de dos mil pesos...

—¿Fuiste a ese té de beneficencia?

—No, no fui. En el último momento me dio lata. Me cargan esos famosos tés de beneficencia. No se ven más que siúticas y diplomáticas centroamericanas, no sé de dónde salen tantas. Armé un cuarto aquí, y llamé a la Carmen Salas y a la Chepa, que vino a pesar de que tenía un chiquillo con escarlatina...

—¿Cuál?

—Diego.

—Ah. ¿Ese rucio flacuchento?

—Sí. Y la Alicia Amézaga. Hacía mil años que no nos veíamos...

—¿Cuál es la Alicia Amézaga?

—¿Cómo no te vas a acordar? La casada con Carlos Bouchon, uno que es abogado del Banco de Chile...

—No la ubico.

—Ay, pues, Carlos. ¡Cómo no vas a ubicar a las Amézaga! Esas dos hermanas que vivían en la segunda cuadra de la calle Cienfuegos cuando nosotros estábamos pololeando, y esa vez que pasó la Procesión del Carmen...

—¿Al lado de la casa de los Saldaña?

—No, pues, justo al frente, casa por medio con don Pastor Rodríguez cuando era senador...

—Ah. ¿Tú dices unas rubias un poco cortas de piernas, pero buenas mozas, que iban a la Plaza Brasil? Claro, eran de tu tiempo...

—¿De mi tiempo? ¿Estás loco? La Alicia, que es la menor, es de la edad de la segunda de mis hermanas...

—¿De la Meche? Bah...

—Sí, de la Meche. Así es que figúrate cuánto mayor que yo será. Por lo menos dos años. Claro que no se puede negar que se conserva harto bien...

Carlos leía el periódico.

Después pasaron al comedor. En el centro de la mesa había claveles blancos.

—Me los trajo la Chepa, son de la chacra. Enormes, ¿no?

—Mm... —dijo Carlos.

Mantenía la vista fija en Adriana, que evitaba sus ojos. Arregló un cubierto. Hundió más un clavel en el florero. Sin mirar a su marido, le preguntó:

—¿Estás enfermo? Tienes un poco de cara de fiebre...

—¡Adriana! —exclamó el médico.

Ella vio precipitarse una intimidad que no deseaba. Era muy distinto decirle «lindo»... o cuidarse de que comiera bien y estuviera contento. Pero estos romanticismos mudos, por ser tan ridículamente a destiempo, eran, bueno... casi inmorales, ya que después de su primer desencanto, que fue brutal, y de muchas secretas frustraciones, orientó su vida con un celo casi profesional a ser una *mujer decente*. Que todos lo supieran, y supieran la conducta de Carlos sin que ella jamás se quejara ni hiciera alardes de víctima, era un triunfo que le permitía admirar su propia nobleza, olvidando su natural falta de emotividad. En todo caso, era demasiado vieja para estas... estas miradas. Por lo menos tan vieja como su primera desilusión.

—¡Adriana! ¡Mi linda! No sé qué...

En ese momento Isabel irrumpió en el comedor tarareando una canción. Besó a su madre, después a su padre, y al sentarse dijo:

—No quiero nada más que ensalada y café.

—¡Qué facha, hija! —exclamó Carlos—. ¡Estás pintada como una mona! ¡Qué asco, mira cómo me dejaste la pelada!

—¡Lo pasamos regio donde la Pelusa! ¡Nos reímos...!

—¿Pero qué estuvieron haciendo? —preguntó Adriana, risueña—. ¡Tienes kilos de pintura en la cara! ¿Y por qué no quieres comer? Hay chupe...

—Estás asquerosa —insistió Carlos—. Anda a lavarte esa pintura antes de sentarte a comer.

—Pero, papá, si estuvimos en la casa de la Pelusa con otras chiquillas y pasamos toda la tarde ensayando maquillajes de artistas. Me apostaron a que no me atrevía a venirme así toda pintada. ¡Viera la cara que puso el chofer del taxi! Ja, ja, ja...

—Anda a limpiarte esa cara, te digo, pareces una...

—¡Carlos!

El médico, afrentado, se puso a leer el diario mientras terminaba de comer.

—Si no es para tanto —apaciguó Adriana—. ¿Para qué armas boches? Déjala comer tranquila.

Carlos no respondió. Su mujer y su hija comenzaron a hablar de vestidos y de gente, excluyéndolo completamente, como de costumbre, del cerrado mundo femenino que era el refugio de Adriana.

Más tarde, después de dar las buenas noches a su hija y a su mujer, Carlos se metió en su dormitorio. Mientras escuchaba a Adriana en el cuarto vecino disponiéndose a dormir, el amor de Carlos creció a pesar de todo, o más bien con todo, porque ésta era la forma de su vida, el bridge, la edad de Alicia Amézaga, los maquillajes de Isabel. Carlos aguardó un instante y abrió la puerta que separaba las habitaciones.

Adriana se hallaba incorporada en la cama, con un pañuelo ceñido protegiendo su peinado, un pote de *cold cream* en una mano, y los dedos de la otra embadurnados con el ungüento. Al ver aparecer a su marido, el gesto de Adriana se paralizó en el aire, dejó el pote en el velador, limpiándose automáticamente los dedos en un pañito celeste. No sentía miedo ni repugnancia. Este era un deber como cualquier otro, necesario de vez en cuando, aunque prefería que fuera lo más de tarde en tarde posible.

Mucho después, uno junto al otro en el lecho, Carlos deseó hablar, explicar, compartirse con Adriana. Pero las palabras se le anudaron en la garganta. Las emociones del día, o quizás unas líneas de fiebre, lo hicieron verter unas cuantas lágrimas en el hombro frío de su mujer. Ella, fingiendo, por respeto a Carlos, estar dormida, reflexionó que si esto hubiera ocurrido diez años atrás, ella sería otra mujer, hubiera vivido de otro modo. No se dio cuenta si lo pensaba con tristeza o con satisfacción. ¿Cómo habría sido su vida si Carlos hubiera llorado en su hombro, una noche, diez años atrás? Tal vez no tan adecuada como ésta a su medida. Su marido era generoso y la respetaba. Adriana era capaz de quererlo hasta como para entregarle su cuerpo para que lo usara, como esta noche, por ejemplo. Pero Carlos ya no tenía derecho a pedir que compartiera sus emociones. ¿Frialdad? Más bien no, era simplemente un deseo de vivir tranquila, porque a su altura nada era peor que abrir necesidades que se hallaban cómodamente selladas en un rincón de su ser, casi, casi olvidadas. No. Carlos tenía muchos derechos sobre ella, pero no el de exigirle que se conmoviera.

Tensa en el lecho, Adriana aguardó a que, creyéndola dormida, Carlos se marchara a su propio dormitorio o, por lo menos, se durmiera tranquilo allí donde estaba.

Tercera parte

La coronación

17

La luz del alba comenzó a clarear débilmente en las rendijas de las paredes. Mario, con los ojos abiertos, tendido con las manos cruzadas detrás de la cabeza, las veía hacerse cada segundo más precisas. Pronto dejaron de ser sólo rayas blancas entre los tablones, y listando de luz el suelo rescataron de la oscuridad el revoltijo de sábanas sucias y frazadas del camastro donde dormían los hijos de René. Éste roncaba en el cuarto vecino. Pero no con sus ronquidos habituales, satisfechos y redondos, sino con ronquidos arrítmicos, fallados como el resoplar de un bombín descompuesto. Mario reconoció también estos ronquidos. Eran los mismos que había escuchado en las largas noches sobresaltadas que ambos hermanos compartieron sobre el mismo jergón en los confines de un cerro de Valparaíso, durante lo que a Mario llegó a parecerle una eternidad de noches sin solución, todas idénticas.

Al llegar a Valparaíso se había puesto sin demora en busca de la calle indicada en la carta de René: la calle Agravios. No resultó tarea fácil dar con ella, sin embargo, porque nadie parecía conocerla.

¿O era que, conociéndola, se negaban a darle señas para no comprometerse en el peligro de la presencia de René en esa calle? Mario recorrió cerros y cerros durante un día, una noche y otro día, creyendo percibir amenazas detrás de cada recoveco o esquina. Evitaba a los policías, quienes, se figuraba, le dirían, reconociéndolo al instante:

«A la cárcel, ladrón, hermano de René...»

Por lo tanto, siendo los policías los únicos seguros de saber la ubicación de la calle Agravios, tuvo que buscarla valiéndose por sí mismo. Vagó por los cerros Barón, Torpederas, Placeres, Polanco, divisando desde arriba los barcos que la bahía acumulaba en su abrazo azul, bajo el aire milagrosamente despejado de esos días interminables. Bajó al puerto. *Oslo*, decían las letras de la proa de un barco que una hilera de hombres sudorosos cargaba de sacos. Un saco se rompió. Arroz en los charcos del muelle y en los rieles de las grúas. Los sacos decían en toscas letras moradas: *Fundo Santa Camila, Talca*. Era arroz de Talca para Oslo el que pisoteaban los cargadores apresurados. ¿Dónde era Oslo? Marineros rubios, asomándose por la borda, lanzaban al viento salado carcajadas que no eran las que Mario conocía, y gritos con la impaciencia de otras latitudes. Un desorden de gaviotas, precipitándose desde quién sabe dónde sobre el vómito de desperdicios del barco, anegó el aire con su blanca algarabía. Oslo. Quizás, después de todo, Oslo no existiera. Quizás no fuera más que un espejismo nacido en ese día claro para tentarlo a maldecir el hecho de encontrarse allí, tentarlo a olvidarse de René y de ese destino ya elegido... pero que lo rondaba solamente, escabulléndosele en ese laberinto de Valparaíso, dejándolo solo y agotado, sin Fornino ni Estela, y sin poder hallar a René, que por lo menos haría de ese peligro vago algo inmediato y tangible.

Remontó un cerro, los pies doloridos, los zapatos calientes de tanto caminar. Había tomado autobuses decrépitos en busca de la calle Agravios, había subido tantos cerros, bajado a tantos zanjones, caminando lentamente, y se había agotado por tantos pasajes, paseos, callejuelas, escaleras que subían, bajaban, torcían, se extraviaban en esa sucia burla de casas y casuchas, que, perdido el objeto de su vagar con el cansancio, sus pasos eran maquinales y él se forzaba a seguirlos sólo para no detenerse a meditar. Llegó la noche. Rendido y sediento no pudo resistirse a entrar en una cantina cerca de la Aduana. Se sentó a una mesa. Bajo las luces varios marineros bebían junto a mujeres transpiradas, o mercaban su contrabando en un rincón. El sopor del vino cerraba las bocas de unos cuantos. Mario se sintió acometido por la necesidad de ser uno de ellos, de alistarse en un barco en que fuera posible huir de su existencia aplastada. Irse. ¡Oslo! ¿Existía realmente ese país con nombre de juguete peludo? Irse para siempre. Mario volvió la cabeza al creer que, aprovechando su sueño despierto, la mano pesada de un policía caía sobre su hombro. Irse. Regresar después de largo, largo tiempo, con una risa distinta en la boca, con calles y tiendas y cantinas y amigos y faenas y vientos diferentes poblando su recuerdo y limpiándolo de esto, volver cargado de lujos y cigarrillos exóticos para Estela. No. Estela ya no existía al final de ninguna de sus dichas. ¿Oslo? ¿Estela? A cada instante temía que la mano pesada se apoyara en su hombro, marcándolo para siempre. ¿La mano de un policía? ¿La mano de René? Eran lo mismo. Eran el castigo y la desgracia de los cuales ya no era posible librarse, porque ahora era hombre, y había perdido su empleo en Fornino, porque había abofeteado a Estela, llamándola ladrona. Y Estela estaba embarazada, quería pescarlo, igual que la policía. Ya no era posible hacer nada. Sólo encontrar a René y seguirlo a lo que fuera.

¿Oslo? ¿Estela? No. René.

Salió a la calle de nuevo para seguir cansándose y no pensar en esos nombres que lo dividían. Bajo un farol, un hombre lo detuvo para pedirle un fósforo. El rostro blanqueado del caballero que lo miraba con demasiada insistencia, como queriendo reconocerlo, le presentó la más inmediata de las amenazas. Mario respondió que no tenía fósforos y se alejó por el callejón oscuro. El extraño lo siguió media cuadra, se volvió, y estuvo acechándolo desde la esquina. Antes de doblar por la esquina siguiente, Mario dio una mirada atrás. Quizás el rostro fino del caballero sonriera aún bajo el neón parpadeante de la Bilz.

Caminó toda la noche. Sobre unos sacos, el aplazamiento benigno de un sueño breve lo alcanzó... pero después siguió caminando toda la mañana.

Por fin, a las tres de la tarde, con el estóma-

go ardiendo de hambre y el sol certero enrojecién-
dole el cuello, Mario encontró la calle Agravios.
¿Calle? No era precisamente una calle. En los
confines de un cerro, cuando el cerro ya no era cerro y la ciudad no era ciudad sino campo, había
dos casas apoyándose una en la otra, cuadradas cajas de calamina en cuclillas, en cuatro patas sobre
un barranco. Estas dos casas constituían, al parecer, toda la calle Agravios, y la más grande era el
número 2678. Una sola ventana cuadrada, en medio de ese rostro sucio de sal y de viento, era toda
la comunicación de la casa con el mundo exterior.
Una escalerilla subía desde el barranco hasta el
vientre de la casa, y sobre uno de los tramos una
gallina dormía plácida. Después de rondar la casa
unos instantes, Mario exclamó frente a la ventana:

—¡Señora! ¡Señora!

Instantáneamente, como si lo hubieran estado aguardando, la ventana se abrió. Una vieja
ajada y negra asomó la cabeza amarrada con un
trapo rojo. En ese rostro oscuro y repleto de surcos, los ojos claros eran horriblemente jóvenes.

—Señora —repitió Mario en voz más baja.

—¿Qué quiere?

La caverna desdentada de su boca era de
cien años, pero la voz, tal como los ojos azules, se
había negado a envejecer. La cabeza de un niñito
rubio, de unos ocho años apareció en el alféizar
junto a la vieja, mirándolo también.

—Mi hermano René me dijo que lo viniera
a buscar aquí.

—No está.

265

Y la ventana se cerró con un golpe que hizo trepidar la casa entera. La gallina saltó despavorida, cacareando hasta perderse entre los desperdicios del barranco.

Ya sin saber qué hacer, Mario se paró con las manos en los bolsillos, contemplando la bahía. El mismo barco que había visto cargar iba saliendo de la rada. Arroz de Talca para Oslo. Su corazón desalentado siguió mucho rato al barco, hasta verlo caer detrás del horizonte. Los remolcadores surcaban la bahía sin dejar rastro visible en la superficie tersa, el humo tiznaba la atmósfera un instante, pero pronto era diluido por la enorme transparencia. ¡Adiós, Oslo!

Volvió a mirar la casa.

Una presencia se desvaneció detrás de los vidrios sucios. Fue la única señal de vida que vio en la casa durante las dos horas que aguardó, rondándola. Era inútil seguir esperando. Ahora no tenía más que regresar. ¿Pero regresar a dónde? No sabía. Ya no importaba. Todo era igual.

Echó a andar cerro abajo sintiendo que otras esperanzas ya iban a volver a apiñarse dentro de él. El destino vagamente criminal que desde siempre lo había amenazado por el hecho de ser hermano de René lo rechazaba. Había hecho todo lo posible por encontrarlo, pero se le negaba, escabulléndosele. Regresar, ahora. ¿A dónde, a Santiago? ¿A la Dora y a la Estela embarazadas? No, no era posible. Él mismo se había excluido de ese destino que también era amargo. Ni siquiera a eso tenía derecho. Ya iba a llorar de desconcierto, ya iba a llorar de agotamiento mientras caminaba cerro abajo. La calle era angostísima, de casas tan frágiles que el menor viento, el menor ruido, aun el de sus pasos, podía derribarlas como castillos de naipes ajados.

De pronto vio que junto a él caminaba un chiquillo patipelado, vestido con una chaqueta de hombre cuyos faldones le rozaban las pantorrillas sucias. El chiquillo le sonrió angélicamente. El corazón de Mario dio un vuelco, adivinando que en esa sonrisa René volvía a atraparlo. Apresuró el paso, pero el chiquillo no se separaba de él. Mario se detuvo en una esquina y le preguntó:

—¿Qué quieres?

—Te voy a llevar adonde el René.

Era el niño que se había asomado a la ventana junto a la vieja. Mario bajó la cabeza, obediente y partió tras él. Unos pasos más allá el niño se detuvo para encender un trozo de cigarrillo que sacó de una bolsa de *nylon* repleta de colillas. Ofreció una a Mario y éste la aceptó. Subieron y bajaron cerros, por calles, callejuelas y callejones. Las comadres gritaban de balcón a balcón. Un zapatero, en un sótano mucho más bajo que el nivel de la vereda, remendaba calzado que parecía recogido en un basural. Caminaron por un sendero como para cabras o mulas, casas abajo pegadas como por milagro al barranco y a las cuales se entraba por el techo; arriba, racimos de casas encaramadas en zancos, a las que se montaba por interminables escaleras llenas de codos y zigzagues. De pronto, al fondo de un desfiladero de casas, un triángulo invertido de mar azul.

Salieron a una terraza desde la cual se abarcaba la perspectiva entera de Valparaíso: desde Concón hasta las Torpederas, todo amplio, claro, celeste.

Llegaron al plano. El chiquillo preguntó a Mario:

—¿Cansado?

—No...

—Ya vamos a llegar.

La única salvación para Mario era seguir a su guía —eso por lo menos era una dirección—, desechando todas sus propias sospechas y preguntas. Si dudaba, este muchachillo, frágil como el humo que exhalaba su boca de cuando en cuando, seguramente desaparecería, dejándolo solo para que comenzara toda su búsqueda de nuevo.

Cerca de la Plaza de la Victoria llegaron a una sólida casa de varios pisos adornada por viejas cariátides, canosas ya con el excremento de generaciones de palomas. El esplendor de un Valparaíso de opulencia transatlántica y mercantil agonizaba en el sombrío anonimato de esta calle. Algo impresionante, sin embargo, como un cadáver que se resiste a ser enterrado, recorría como por dentro y en silencio la inutilidad de esa pompa descascarada de calle que no ha logrado conservar su gloria.

Se detuvieron ante una puerta.

—Ahí es —dijo el niño, señalando un balcón de segundo piso.

Mario levantó la vista hacia donde el niño indicaba, y al volverse para buscarlo y pedirle explicaciones o ayuda, su corazón dio un vuelco al ver que se había esfumado.

La plancha bajo el timbre decía:

Esteban Ríos Ferguson, sombreros para señoras, creaciones exclusivas.

Mario tocó el timbre.

El clic del cerrojo tardó en sonar en la calle. Empujó la puerta, y una angosta escalera de mármol blanco acarreó su vista hasta la cima, donde un vejete seco, ataviado con un abrigo larguísimo y calzado con babuchas de franela escocesa, lo miraba sonriente desde detrás de sus anteojos verdes.

—Suba, joven, suba no más...

Mario subió, siguiendo al hombre hasta el recibo, donde grandes espejos entrevistos parecían enfriar las tinieblas. Tropezó en un biombo bordado con un papagayo de oro áspero. Mario creyó que la oscuridad se hallaba poblada de damas elegantísimas, pero cuando una puerta rechinó al abrirse, dejando entrar un poco de luz, vio que no eran seres vivos sino cabezas de palo, sin facciones, tiesas en sus pedestales de madera, mudas bajo magníficos sombreros de aparato, emplumados o envueltos en velos con mostacillas que lucían como mil ojos de gato en la penumbra.

—¿Usted es uno de los...? —el vejete dejó su pregunta acariciadora suspendida, y suavemente tomó el brazo de Mario para conducirlo hasta la puerta iluminada.

A través de esa puerta el muchacho vio una pieza donde tres o cuatro mujeres bebían junto a varios hombres en torno a una mesa. Un marinero alto y barbudo se trabó en una lucha jocosa con una mujer de chomba verde que trataba de ponerle un sombrero lleno de flores y cintas. Todos reían. Pero era como si sólo estuvieran jugando a reírse, sus risas eran sin facciones, como las calvas cabezas de palo que también colmaban esa habitación. Por fin la mujer triunfó, y el marinero barbudo quedó engalanado con el sombrero. Hizo un mohín coqueto y sonaron varias carcajadas de maniquí. Después todos parecieron confundirse con las cabezas de palo y Mario ya no supo cuáles eran vivos y cuáles no.

—No... no soy... —respondió Mario.

En una pieza interior una guagua chillaba a más no poder. Mario sintió el conocido olor a comida y a ropa húmeda secándose en un brasero que hay en las casas de los pobres, y lo que en un comienzo le había parecido lujoso perdió de golpe su prestigio, advirtiéndole que todo era miserable, disfrazado de riqueza por las sombras y el miedo. El vejete presionaba acariciadoramente su brazo, como si lo urgiera a pasar. Su amable sonrisa estaba suspendida, como en espera de una palabra de Mario para acentuarla. La mujer de chomba verde se le acercó. Tenía la cara coloradota, como si recién se la hubiera fregado con un trapo áspero. Preguntó:

—¿Éste es para mí?

El vejete, alzando los hombros y suavizándose más aun hasta casi derretir su voz y sus ademanes, indicó el cuarto de donde la mujer había salido.

270

—Pase no más, joven, con confianza...

—Parece que tiene los ojitos claros —murmuró la mujer.

—No... —respondió Mario.

La puerta del cuarto iluminado se cerró de golpe ante la negativa. Una guagua gritaba en alguna habitación cercana como si estuvieran descuartizándola.

—Bueno —dijo la mujer con impaciencia—, ¿qué necesita, entonces?

—¿Está René? Yo soy hermano de él y...

El hombre soltó bruscamente el brazo de Mario. Había dejado caer, rompiéndola, toda su suavidad. El brillo de sus ojos atravesó punzante el cristal verde de sus gafas.

—¿René? ¿Ese sinvergüenza? ¿Eres hermano? ¡Cómo no que va a estar aquí! ¡A patadas lo hago echar si se me viene a meter aquí otra vez, pedazo de mierda! ¡Por causa de ese maricón se me jodió el mejor negocio de mi vida! ¡Metiéndose a gallo no más! ¡Dos meses perdidos por causa suya! Lo pescaron y lo metieron en la cárcel. Lo único que siento es que no lo pescaron con nada encima para que lo secaran en el chucho, por maricón. Sale esta noche. ¡Si habla lo mato, lo mato! Él sabe cómo soy yo. Dile. ¡Lo mato!

Mario, retrocediendo hasta la puerta, huyó escalera abajo. El vejete gritaba desde la cima:

—¡Lo mato! Él me conoce, lo mato si habla...

Y Mario encontró a René en la cárcel. No podían hacerle nada porque al tomarlo no hallaron ni arma ni prueba alguna de culpa sobre él, y

271

lo despidieron como se despide a un *lanza* cualquiera después de unas cuantas noches de calabozo.

Los hermanos se encaminaron en silencio hacia la calle Agravios, subiendo y bajando cerros anochecidos, el viento de lleno en la cara, René con la cabeza gacha, vencido. Cerca de la casa las preguntas contenidas durante meses dentro de Mario cayeron en avalancha sobre René. ¿Qué iban a hacer ahora? ¿Qué había hecho, para qué lo llamó, cómo cayó preso? ¿Y si la Dora y los chiquillos se morían de hambre? ¿Había peligro aún? ¿Qué iban a hacer, qué iban a hacer ahora? Él había abandonado su empleo en el emporio y ya no lo recuperaría, lo había dejado todo para acudir a su llamado. Tenían que hacer algo, lo que fuera.

—¿Lo que sea? —preguntó René, mirándolo de pronto como quien deja caer la mano sobre un insecto desprevenido.

—Sí... —la voz de Mario tembló al pronunciar esa sílaba tan pequeña que sellaba un compromiso definitivo.

—¿Palabra?

—Palabra.

En la casa de la calle Agravios, Mario y René dormían sobre el mismo jergón. Los ronquidos desacompasados de René, sus vueltas y revueltas en el lecho, no dejaban dormir a Mario, cuyos pensamientos bullían, locos como un perro persiguiéndose la cola.

Permanecieron en esa casa días incontables. René salía en la mañana, diciendo:

—Espera...

En la tarde regresaba tan cabizbajo que era difícil preguntarle para qué debía esperar, o exigirle que lo hiciera afrontar sin más tardanza algún peligro, algo que uniera su culpa a la de él. Más y más cabizbajo según iban pasando los días, se negaba a responder a las preguntas de Mario. «Espera...», nada más. Todo había perdido su sentido. ¿Oslo? ¿Estela? ¿René? Todo desinflado, todo igual, nombres nada más, desprovistos de significado verdadero.

—Espera...

Mario esperó porque no supo qué hacer.

Sin alejarse jamás de la casa de la calle Agravios, se entretenía jugando a las bolitas con el niño rubio, que entre bocanada y bocanada de sus eternas colillas le ganó los pocos pesos que le quedaban. Al anochecer, cuando el viento obligaba al niño a envolverse como una crisálida en su voluminosa chaqueta, Mario solía sentarse en la escalera de la casa para mirar las luces de los cerros, y el niño se acurrucaba junto a él en el mismo tramo. La gallina, que era mansa a pesar de ser un poco histérica, se echaba a dormitar en su falda.

Hasta que un día René llegó más temprano que otras veces, y más cabizbajo.

—Estoy jodido —murmuró, y nada más, pero la derrota había nivelado el color opaco de sus ojos distintos.

Al día siguiente dijo:

—Nos vamos para Santiago...

Y partieron en el tren de la noche.

Sagazmente, la Dora los recibió como si no

se hubieran ido más que por un fin de semana de diversión. Se dejó arrastrar por su júbilo ante el regreso de René, guardando las recriminaciones para más tarde. Lo encontró flaco y de mal color, permitiéndose rabiar como un niño por lo sucia que traía la ropa. Lo ayudó a acostarse. Él, vencido, se dejó hacer. De alguna parte, quién sabe por medio de qué promesas o mentiras a los comerciantes y a los vecinos, la Dora hizo aparecer pan y carne, y preparó la comida. Más tarde, cuando ambos hermanos se durmieron, se quedó despierta largas horas fabricando con una premura febril sus multicolores animales de trapo.

Ahora Mario estaba sintiendo roncar a René en el cuarto vecino, tal como lo había sentido todas las noches que recordaba. Después lo oyó removerse, despertar, y luego cuchicheando con la Dora antes de levantarse.

—El otro día vino un caballero a buscar al Mario —dijo la Dora.

—¿Un caballero?

Había algo alerta, como un filo, dentro de la pregunta de René.

—Sí, un caballero.

—¿Y a qué vino?

—Dijo que la empleada de su casa estaba esperando...

—¿Y...?

—Dijo que la cría era del Mario...

—¿Vino en auto?

—No sé.

—¿Y andaba vestido cómo?

Mario vio que era el extremo del hilo de su vida que caía en manos de René, un hilo que iba a rematar en Estela y en ese caserón en medio de los árboles de su jardín abandonado. No, Estela no lo iba a pescar, ni con ayuda del caballero. René estaba para defenderlo y para enseñarle a aprovechar las oportunidades. ¡Que Estela se quedara con su huacho! La voz de René era clara y segura al interrogar a la Dora sobre el caballero, y sus preguntas fueron trazando un camino inequívoco hacia la casa de misiá Elisita. Mario apretó los ojos para ver estrellas y burritos de colores, logrando sólo ver la palabra *ladrón*. Pero esta vez no le tuvo miedo.

René no le dijo nada a Mario acerca de la visita del caballero.

En la tarde los hermanos, unidos como nunca antes por la derrota de Valparaíso y por todas las demás derrotas, se sentaron en el umbral de la casa a fumar un rato. La calle estaba llena de vida, de niños jugando a la pelota, de ventanas iluminadas, de muchachas riendo en grupos bajo los faroles, de gente que partía o regresaba o sencillamente iba pasando. Las recriminaciones de la Dora no se habían hecho esperar. Al pedir dinero para la comida sus protestas comenzaron más agudas que nunca, porque ni René ni Mario tenían ni un céntimo. Los llamó ladrones, inservibles, poco hombres. Como castigo le dijo a René que estaba embarazada.

Pero sentado en la calle, fumando junto a su hermano menor, René habló de cosas distintas,

275

menos desagradables. Por primera vez relató a Mario algunas cosas de su vida pasada, abriéndose a él, entregándose tranquilamente ahora que se hallaban marcados por el mismo destino.

—...vivíamos en Iquique. Tú no conoces Iquique. Es un puerto macanudo, relindo, lindo de veras. Mi papá tenía un despacho chiquito cerca del muelle. Ahora último me he estado acordando todo el tiempo de ese despachito, quizás por qué será. A la entrada siempre había unos sacos con porotos y garbanzos y lentejas, con la boca abierta, así. Vendíamos verdura también, la poca que conseguíamos porque allá no hay... y unos rollos de cordeles que colgaban del techo, y cucharones, y ollas de fierro enlozado blanco, y a mí lo que más me gustaba era que me dejaran pintarles el precio con un lápiz de cera negra. Y en los estantes había escobillas de rama, y jabón de lavar, de ése azul recontra hediondo, y peinetas, y a veces hasta percalas y casinetas, y unos frascos con pastillas, y otros con bolitas. Una vez unos cabros amigos me hicieron tragarme una bolita porque me dijeron que era una pastilla. ¡Y si era igualita, oye!

René se rió desaprensivamente, mientras Mario, pendiente del curso que el relato iba a tomar, no dudó de que iba a preguntarle acerca del caballero, y de la casa, y de Estela...

—A veces, los sábados, cuando no había escuela, nos robábamos pastillas y galletas y nos íbamos a bañar a la playa y a calentarnos al sol. ¡Nos bañábamos en pelotita! ¡Me gustaría ver el mar otra vez, pero mar de veras, no en Valparaíso! ¡Valparaíso es una mierda, una buena mierda!

Escupió asqueado.

—Mi papá era tuerto, pero muy habladorazo, y muy reaniñado el viejo. En la tarde sacaba su silla de paja al lado afuera del negocio, a la vereda de tierra, igual como ésta, y se ponía a fumar unos cigarrillos más hediondos envueltos en unos papeles amarillos, *Yutard* se llamaban, creo, sí, los *Yutard*. Y alrededor de la boca el bigote blanco se le puso del mismo color que los cigarrillos. Se sentaba en la vereda este viejo diablo y les decía cuestiones a toditas las mujeres que pasaban, y a veces, cuando eran vecinas o conocidas, les pegaba su buen agarrón en el traste. ¡A alguien tenía que salir yo tan picadazo de la araña! ¡Y vos también, no te vengái a hacer el huevón conmigo, mira que yo sé muchas cosas...! A veces el viejo me daba unas palizas que me dejaban morado toda la semana, no me acuerdo por qué sería, pero era cada vez que se emborrachaba, y el viejo era buenazo para el tinto. En una de éstas lo pescó la camanchaca cuando volvía a la casa tarde en la noche, y se apulmonó. Ya tenía años. Y después se murió, pero de eso parece que no me acuerdo mucho. Y mi mamá, la misma mamá tuya, se casó con tu papá y se quedaron con el negocio, pero dicen que después le empezó a ir mal porque empezó a ponerse rabiosa con los clientes.

René se había elevado, lejos, lejos, como un volantín, olvidándose de Mario. Pero de pronto cayó de nuevo sobre él.

—¿Ves? Si es para eso no más que quiero

plata. Para eso, no para andar botándola por ahí, no creái. Para instalarme por mi cuenta en alguna parte, no sé, me ha estado tincando volverme a Iquique. ¡Pero cómo! ¡Estoy aportillado de calillas! ¿Y cómo querís que siga viviendo con la Dora? ¡Yo ya no puedo más, mira que haberse ido a preñar otra vez! No, si yo me tengo que ir no más, aquí no aguanto. ¿Y qué voy a hacer ahora con los brazos cruzados, ahora que nadie va a querer darme negocio, ni siquiera las porquerías de antes, porque estoy desprestigiado? ¿De dónde querís que saque plata? Si no tengo ni para hacer cantar un ciego. Haría cualquier cosa por conseguirme un poco de plata, un poco no más para irme, cualquier cosa. ¿Y tú?

—¿Yo? Claro, yo también...

—¿No te gustaría trabajar conmigo, cabro? ¿Irnos para el norte, digamos, para Iquique? Y poner un bar, un barcito cerca del puerto donde todos los marineros traigan sus contrabandos y uno después se los vende a las pitucas y se hincha de plata. ¡Pero qué le voy a hacer! Hay que tener plata para principiar, los bares no los andan regalando. Un bar chiquitito, no muy grande, más o menos no más, eso sí que bien bueno y con harta fama... y yo que soy especial para servir tragos y para la conversa. ¡Puchas que sería bonito! Así sí que se puede gozar la vida. ¡Y yo quiero gozar! ¿Qué estoy haciendo aquí, pudriéndome?

—¿Y? ¿De dónde vamos a sacar plata? No conocimos a nadie que tenga ni para hacer cantar un ciego, nadie...

—¿Nadie? ¿Y cómo dice la Dora que un caballero rico vino a preguntar por ti el otro día no más? ¿Es amigo tuyo?

Mario sintió un escalofrío. Las cosas habían empezado a marchar. Como en sueños, tratando de refrenarse en un comienzo, pero dejándose llevar por sus propias palabras e intenciones ocultas, habló de Estela, del huacho que esperaba, del caballero y de la gran casa en que vivía. René fingió no saber nada respecto a Estela. Pero cuando sin pensarlo y sin saber cómo, Mario dijo que quería casarse con ella, René, enfurecido, exclamó:

—¿Casarte? ¿Estái loco? ¡No me vengái con leseras, no tenís veintiún años y no te dejo, no, no...! ¡Tenís que ayudarme a mí y a la Dora para la casa! No podís casarte, con algo tenís que agradecerme por todo lo que me he sacrificado... No, no.

Su rabia se fue transformando en consejos amistosos:

—Estái muy joven todavía, cabro, y tenís toda la vida por delante para gozarla. Mira la de oro que hice yo juntándome con la Dora, aquí me tiene jodido, jodido. ¿Querís joderte tú también? ¿Querís que te pase lo mismo que a mí? ¿Ah?

Esto convenció del todo a Mario, lo convenció de algo de lo cual ya estaba convencido. Y arrastrado por el magnetismo de su hermano, que lo llevaba a hablar de las cosas que René quería escuchar y no de lo que él quería decir, el muchacho habló largo rato del caserón sombrío en medio de los árboles. ¡Tan llena de cosas lindas la casa! ¡De lámparas, de adornos, de alfombras! René lo escuchó en silencio. Dejaba, simplemente, que su hermano atizara en su propia mente la idea que también crecía en la suya y que era el camino de la salvación. Después, como dándose tiempo para que las ideas maduraran, y con el fin de conquistar la confianza total de Mario, habló de otras cosas.

—Estos ricos... Y uno que no tiene un cinco, que nunca ha tenido. Pero vos no te podís quejar, yo siempre te he dado lo que he podido, y a mí me lo debís todo, eso lo sabís, así que... Tú no te habíai venido a Santiago todavía cuando yo era cesante y andaba pidiendo comida en un tarrito...; ¡hay que ver que habían hartos cesantes, oye! Hace tiempo... Me acuerdo de las colas de cesantes pililos que éramos, en la puerta de la iglesia de los Sacramentarios, y arriba de la escalera había unos fondos grandazos que echaban humito. Era lo único que teníamos para comer. Después, por suerte, me junté con la Dora, que tenía una pega en una fábrica, y entonces empecé a surgir. ¡Surgir! ¡Hace veinte años... y ahora ando igual, menos el tarrito! Creo que fue entonces que ni mamá enviudó del papá tuyo, medio lengua mocha era, dicen, yugoslaos creo que les dicen, y después se murió ella y vos quedastes huacho, y yo te mandé plata para que te vinierai a vivir conmigo, aquí en mi casa en Santiago. Así que, ya ves, me lo debís todo a mí, yo con la Dora te hemos educado y todo, y no podís decir nada, porque nunca te habimos mezquinado ni una cosa...

Con el escurrirse de los días, un equilibrio se había establecido en la salud de misiá Elisita.

—Es que en unos pocos días más es su santo y quiere estar bien para su fiesta... —opinó Lourdes.

—Pueda ser que venga más gente que para el cumpleaños.

—No creo que venga más. ¿Don Andresito irá a pedir para la fiesta dc ese trago tan rico que ha estado tomando? ¿Lo ha probado, Rosario?

—¿Está loca? Yo no tomo vino.

—¿Vino? Si no es vino, y el vino no más cura y hace mal. ¿Usted cree que si fuera malo don Andresito tomaría? Nunca lo hemos visto que ande mal.

—A veces anda harto raro...

—Sí, pero eso es otra cosa. Usted sabe que se está poniendo como la señora el pobre. Serán los años, digo yo.

—¿Y cómo una no?

—Es que una es distinta. Mire. ¿Quiere probar? Pruebe no más, es de lo más bueno para el pecho.

—Mmmmm. ¿Es medio dulcecito, parece?

—¿No es cierto? Yo lo hallo de lo más bueno. Y si lo toma don Andresito no puede hacer mal, él que es tan melindroso. Le voy a dar una copita a la señora, a ver cómo le cae.

—Ha estado bien la señora...

—Mm, de lo más bien. ¡Y eso que hace una semana creíamos que se nos moría, por Dios! ¿Sabe lo que creo que la ha mejorado? Es la Estela. No crea que lo digo porque es sobrina mía, no. Pero es ella, estoy segura, tan buena la pobre chiquilla. ¡Estoy tan contenta de que me la hayan dado! ¿Y se ha fijado en lo deshuasada que está? Parece señorita ahora que se hizo la permanente y se pinta un poco. Y no se separa ni un minuto de la cama de la señora y se lo pasan rezando juntas todo el día. Le diré que eso es lo único que no me gusta mucho. ¿Qué le habrá dado a la Estela por rezar tantísimo, ella que es jovencita?

Andrés también estaba extrañado con la vuelta a la salud de su abuela. Y en su ánimo, como obedeciendo a la consigna de calma dada por la señora, apuntó también un período de melancólica estabilidad. Aunque a veces, sentado a los pies de la cama de la anciana, escuchando sus recuerdos o apaciguando sus infaltables sospechas, de pronto, sin causa y sin poder resistirse, miraba hasta la hondura confusa de su propio interior y percibía que, aferrada a su yo con una garra que lo hacía sangrar, su pasión por Estela conservaba allí el centro de todo desorden. Haciendo lo posible por dotar siquiera de algo de belleza a su sentimiento por la muchacha, y para forzarse a efectuar un acto heroico que comprometiera su voluntad, había ido en busca del tal Mario. Le dijeron que no estaba en Santiago. Dejando su nombre y dirección, partió asqueado. La miseria de la casa, la fealdad de la mujer que lo recibió, el olor a comida y a cama sin hacer y a niños sucios, lo hirieron con la humillación de constatar que Estela lo había inducido no sólo a un caos interior, sino que además lo había puesto al alcance de esa vida insoportablemente pobre, una vida en la que todo lo siniestro —el crimen, los vicios, el robo, todo— era posible, y hasta comprensible, meditó Andrés, porque cualquier cosa era mejor que abandonarse a esa miseria. Lo estremeció una satisfacción salvaje, como la más emocionante venganza, al pensar que Estela, al escoger esa vida, también se mancharía con ella, y con el tiempo llegaría a ser igual a esa mujer inmunda que con tanto recelo lo recibió. Entonces, él dejaría de desearla.

Viendo cómo al darle a conocer el resultado de su visita las facciones de la muchacha resucitaban, deseó azotarla por idiota y por preferir tan alegremente la miseria antes que entregarse a él, que tan bella vida podía ofrecerle. Deseó azotarla hasta manchar la suavidad de sus pómulos y de sus ojos, los que una luz incierta volvía a entreabrir, y romper esas manos de palmas rosadas que con la emoción de la noticia no acertaban a elegir una posición.

—¿Y cuándo va a volver?

—Pronto.

Era la única vez, durante todo el tiempo que habían vivido en la misma casa, que Estela le dirigía una pregunta directamente. Era como si una relación nueva, de igual a igual, una conspiración, o una confianza tremenda, comprometedora de toda su capacidad de desinterés, naciera con esa pregunta.

—Bastante luego —recalcó Andrés.

La muchacha volvió junto al lecho de la anciana. Allí, rosario en mano, escuchando los ruegos de misiá Elisita para que Dios castigara a los pecadores y los hiciera arder en los infiernos, Estela lloró, de rodillas y con la cabeza humillada. Juró a misiá Elisita que si no existiera ese hijo jamás volvería a ver a Mario, porque todo lo relacionado con él era sucio y repugnante.

—Estás arrepentida, pero no por eso dejas de ser pecadora, porque te entregaste con placer. No te irás al infierno, pero es seguro que pasarás mucho, mucho tiempo en el purgatorio, quemándote. Porque aunque estás arrepentida, estás sucia con una mancha que nada más que el fuego puede borrar. Y sólo las que nunca hemos pecado nos iremos al cielo...

Desde la penumbra Estela maldecía la desdicha de haber conocido a Mario.

Inmediatamente que salía del cuarto de la anciana la llenaba un sentimiento bien distinto. Percibiendo la presencia de Andrés en alguna habitación vecina —oyéndolo toser o encender un cigarrillo—, se aproximaba a él sin que la viera, como para colocarse dentro del radio de su protección. Allí, la mancha de que misiá Elisita hablaba se disolvía, y la presencia de Andrés la llenaba de un vehemente deseo de estar cerca de Mario, de tocarlo, de vivir con él como fuera, sucia o limpia, aunque la hubiera abofeteado y aunque la abofeteara de nuevo mil veces, y aunque la hubiera llamado ladrona.

Una tarde Andrés se hallaba descansando en su dormitorio. Lourdes le anunció que un caballero deseaba hablar con él.

—¿Un caballero? ¿Qué caballero?

—Sí... bueno, no sé, no parece que es caballero. Es hombre no más. Dice que quiere hablar con usted, urgente.

—¿No lo conoces?

—No, nunca había venido antes.

—¿Quién será?

—Lo está esperando abajo. Se me ocurre que debe de querer un empeño. Voy a bajar, para no dejarlo solo. Usted sabe lo mala que está la gente ahora.

Andrés bajó al vestíbulo, donde René parecía estar inventariando con su codicia los objetos del recibo. Su ropa brillosa desmentía sin apelación la seguridad satisfecha que su figura adquiría como para ponerse a tono con tanto lujo.

—Buenas tardes. ¿Usted quería hablar conmigo?

—Ah, señor Ábalos. Mucho gusto, y disculpe que lo venga a molestar —exclamó René.

—¿Qué desea?

—Bueno, señor Ábalos. Yo no quería molestar a un caballero que debe de ser tan ocupado como usted. Pero usted estuvo en mi casa el otro día no más y dejó su dirección, así que se me ocurrió venir a ver lo que quería. Mi mujer es muy ignorante y no supo explicarme las cosas. Siento mucho no haber estado en mi casa para recibirlo personalmente, pero tenía negocios urgentes en Valparaíso.

—¿Por qué vino usted y no Mario?

—Bueno, es que él es menor de edad y yo corro con sus asuntos.

—¿Qué asuntos?

En realidad, meditó Andrés, este pobre hombre era demasiado débil, demasiado absurdamente indefenso. No podía haber amenaza ni vicio alguno en el mundo representado por este ser patéticamente raído, que tan sin eficacia se pavoneaba. Esto no era más que miseria.

—...el asunto de la cabra, pues...

—Estela.

—Sí, Estela creo que la nombran. Él no tiene con qué casarse, usted sabe cómo es la cosa, un cabro tan joven que está sin pega...

—Yo haría que se la devolvieran.

—Ah...

¡René no podía permitir eso! Que le devolvieran a Mario el trabajo en el Emporio significaría su independencia y su tranquilidad, su reintegración al curso claro, normal, luminoso de la vida: casarse, tener hijos y, si lo hacían *empleado particular* de nuevo, hasta seguridad. Entonces él, René, quedaría excluido de todo eso, sin salvación posible, con todas sus ambiciones embotelladas, ahogándolo. ¡No, no podía permitir que este caballero tan ofensivamente definitivo ayudara a Mario! ¡Él no podía seguir viviendo sólo para escuchar las quejas de la Dora y revender ropa maloliente y usada, y no tener más placer en la vida que tomarse una cerveza de vez en cuando! Él quería otras cosas, y ahora, sin la ayuda de Mario, esas cosas eran imposibles.

—Dígale a su hermano que venga a hablar conmigo.

Al oír el acento tranquilo del caballero, cuyas palabras encerraban una sentencia para él, un remezón de odio hizo que René se descontrolara:

—¿Y quién asegura que la cría es del Mario? Usted parece que tuviera mucho interés en casar a la Estela... —dijo, mientras con el rabillo del ojo no dejaba de espiar a Lourdes, que con la puerta del comedor abierta ordenaba sobre la oscura extensión de la mesa lo que a René le pareció un tesoro de platería. Esta visión lo apaciguó.

La insinuación de que él, y no Mario, era el padre de la criatura de Estela demoró en penetrar con toda su fuerza en el cerebro de Andrés. Pero cuando se hizo sentir, lo colmó de asco por haber permitido que siquiera rozara la orilla de su mundo este otro mundo de acusaciones viles, de extorsiones y vicios. ¿Cómo se atrevía este roto a violar los límites tan cuidadosamente preservados por varias generaciones de la familia Ábalos?

—Salga de esta casa inmediatamente. Y si sabe lo que le conviene, no se atreva a volver —dijo, despidiendo a René sin más trámites.

Andrés subió a su cuarto. Abrió la portezuela de su velador para sacar una botella, botella sin la cual ahora le resultaba difícil vivir. Se sentó en la cama y empinó un trago. Y otro. Y otro. Pero por mucho que tomara, lo sabía muy bien, no lograría romper esa armazón suya que le impedía seguir la única inclinación que lo dominaba, la de lanzarse hambriento sobre el cuerpo de Estela.

Al salir de esa casa, René traía los ojos cuajados de objetos de plata refrescándole deliciosa-

287

mente la retina. Era un tesoro lo que había visto, casi al alcance de su mano. Al dirigirse a casa de don Andrés Ábalos, una confusión de proyectos vagos había proliferado en su mente, seguro de que su salvación se hallaba bajo ese techo, pero ignorante aún de la manera en que se la proporcionaría. ¿Robar algo, una joya por ejemplo? ¿Explotar alguna debilidad de don Andrés, por Estela o por Mario? ¿Hacerse proveedor para los vicios del caballero —los que tuviera— y apoderarse de su voluntad y de sus reales? Al salir de la casa, todo en su mente se hallaba resuelto. Era muy simple. Entrar en la casa de don Andrés una noche cualquiera, reunir los objetos de plata en un saco y partir. Nada más.

Junto con plantearse el proyecto con claridad, René volvió a adquirir esa dureza que su derrota en Valparaíso había fundido. Nada era difícil para él, nada peligroso ni vago. Su ceja izquierda se alzó con su antiguo gesto de cínico de folletín, y una seriedad cruel apretó sus labios espesos delineados por su bigotito. Se tocó el bigote. Estaba en desorden y, como sus cabellos, mal cortado. Después de asegurarse que aún conservaba los pocos pesos que la Dora le había conseguido vendiendo un par de animales de trapo, decidió entrar a una peluquería cerca de su casa. Nada tan propicio a la meditación agradable como una silla de peluquería.

—No muy corto atrás, Juanito —dijo tomando asiento.

—¿Qué te habíai hecho?

—Andaba en unos negocios fuera de Santiago. No, aféitame primero...

—¿Y cómo te fue?

René no respondió. Ya había reclinado su cabeza sobre el cojinete y cerrado sus párpados violáceos. La adiposidad de su rostro se entibió bajo la espuma blanca, que por contraste dotó a sus mejillas de una transparencia verdosa. Con los ojos cerrados, el vasto paño blanco borrando la individualidad mísera de su vestir, las manos suavísimas del peluquero recorriéndole las facciones y el gaznate y estirando la piel cerca de sus orejas, el perfume del jabón y de la colonia, hicieron descansar con toda plenitud su mente, abriéndola a perspectivas magníficas. Era como si recién ahora naciera su verdadero yo. El futuro era bello y preciso, quizás en el norte, pero muy lejos del lecho compartido con la Dora y de la necesidad de mendigarle los cuartos ganados con la venta de sus juguetes de trapo.

Entreabrió los ojos. Miró los ojuelos amarillentos de Juanito fijos en su labor despreciable, sus mejillas desplomadas con el cansancio de vivir, como las mejillas de un dogo desilusionado y bonachón. En el espejo vio que la mano de Juanito hacía brillar la navaja cerca de su nuez, y ziss, despejó un trecho de espuma.

Ese destello en manos de un ser insignificante era una amenaza.

¡Estela!

Lo importante era que Estela no formara parte del plan, convencer a Mario de que se la debía excluir. Si Mario insistía en llevarse a Estela consigo después del robo, todo estaba perdido, porque la huida de la muchacha señalaría una pista hacia Mario y hacia él. Encima de la mesa del comedor, mientras hablaba con el caballero, había divisado varios faisanes de plata, unos peleando, otros picoteando sobre la pulida caoba. René sabía muy bien a quién se los iba a vender y cuánto era posible obtener por ellos. Sí, era necesario no engañarse: Estela era la única persona que podía dejarlos entrar y dirigirlos. Pero... quizás pudieran ocultarle el propósito de alguna manera. Era preferible que dejara entrar a Mario para hacer el amor, y después sería fácil que el muchacho le abriera la puerta a él sin que Estela se enterara. Sí. Todo era claro.

Más tarde, en el «Cóndor», tomando cervezas cuando el bar estaba a punto de cerrar, René, limpio y renovado, con las mejillas relucientes y el cabello en orden, habló con Mario:

—¿Creís que no se dejó preñar adrede para pescarte? Que a mí no me vengan con esas patillas. Todas las mujeres son iguales, cabro, todas, lo único que quieren es tener un gallo que las pise y que les dé plata para no tener que trabajar. ¡Que a mí no me vengan con leseras de amorcitos! Te casái con ella nada más porque te dice que está preñada, y al mes te dice que tuvo pérdida. Mentira. No estaba esperando. Era nada más que para casarse... pero ya no podís hacer nada porque estái pescado. ¡No! ¡Uno las pisa y adiosito no más! ¡Eso es de hombre! Mira a la Dora. ¿Creís que si no fuera por causa de la Dora yo andaría tan jodido como ando?

René se enardecía mientras sus palabras se atropellaban para comunicar su plan a Mario. Éste, sentado frente a él en la penumbra del bar que ya iba a cerrar, dejó caer todas sus defensas, y todo en él se fue soltando. Hasta que la sonrisa del muchacho, que era defensiva, se transformó gradualmente en sonrisa de entrega total, y el gesto de su ceja remedó el gesto de la ceja de René.

—¿Cuándo? —preguntó Mario, desparramando sin aprensión su cuerpo, con un brazo drapeado en el respaldo de la silla vecina.

—Mañana. No, pasado mañana en la noche, mejor —respondió René.

No lo había planeado así, pero la entrega incondicional de la voluntad de Mario atizó su urgencia. Ya sentía el rollo de billetes salvadores en el fondo del bolsillo de su pantalón. Centelleó el oro de sus dientes al hablar entusiasmado, gesticulando con sus manos gruesas adornadas por la sortija.

Bebieron cerveza tras cerveza.

El entusiasmo de René se apoderó de Mario. ¿Ladrón? ¿Qué importaba? Lo que él quería era pasarlo bien. Quería mujeres y trajes y corbatas, y que todos lo respetaran con un poco de temor. Tocándose los músculos jóvenes y tensos del antebrazo, pensó en que había sido un idiota al no hacer valer sus fuerzas como era debido. Le dolieron los puños con el deseo de abofetear a alguien hasta dejarlo sangrante, de dejar a alguien aturdido de un solo golpe para que todos dijeran:

«Mira, ahí va el Mario. Hay que tener cuidado con él...»

¿Estela? Nada... otra mujer más entre las muchas que se proponía tener en el futuro, porque él no se iba a dejar explotar por ninguna mujer. ¿Un huacho? No era el primer huacho del mundo. Y que la Estela no se hiciera la mosca muerta, al fin y al cabo ella también era ladrona, sí, ladrona igual que él. René dejó caer una manaza convincente sobre el hombro de su hermano, diciéndole:

—...tenís que ir para allá mañana en la noche y hacer las paces con ella. Y entonces le decís que a la otra noche te deje entrar para acostarte con ella. ¿Veís? Y después me abrís la puerta a mí sin que nadie sepa, y sacamos todas las cuestiones que hay encima de la mesa del comedor. Y después se las lleváis a don Saladino Páez, que a ti no te conoce ni en pelea de perros, y yo te digo cómo lo tenís que hacer para que te las pague bien. Y al otro día tempranito desaparecemos los dos juntos, solos, con toda la platita...

Mario fue donde Estela a la noche siguiente.

Y al sentirla abrazándolo, llorando en silencio, toda la dureza del muchacho volvió a desintegrarse. En ese umbral oscuro que tan bien conocía la escasa retórica de sus amores, de nuevo lo estremeció la belleza de Estela y el calor de sus labios presos en su boca en el frío de la noche. ¡Era tan bonita! ¡Tan completamente suya! Tanto, que al llanto de Estela el muchacho mezcló algunas lá-

grimas propias que parecían surgir, recorriéndolo
entero, de todos los ángulos de su ser. Estela no
hizo preguntas ni recriminaciones, sino que ape-
gada a él acariciaba la dicha de tenerlo de nuevo.
Una fe renovada y ardiente barrió todas las dudas
sembradas en ella por misiá Elisita, dejándola largo rato muda, tibia de amor y contentamiento,
apretada a ese cuerpo que le daba todo el orden de
su vida.

—¿Te gustaría que nos fuéramos a Iquique?
—preguntó Mario, y sintió el mariposeo del pes-
tañear de asentimiento acariciándole el cuello.

Sí. La llevaría consigo adonde fuera y como
fuera. Todas las exigencias de René se borraron de
la mente del muchacho. ¡Que René no contara
con él si no lo dejaba llevarse a Estela! Concerta-
ron una cita para pasar la noche siguiente juntos
en una de las habitaciones del piso bajo del caserón, y Mario decidió no comunicar hasta entonces
el proyecto a Estela.

—Bueno —dijo ella—. Ahora me tengo que
ir para adentro. Mañana es el santo de la señora y
todavía no he terminado todo lo que tengo que
hacer. Hay fiesta...

—¿Fiesta? ¿Y cómo vamos a estar juntos,
entonces?

—Tonto, si se van como a las nueve, y todos
en la casa quedan tan cansados que menos nos van
a oír, así que mucho mejor...

—¿Para qué te vai tan luego para adentro?
¿Qué tenís que hacer?

—Uf, una pila de cosas. Tengo que guardar

todas esas cuestiones de plata del comedor antes de mañana. El patrón dice que es muy delicado dejarlas encima de la mesa. Oye, si el viejo está con las mismas que la señora. Dijo que ya no las iba a sacar más de la alacena, hasta que la señora se muriera, quién sabe en cuántos años más irá a ser...

—¿Guardarlas con llave? ¿Y adónde?

—En la alacena al lado del comedor. ¿Por qué?

—No sé, porque sí. ¿Y quién guarda la llave?

—Mi tía Lourdes. ¿Por qué, oye?

Se despidieron.

Las cosas estaban presentándose exactamente como Mario las hubiera querido. Por una parte, el hecho de que la platería quedara guardada esa noche para siempre aplazaba el posible descubrimiento del robo hasta después de la muerte de la dueña de casa. Por otra parte, la llave permanecía en custodia de Lourdes, y por lo tanto sólo mediante la participación de Estela era posible apoderarse de esa llave. Ahora René no podía negarse a incluir a Estela en sus proyectos de evasión.

Mario tuvo que aguardar más de una hora en la esquina del parque a que pasara el tranvía, y cuando por fin pasó, ya había oído las doce de la noche dadas por el carillón de la iglesia vecina. El cobrador que recibió el importe del pasaje del muchacho se hallaba tan adormecido que el conductor, sabiendo que no podía confiarse en él, hizo partir el vehículo sin esperar su señal.

Había sólo una persona en el interior del tranvía. Mario se sentó justo detrás de ella, al lado de la ventana. Cerró los ojos como para dormitar durante la larga circunvalación que el vehículo debía hacer antes de acercarse a su barrio. En ese interior aclarado por una luz amarilla y trepidante, no había nada que mirar salvo los avisos, y ésos Mario ya los conocía. Se arrellanó en el asiento, cruzando los brazos sobre el pecho y al hacerlo nació en ellos el recuerdo de la dimensión precisa del talle de Estela. Apretó los brazos como si aún la tuviera presa entre ellos.

«¿Y adónde queda Iquique?», le había preguntado la muchacha.

¡Era tan huasa, tan chica, tan tonta, tan suya! Mario se había reído de su ignorancia, sin poder más que aclararle que Iquique estaba en el norte. Esa misma noche, sin falta, iba a decirle a René que si Estela no participaba, si no le permitía llevársela consigo, no contara con él para nada.

La mujer que viajaba delante de Mario tenía el pelo largo y lacio. Miró hacia la calle, revelando un perfil tejido de arrugas, la carne agotada soltándose ya en los pómulos y en la mandíbula. No era vieja, era una mujer como... como la Dora.

La mujer se puso de pie. Tenía el abdomen monstruosamente abultado. El volumen alzaba el pobre vestido por la parte delantera, revelando rodillas escuálidas, un poco sucias. Se tambaleó con el movimiento del tranvía. Cuando sus ojos huecos pidieron socorro mudo, Mario la ayudó a apoyarse.

—Por favor, ayúdeme a bajarme...

Mario, electrizado, se puso de pie y guió a

la mujer por el pasillo hasta la puerta de bajada.

—Voy a la Asistencia, en la otra cuadra...
—murmuró.

Mario bajó con ella.

La mujer apenas era capaz de dar un paso.
En la calle desierta, un gato, al verlos pasar, saltó
bruscamente desde el interior de un tarro basurero, haciendo rodar la tapa con gran estruendo.
Maullando, se perdió a escape en la oscuridad.

—Es en la otra cuadra no más —murmuró
la mujer débilmente, a modo de excusa.

A medida que la fuerza de sus pasos dismi-
nuía, apretaba más y más los dientes para dominar
un aullido de dolor que Mario temió oír dentro de
un segundo. Sus músculos apoyaban el peso casi
completo de la mujer. Dentro de él se desató la
conciencia furiosa de que sus músculos estaban
destinados a tareas más nobles que la de apoyar a
parturientas como la Dora... y tal como en unos
cuantos meses más iba a tener que apoyar a Estela. La mueca dolorida del rostro de la mujer estaba muy cerca de los ojos de Mario. Unos pasos
más allá ese rostro se desplomó sobre el hombro
del muchacho, como el rostro de Estela. No pu-
dieron seguir caminando.

—Quédese aquí, voy a llamar a alguien en la
Posta, es a media cuadra no más —dijo Mario.

—No, no, por favor; no me deje sola —gimió ella.

Mario la ayudó a sentarse en el escalón de
una puerta.

—No, no... —gemía la mujer mientras Mario trataba de librarse de esa garra con que ella se aferraba a su manga.

—Si ya vienen a buscarla.

—No, no —gemía la mujer, y sus gemidos crecieron en la calle solitaria a medida que Mario se alejaba corriendo hacia la Posta.

¡No! ¡No! A él no lo iban a pescar para esto...

Entró de carrera en la Posta, dio aviso al nochero adormilado y huyó, huyó de Estela para siempre, porque el horror había borrado hasta la última seña del cariño de la hora anterior. Y fueron los prolongados gemidos de Estela los que le destrozaban los tímpanos a medida que huía, y más tarde en su casa, donde se dio vuelta tras vuelta en el lecho, sin poder borrar esos gemidos que parecían abrir a tajos la quietud de la noche, y sin lograr dormirse hasta el alba.

19

La anciana amaneció tan extraordinaria-
mente bien ese día, tan llena de fuerza y de animación que, después de tres años de cama, decidió levantarse y recibir a las visitas que acudieran a darle
las felicidades por su santo instalada en un sillón
de su dormitorio, junto a uno de los balcones.
Lourdes y Rosario, alborozadas con la fausta nueva, subieron temprano al cuarto de la señora y llo-
rosas de júbilo la ayudaron a vestirse.

—¡Qué contento va a estar don Andresito
cuando baje y la encuentre en pie! —exclamó
Lourdes.

—Ahora está bajando tarde. ¿No ve que se
lo lleva qué sé yo hasta qué horas con la luz prendida, leyendo? —agregó Rosario.

—Este niño se va a arruinar la vista —opinó
misiá Elisita.

—Lee toda la noche —dijo Rosario despectivamente—, y toma licores...

—¿Qué licores? —preguntó la enferma—.
¿Se ha puesto borracho además de viejo verde? Es
lo único que le faltaba.

—No diga eso, señora —murmuró Lourdes—. ¿Qué mal hay en que un caballero solito se dé sus gustos? Y no es como si fuera vino, vino es lo que toman los borrachos.

—¿Y por qué viejo verde? —preguntó Rosario.

—¿Cómo por qué? ¿No sabes que anda de lacho de ésta? —dijo misiá Elisita señalando a Estela, mientras ambas sirvientas movían la cabeza con triste desaprobación.

Estela oyó desde el rincón, donde buscaba en la cómoda la ropa que la señora iba a necesitar. Sentía tal felicidad y tal plenitud encerrada en sí misma, que las palabras de la nonagenaria resbalaron sobre ella sin turbarla. Además, reflexionó llena de fe, la señora no podía saber lo bueno que don Andrés había sido con ella al ir en busca de Mario.

—Pero la Estela no lo quiere... —prosiguió la señora—. Claro, ¡cómo va a estar queriendo a un viejo si ella es una chiquilla! Pero quién sabe qué hubiera pasado si mi nieto hubiera sido joven, je, je, je...; tu virtud no hubiera sido tan fácil de conservar entonces..., je, je, je. Si te vas a buscar un lacho, mi hijita, búscate uno con harta plata, no seas tonta, aprovecha de gozar bien en esta vida, mira que en la otra ya estás condenada. Porque yo sé un secretito, secretito, secretito, chiquitito, preciosito, pero no lo voy a decir... ¿No es cierto, Estela?

Hacía tanto tiempo que misiá Elisita no se levantaba, que su *toilette* se transformó en una faena bastante complicada. Lourdes abrió un inmenso armario de roble macizo en el cuarto vecino, y sentada en medio de un mar de botines desparramados seleccionó un par de cabritilla negra, casi nuevos. Tenían perfectos todos los botones de la caña, y las suelas apenas teñidas por el tránsito de la dueña de casa por los alfombrados de las salas. Lourdes tomó una franela y, sentada en el suelo con las piernas cruzadas ante su enorme volumen, como una deidad doméstica y criolla, pulió el par de botines hasta dejarlos convertidos en espejos.

Rosario, entretanto, empleando toda la fuerza de sus brazos duros como madera reseca, extrajo el cuerpo de misiá Elisita del lecho, y la señora, arrastrando su camisa y con los dedos crispados en la empuñadura de su bastón, fue conducida hasta la butaca junto a la ventana, de donde no se movería en el resto de la jornada.

—Tengo ganas de ponerme calzones morados —dijo.

Y mientras se los ponían por debajo de la camisa de noche, fue pidiendo otras cosas: un par de medias de borlón, negras; un refajo de punto para el frío; guantes, por si acaso.

Lourdes le puso las medias. Pero antes misiá Elisita se levantó el refajo hasta más arriba de las rodillas, moviendo la cabeza tristemente al contemplar lo que quedaba de sus piernas:

—¡Qué lástima me da verlas! Mira, blancas, casi azules, y tan flacas, tan flacas, y con las rodillas tan salidas y tan tiesas que ya no me sirven para nada, ni para caminar. Antes...

Arrodilladas a sus pies, las dos sirvientas le calzaron los botines, Lourdes uno, Rosario el otro. Y protegida por el refajo y las medias abrigadoras, misiá Elisa Grey de Ábalos se dispuso a afrontar la parte más importante de su *toilette*.

—¿Qué vestido me pondré? —preguntó.

—¡Ay, póngase el de seda negra con *fichu* de encaje! —rogó Rosario.

—¡Señora, por Dios! —exclamó Lourdes—. No se vaya a poner eso tan fúnebre, póngase algo más alegre...

—¿Como cuál, decías tú?

—Ése con pechera de *macramé* blanco, pues, que es tan lindo —rogó Lourdes.

—Ah, bueno, ya está. Ése se me había olvidado.

Con peines, escobillas, pinches y elásticos, Estela fue reuniendo las mechas blancas de la señora, tan blancas y tan transparentes como cristal hilado, y las hizo un pequeño nudo en lo alto de la cabeza. Terminó el tocado con un lazo de terciopelo claro. La anciana se contempló en un espejo de mano.

—Estoy un poco pálida... —se quejó.

Lourdes no se hizo esperar para sacar de un cajón un pomo de colorete guardado para las ocasiones en que la anciana se encontraba pálida. Misiá Elisita cerró los ojos para no ver que le estaban untando las mejillas y los labios con la pasta roja, porque ella jamás había aprobado a las mujeres pintarrajeadas. Pero por mucho que Lourdes restregara las mejillas de la nonagenaria, las manchas de colorete rehusaban fundirse con el tono natural del rostro y con la piel de los labios, de modo que éstos quedaron independientes y borrosos, como el colorido de algún títere fantástico que se hubiera empapado. Lourdes también recalcó un poquito las cejas con un lápiz oscuro y tiznó los párpados.

Sólo entonces, sus pies sobre un taburete y con las rodillas cubiertas por un chal, misiá Elisita abrió los ojos y miró hacia la ventana y el jardín. La luz dibujaba su nariz estupendamente aguileña, firme aún, lo único firme salvado del naufragio de ese rostro de escuálidas blanduras, esa máscara de anfractuosidades sueltas blanqueadas por los años, todo empequeñecido por el tiempo. Un resto de papada fláccida era sostenida por una golilla blanca con dos barbas disimuladas cerca de las orejas. La mano apoyada en el bastón ayudaba a sostener ese cuerpo, como una caricatura de la gracia de otras épocas —la espalda *cambrée*, el pecho hinchado como el de una paloma—, como cuando se paseaba en victoria con su marido por las sombreadas avenidas del Parque.

Lourdes y Rosario cuchicheaban.

—No, Rosario, no —decía Lourdes—. En la noche, para que sea sorpresa...

—¿No será mejor al tiro? Le encantaría recibir a sus amistades con su traje de mostacillas, con su boa y su coronita de princesa.

—No. Usted no sabe. Ésa es tenida de noche, no de tarde.

—Pero, Lourdes...

—No. No quiero. Quiero que sea en la noche, cuando todos se vayan.

—Mucho mejor ahora.

—Mire, Rosario, no me moleste más. ¿No fue mía la idea? Y don Andresito me regaló a mí, no a usted, el vestido y las flores de plata. Así que...

—¡Ay, bueno, pues, entonces! Tan creída que se ha puesto usted desde que trajo a la Estela. Yo no sé qué le ha pasado que se ha puesto tan orgullosa.

—¡Por Dios, Rosario! ¿Que no sabe que Dios castiga a los envidiosos?

—¿Quién la va a estar envidiando a usted, que es una solterona?

Rosario había estado de mal humor todo el día porque era Lourdes la que ese año tenía el regalo más espectacular para misiá Elisita. Esa mañana hubo un pequeño altercado entre ellas a propósito de unos centímetros de licor que había en un frasco y que desaparecieron misteriosamente. Se culparon una a la otra, estableciendo así la primera enemistad en muchos años. Pero durante el transcurso de la mañana, alistando la casa, guardando la platería bajo llave, disponiendo las flores en búcaros y jarrones, la antigua fraternidad volvió a unir a las dos viejas. Destaparon otra botella y bebieron sorbos diminutos para hacer las paces.

—¿Y por qué no ha bajado Andrés todavía? —preguntó misiá Elisita.

—Parece que está durmiendo.

—¿Son horas para que se levante un hombre joven? Se va a poner gordo y fofo, y a nosotras las mujeres nos gustan los hombres duros, ¿no es cierto, Estela? Estela, sube a despertarlo, niña, y dile que baje a conversar conmigo, ya estoy aburrida de hablar con sirvientas toda la mañana. Que me traiga un regalo bonito.

Estela subió confiada, porque todo el recelo que antes había sentido respecto a don Andrés se esfumó al verlo tan vivamente interesado en el regreso de Mario. Pero al abrir la puerta del dormitorio oscurecido, el olor a hombre maduro que llenaba la pieza, ese olor a cuerpo, a cama caliente, a bacinica, a cigarrillos a medio fumar, y sobre todo a alcohol, turbó profundamente a Estela, haciéndola ruborizarse.

—Don Andrés...
—¿Quién es?
—Señor, la señora dice que baje.
—¿Qué hora es?
—Las once y cuarto.
—Abre las cortinas —rogó el caballero en medio de un bostezo.

Estela notó que no enunciaba bien, como si tuviera la boca llena de una materia viscosa. Alzó el brazo para descorrer las cortinas.

Amodorrado, Andrés divisó la luz acariciando el perfil interior del brazo de la muchacha, levantado para abrir las cortinas. El deseo lo azotó tan bruscamente, tan premioso y desnudo, que robó todos los disfraces de su brutalidad.

—Estela, ven...

Acercándose al lecho, Estela se inclinó para recoger de la alfombra una copa volcada. Dijo:

—La señora manda a decir que le lleve un regalo...

Mirándola con los ojos ahuecados y estúpidos, Andrés hizo un movimiento brusco para agarrar ese cuerpo fresco, tan próximo al suyo. Estela, aterrorizada, lo esquivó de tal manera que el caballero cayó sobre el borde del lecho, como un monigote. La muchacha huyó de la pieza.

En el transcurso de la tarde llegó a ser claro que en esa ocasión nadie iba a ir a visitar a la viuda de don Ramón Ábalos para desearle felicidades en el día de su santo.

Los últimos toques preparatorios para la fiesta habían proseguido durante toda la tarde con esmero amoroso. Lourdes probaba el ponche una y otra vez, y sobre las bandejas dispuso, en torno a las copas, unas servilletas minúsculas con ribete de encaje. Rosario ordenó sobre otras bandejas los alfajores, empolvados, príncipes y huevos chimbos, formando azucarados mosaicos. De cuando en cuando una u otra de las sirvientas se asomaba a la ventana de la cocina, y exclamaba mirando la verja:

—Bah, creí que era alguien...

El sol bajó detrás de nubarrones espesos, pero no aparecía nadie a tocar el timbre de la puerta de la casa de misiá Elisita. Todas las luces fueron encendidas, relucieron los bronces y la cera de los pisos y el similor. De las flores que llenaban todos los jarrones de la casa se desprendió esa fragancia sedosa, anhelante, que las flores esparcen en el calor de las salas que aguardan visitas de gran ocasión.

—¿Tocaron?

—No, parece que no.

—¿Por qué no aguaita, por si acaso?

No era nadie.

Las ramas de los aromos y las acacias se balanceaban, mofándose, en el vasto jardín abandonado. Era imposible ver las copas de las palmeras de la entrada, porque estaban perdidas en las nubes bajas.

—Va a llover, parece —dijo Lourdes—. Oiga, ¿supo lo de don Andresito esta tarde?

—No, no supe. ¿No estaba durmiendo?

—No. Como a las tres de la tarde, después que la señora lo había mandado llamar muchísimas veces, bajó. ¿Y sabe lo que pasó?

—No. ¿Qué?

—Furioso estaba, parece. Bueno, y la señora le dijo: «¿Por qué no habías bajado antes a felicitarme?» Y adivine qué le contestó él.

—No sé. ¿Qué?

—Furioso estaba el pobre. Le dijo, vaya una a saber por qué: «¿Cree que tengo tranquilidad para preocuparme de estupideces? Está bueno que usted se muera», o algo así. ¿Habráse visto?

—¿Estupideces? ¿Que se muera? Pobrecita la señora. No, don Andrés no puede ser tan malo...

—¿No le digo?

—¡Pero por Dios Santo!

—Entonces ella se puso a retarlo, usted sabe cómo es la señora, pues. Le dijo que era un sinvergüenza borracho, un inútil, un viejo verde, un pecador, qué sé yo qué más. Viera cómo pelearon y gritaron, y viera lo enojada que estaba la señora. Quedó bien, bien lacia, creí que se me moría ahí mismito. ¿Usted cree que don Andresito sea pecador? Yo no creo, deben de ser cosas de la señora no más, es tan buen niño. Claro que a veces... pero en fin, serán los años. Claro que cuando ella le dijo que era un viejo verde, ¿sabe lo que le contestó él?

—No...

—Le dijo: «Vieja de mierda..., culpa suya es que me esté pasando todo esto».

—¡Por Dios, Lourdes! ¿Cómo puede decir palabras así, usted que es soltera? Se va a ir derechito al infierno...

—¿Yo? ¿Por qué? Si los ricos las dicen, ¿por qué no las va a repetir una? Bueno, ya ve lo raro que está el niño. Y lo mal agradecido que se ha puesto con la señora, antes nunca era así. Poco debe de faltarle para que comience a acusarnos a nosotras de que estamos robando, como la señora. Oiga... ¿probó cómo me quedó el ponche?

—Hace rato que lo probé.

—¿Pero lo probó reposado, después que le eché más fruta? Pruebe, pruebe otra vez no más, ahora que la fruta está maceradita. No, no tanto, mire que le puede caer un poco pesado al hígado. ¿Cómo lo encuentra?

Rosario entornó los ojos.

—Mmmm, mmmm, rico le quedó...

—Otro ratito más le voy a echar el hielo y un poco más de licor, y a ver cómo me va a quedar, de chuparse los dedos. Usted sabe que yo tengo mano famosa para este ponche, porque don Ramón mismo me enseñó a hacerlo, antes que se pusiera malo con la señora. Decía que el secreto es hacerlo de a poquito, y que hay que ir probando cada vez.

Cerca de las ocho, cuando todos habían desesperado de que llegaran visitas, el doctor Gros llamó por teléfono. Dijo que Adriana estaba en cama con una jaqueca y que no iba a poder ir a ver a misiá Elisa. Pidió que saludaran cariñosamente a la anciana en su nombre, y que un día de éstos pasaría sin falta a hacerle una visita. Él mismo no estaba seguro de poder ir, tenía una reunión clínica urgente que iba a durar hasta tarde. Andrés acudió a hablar con él. Le dijo:

—Ven, ven por favor. Tengo que hablar contigo, tengo que verte. Por favor ven, no me dejes solo. No, no importa, a la hora que puedas. Te espero a cualquier hora. Tengo miedo, sí, miedo de acostarme a dormir aquí en esta casa. No, no, prefiero esperar en pie. No importa la hora a que vengas, no puedo dormir.

Y se sentó a esperar en la biblioteca.

Cerca de las nueve de la noche Lourdes acudió a preguntarle si quería servirse alguna cosa, había tantas delicadezas que nadie había probado. Era necesario llamar al día siguiente a las Monjitas de la Caridad para darles las sobras, es decir, todo. Sería un pecado dejar que tantas golosinas se perdieran.

—No —dijo Andrés—, no quiero comer. Los muertos no comen.

—¿Y quién dijo que usted estaba muerto? —preguntó Lourdes, soltando una carcajada tan estridente que Andrés no pudo sino sobresaltarse.

—Yo lo digo. Y tú también estás muerta...

—A usted lo que le pasa es que está loco, don Andresito. No diga leseras. Hay que ver qué raro, muertos que hablan. Ja, ja, ja. Oiga, don Andresito, ¿me va a necesitar? Porque con la Rosario queríamos hacerle una celebracioncita a la señora, entre las dos no más...

—Anda, anda...

—Es para que no se ponga tan triste, porque la gente es tan ingrata que todos se olvidaron de venir a verla. Hasta don Carlitos se olvidó, quién lo creyera.

—Va a venir más tarde. Lo voy a esperar aquí, en pie...

Estela, que fue invitada, se excusó de participar en la celebración. Dijo que se sentía con un poco de fiebre, y pidió permiso a su tía para acostarse a dormir abajo, en el cuarto de Rosario, mientras duraba la fiesta.

—Los jóvenes ahora no tienen ánimo para nada —murmuró Rosario, envolviéndose en el larguísimo boa blanco. Se apoderó de la ponchera y subió al cuarto de misiá Elisita, en pos de Lourdes, que llevaba el vestido endiamantado y la corona de flores de plata, una diadema descomunal y florida.

Encontraron a la anciana durmiendo, con la cabeza desplomada hacia atrás en el almohadón, pero con los ojos entreabiertos.

—Pobrecita. Está durmiendo. Don Andresito la debe haber cansado con todas las barbaridades que le dijo... —exclamó Lourdes.

Depositaron sus cargamentos sobre el peinador. Aprovechando el sueño de la señora, acondicionaron el cuarto de modo de que tuviera el rango debido para una coronación. Cantidades de flores en sus jarrones fueron dispuestas en torno a la nonagenaria. Deshojaron pétalos blancos alrededor de sus pies, y luego Lourdes iluminó indirectamente la figura blanca de la dama colocando algunas lámparas entre las flores. Rosario ató cintas y gasas en el bastón. De cuando en cuando ambas mujeres probaban sorbos de ponche para cerciorarse de que el hielo, al deshacerse, no lo había dejado demasiado simple. En realidad estaba riquísimo.

La luz hizo incorpórea la figura de misiá Elisa Grey de Ábalos, aislándola como en un nicho rodeado de flores en medio de la oscuridad de la habitación. Dormía aún. El sueño se atascaba con un ronquido mezquino en el fondo de su garganta. Estaba viva.

—¡Qué preciosa! ¡Parece una niñita, con los cachetes pintados! —exclamó Rosario.

—¿Ya? —preguntó Lourdes, excitada—. ¿Comenzamos?

—Espere, falta la música.

—Ponga la radio.

—No. A la señora no le gustan las cosas modernas. ¿Qué se habrá hecho ese fonógrafo tan lindo que era de don Ramón y que a la señora le gustaba tanto?

—Yo sé. Lo tengo guardado en el armario de la pieza de la Estela, aquí al ladito.

Lourdes trajo el fonógrafo, un aparato que tenía una trompeta enorme decorada con flores multicolores. Después de mucho manipular inexperto por aquí y por allá, pusieron el cilindro, y se oyó la música, un pobre hilo de melodía en medio de una maraña de chirridos y rasmilladuras.

—¡Qué lindo! —exclamaron las criadas.

Lourdes despertó a la señora.

—¡Feliz día! ¡Feliz día!

—¿Qué pasa, mi hijita, qué pasa? ¿Y la gente? ¿Dónde está la gente?

—¿Para qué quiere gente? ¡La gente es toda ingrata y mala! La Rosario y yo la venimos a coronar reina, porque usted es la más linda y la más noble y la más santa que hay...

—¿A coronarme reina?

—Sí, y a celebrarla.

—¡Ay, qué bueno! Yo que estaba tan triste porque nadie me trajo regalos, ni siquiera Andrés...

Y como los mercaderes orientales de las leyendas, las sirvientas desplegaron a los pies de la reina los resplandores de sus presentes: un vestido cuajado de estrellas, una larguísima serpiente blanca emplumada, un cetro engalanado con cintajos y velas, una corona en la que crecía un jardín de flores de plata.

—¡Qué cosas tan lindas! ¡Mi traje de reina! Y mi corona...

Con gran dificultad, porque la señora parecía haberse debilitado tanto en el curso del día que ya no era capaz de controlar sus movimientos, le pusieron el vestido endiamantado. Al hacerlo, la gasa débil se jironeó en varias partes, y una cantidad de mostacillas se desprendieron, formando un reguero de estrellas entre los pétalos esparcidos. La anciana no parecía darse cuenta de lo que estaba sucediendo. Tan endeble era su conciencia agotada, y sin fuerza ni brillo sus ojos, que Rosario tuvo que ayudarla a apretar los dedos en torno al cetro.

—Yo quiero ponerme el boa —dijo Lourdes.

—No, yo —alegó Rosario.

Comenzaron una discusión que al minuto se transformó en reyerta. Dieron gritos y golpes, se persiguieron entre los muebles, insultándose y chillando, hasta que, después de mucho forcejear, el boa de plumas se partió en dos y cada una de las sirvientas se engalanó con un trozo. Una infinidad de levísimas plumas blancas quedaron suspendidas flotando largamente en la atmósfera transfigurada de la estancia.

—Ya, ahora sí que está lista para la coronación —dijo Lourdes.

—Mire, Lourdes, parece que la señora estuviera cansada. ¿Por qué no le damos un traguito de ponche, por si se anima?

—Buena idea —dijo Lourdes llenando un vaso.

—No le eche fruta, mire que le puede hacer mal.

—No, si no. Ponche puro, porque como ha estado delicada del estómago...

La festejada se negaba a abrir la boca. Rosario, introduciéndole un dedo en la boca para abrirla, logró verter un buen vaso de ponche en el gaznate de la nonagenaria, que se quejaba como un niño. En vez de animarse, la anciana desfalleció por completo.

—Ya, ahora sí que sí...

Volvieron a poner el cilindro en el fonógrafo. Adornándose las cabezas con flores y embozándose en sus plumas albas, las sirvientas, una rechoncha y pequeñísima, la otra vasta y cuadrada, tomaron la corona de plata y se aproximaron a la anciana.

—¡Viva la reina! —exclamaron al depositar la corona en su cabeza volcada.

—¡Viva la reinecita más linda y más buena del mundo! ¡Viva!

Haciendo reverencias y zalemas, se alejaron del trono. A Lourdes se le cayeron los anteojos, y riendo a gritos Rosario les dio un puntapié que los lanzó debajo del peinador. Lourdes no se preocupó de buscarlos.

Ambas criadas, livianas como el aire, aladas e ingrávidas, comenzaron a danzar. Se pavoneaban, riéndose a carcajadas, dando pequeños brincos, haciéndose saludos mutuos, reverencias, genuflexiones, agitando los brazos, las manos, contoneando sus cuerpos como bayaderas, coreando infantilmente la melodía del fonógrafo. Entusiasmadas, olvidaron a misiá Elisita, que, con la cabeza volcada hacia adelante y la corona de plata chueca sobre el rostro pintarrajeado, parecía haber perdido el conocimiento.

Un poco después, con las cabelleras revueltas y los tocados de pluma en jirones, enrojecidas y palpitantes y sudorosas, las criadas se dejaron caer sobre la cama. Cuchichearon y rieron durante unos segundos y pronto se quedaron dormidas. El cilindro del fonógrafo concluyó su melodía, pero siguió chirriando y chirriando y chirriando un buen rato, hasta que se terminó la cuerda. En el silencio de la alcoba se oía sólo la respiración de las viejas dormidas, y una última levísima pluma blanca fue depositada por el aire sobre la mano de misiá Elisita, donde aún corría un poco de sangre por las venas azulosas.

20

Desde la calle en sombras, a través de los árboles del jardín, Mario y René observaban las ventanas iluminadas de la casa. En los visillos de una ventana del segundo piso vieron dibujarse extrañas figuras danzando y haciéndose reverencias. También les pareció oír música.

—¡La remolienda padre que tienen allá arriba! —exclamó René, fastidiado y nervioso.

Sus planes habían cambiado a última hora:

—Tenimos que hacer lesa a la cabra no más. Le decimos que tú la querís, que todo lo vamos a hacer por causa de ella, que nosotros nos vamos a ir primero para el norte para que no haiga rocha y que después le mandái plata para que vaya a juntarse con nosotros. Pero no al tiro, unos meses después tiene que ser para que no haiga rocha, si no, estamos jodidos. Y así nos da la llave, y no le mandamos ni una cosa de plata, para que lo pasís bien, solo, y veái lo buena que es la vida, yo te voy a enseñar. Y ella no va a poder decir ni una cosa cuando pillen el robo después, cuando la veterana pare las patas, ni chistar, porque si chista, entonces queda como cómplice, y como nosotros no nos vamos a dejar pillar tan fácil, porque después nos podimos arrancar a Buenos Aires si nos va bien, la meten a ella en el chucho, por cómplice.

Al bajar del autobús René había lanzado al suelo los boletos furiosamente, y su mano se crispó implacable como una tenaza al tomar a Mario del codo para conducirlo hacia la casa de misiá Elisita. Habían llegado antes de tiempo a la cita con Estela. Paseándose como bestias enjauladas por la acera frente a la casa, volvían y volvían a discutir los detalles de sus torpes planes. René preguntó a Mario la hora tantas veces, que el muchacho, exasperado, terminó por gritarle:

—¿Para qué me preguntái la hora, mierda? ¿Que no sabís que vendí el reloj para irte a sacar del chucho?

Estela salió con un poco de atraso. Se mantuvo serena y recogida escuchando a los hombres, que se atropellaban para comunicarle el proyecto. Cerró los ojos para borrar todo lo que no fuera la mano caliente de Mario que presionaba la suya. Escuchó en silencio las voces de los hermanos. Luego, tranquila, levantó los ojos y preguntó al muchacho:

—Pero tú me querís, ¿no es cierto?

Los dedos de René trituraron el codo de su hermano. Atemorizado, Mario respondió en el acto:

—Bah, claro...

Estela suspiró y dijo:

—Entonces... bueno.

Y entró a la casa en busca de la llave de la

alacena, que su tía Lourdes guardaba en el bolsillo de su delantal.

—¡La jetona se lo tragó! —rió René.

Mario repitió la palabra, riendo con su hermano, la saboreó pronunciándola una y otra vez, muchas veces, las más veces que pudo. Hacerlo quizás disolviera sus últimas ataduras con Estela, quizás borrara un temblor que sentía, un trepidar que se insinuaba en sus vísceras, en sus músculos, en sus nervios, como si todo estuviera nadando ingrávido en su interior. Apretó los dientes para dominar ese temblor, para hacer algo, cualquier cosa que lo obligara a mantener su entereza, porque ya era imposible echar pie atrás. Éste no era momento para fallar. Al fin y al cabo, ni él ni René eran los verdaderos culpables. Estela era culpable de todo, también la Dora y los chiquillos; y la miseria que lo había obligado a abandonar su buen empleo en el emporio para ir en busca de René; y su reloj perdido; y esta necesidad ahogadora de evadirse de su propia sombra para rozar siquiera desde lejos las cosas buenas de la vida, esas cosas que los habitantes de la casa que veía en la acera del frente debían tener a manos llenas; todo eso culpable, no él. Y aunque René y él fueran culpables, ¿qué importaba? ¿La policía y los años en la cárcel carcomiéndole poco a poco los escombros de su dignidad, en el fondo de una celda fétida? ¡No importaba un bledo! ¡Había que arriesgarse, probar ahora o nunca que era un hombre! Además, no era el momento de reflexionar, porque ya no había otro camino que el presente para saciar sus necesidades. No conocía otro...

Estela no tardó en salir nuevamente. Depositó la llave en manos de Mario, cuya fiera urgencia se redobló al apretar el frío metal en su palma.

—Pero quizás no puedan... —murmuró Estela.

Se helaron los movimientos con que Mario y René se proponían cruzar la calzada hacia la casa. Estela continuó:

—...porque don Andrés está abajo y no se va a acostar hasta tarde —dijo.

—Tenís que llevártelo a alguna pieza y encerrarte con él para que no oiga —dijo Mario inmediatamente.

Apretó los dientes para olvidarlo todo, recordar sólo la miseria, la mujer que parió en la calle mientras él huía, apretó los dientes para ser capaz de cualquier cosa, incluso de insistir en lo que acababa de pedirle a Estela, para seguir huyendo, ciego, huyendo, huyendo...

—¿Pero cómo?

—No te vengái a hacer la santa conmigo. Sabís muy bien que el viejo te tiene ganas, así que te lo tenís que llevar para alguna pieza y encerrarte con él hasta que saquemos las cosas.

—No...

Al oír su negativa, René la agarró de los hombros hasta hacerle daño. Los dos hermanos la cercaron contra el muro. Ella sentía sus alientos apresurados, el latir de la sangre en la mano con que René le estaba hiriendo el hombro.

—No... —repitió Estela, más claro.

La cercaron más aun, y en medio del calor de esos cuerpos próximos, el silencio se hizo hondo y preciso. Estela gimió con voz casi ininteligible:

—Me da... asco...

—¡Con ascos viene la perla! —las palabras de Mario tenían la expresión de un aullido, pero fueron dichas con sordina—. ¡Asco! ¿Y creís que a mí no me da asco estar robando, ah? Y todo por vos, jetona de porquería, todo por vos, para que podamos ser felices. Nada de cuentos de asco. Tenís que poner algo de tu parte si querís irte conmigo; si no, te dejo sola con tu huacho. ¡Asco! ¡Mírenla, la preciosura! Claro, uno tiene que hacer todo el trabajo, y la linda, que por ella uno se mete a hacer las cuestiones, no quiere ayudar porque le da asco. ¡Cómo no! Tenís que ir a calentar al viejo no más, y llevártelo para una pieza hasta que nosotros salgamos. Aunque te dé asco.

Respiraba apenas. Estela escudriñaba el suelo. Su cariño, siempre inmenso, pendía de un hilo, y ese hilo podía cortarse porque era débil para el peso. Preguntó a Mario:

—Pero tú me querís, ¿no es cierto?

La confianza de la pregunta ahogó a Mario. Hubiera sido capaz de tomar entre sus dedos ese cuello redondo y suave para triturarlo, de hundir sus dedos en esa carne fresca hasta sentir que los huesos crujieran, hasta embarrarse las manos con esa sangre caliente. En ese segundo el anillo que decoraba la mano de René se grabó cruelmente en sus músculos, porque le estaba apretando el brazo.

—Sí... —respondió, pero la sílaba se ahogó en su garganta.

Estela los hizo entrar al jardín y esconderse

entre unas matas cerca de una ventana iluminada. Vieron a Andrés paseándose desde el zaguán hasta la biblioteca, sentándose por unos instantes con la vista en el vacío, bebiendo un sorbo, otro más largo, volviendo a su paseo desde el vestíbulo hasta la biblioteca, atravesando el salón y la salita, y regresando para sentarse en un sofá cualquiera. Al observar estos paseos, el temblor ingrávido de las vísceras de Mario aumentó hasta sacudirlo entero cuando Estela les dijo que vigilaran desde esa misma ventana para ver en qué momento ella se llevaba al caballero, y que sólo entonces entraran por la puerta de servicio. Viéndola desaparecer, Mario vomitó de terror entre unos cardenales secos.

Poco después Mario vio por la ventana que Estela entraba en la biblioteca, donde, por el momento, don Andrés leía. La muchacha recogió del suelo una revista y arregló las flores de un jarrón, como quien retarda lo más posible el advenimiento de la hora amarga. Sin embargo, la mirada del caballero la agredió repentina y hambrienta, y toda su actitud, que hasta entonces se había mantenido endeble, se enfocó en torno al deseo.

—No... —murmuró Mario en voz baja.

Tuvo miedo. No había contado con la suciedad de la mirada del caballero al resbalar por la forma de Estela, ni el ansia con que sus delgados dedos velludos palpaban el sillón. Entonces la muchacha enfrentó a don Andrés, que le dijo unas cuantas palabras. Luego tocó la mano de Estela, pero la relación establecida entre esos dos seres le pareció tan indecente a Mario, que murmuró nuevamente:

—No... no...

Y se puso de pie sin importarle que acaso desde la biblioteca se viera su figura enmarcada en la ventana. Estela dio un paso atrás, y don Andrés, contemplándola y hablándole, se inclinó hacia ella.

—No... no...

René, furioso, lo retuvo, porque el muchacho parecía dispuesto a partir a rescatar a Estela. Mario forcejeó y forcejeó para deshacerse de la mano de hierro de René. Pero forcejeó sólo hasta que la sorpresa de una bofetada logró paralizarlo, y después, con el rostro oculto entre las manos, se sentó en el suelo a llorar. En su memoria se hizo realidad el recuerdo de Estela aquella tarde primera en el cerro, cuando tendidos uno junto al otro contaron los pájaros teñidos por el crepúsculo que volaban sobre ellos. ¡La plácida maravilla de su época en el Emporio Fornino, cuando la felicidad dependía de cosas tan fáciles como el contacto del reloj en su muñeca, y de la perspectiva de hablar una o dos horas con Estela en la noche, cerca de un farol o en cualquier umbral que los cobijara! Mario gemía en el suelo, confundido, aterrorizado, arrepentido. No vio el rostro ávido de su hermano que atisbaba lo que iba transcurriendo en la biblioteca.

—¿Qué espera esta jetona? ¿Cree que tenemos toda la noche?

El caballero se había puesto de pie junto a Estela. No la tomó, sino que aproximando todo su cuerpo al de ella, y sin rozarlo, murmuró algo muy serio, agitadamente. René comentó:

—Viejo cochino...

Estela salió de la habitación seguida por don Andrés.

—Ya —dijo René.

Mario se incorporó para mirar por la ventana.

—¿Dónde está? ¿A dónde se fueron? —preguntó lloroso aún.

—¿Ya vai a empezar otra vez, maricón? Aquí el único hombre soy yo. Si no me obedecís en todo ahora, te mato, ¿me oís?, te mato. ¿No veís que la cabra también le tenía ganas al viejo? ¿Para qué llorái? Cállate, mierda. Sígueme.

Mario estaba convertido en un pelele en manos de René. Tenía el espíritu agotado por los sentimientos que se deshacían, desmoronándose dentro de él, y que de pronto volvían a rehacerse para volver a destruirse, incapacitándolo para sentir la verdad en medio de la confusión. Se dejó guiar hasta la puerta de servicio. En la cocina había olor a dulces y a licores.

—¡La fiestecita! —murmuró René.

Siguiendo las indicaciones de Estela y entrando por las puertas que les había dejado abiertas, Mario y René encontraron el pasillo junto al comedor, donde vieron clarear la perilla de la alacena. Una gran tranquilidad se estableció en René, como si por fin, después de mucho tiempo, fuera a ser capaz de vencer el largo ahogo que le impedía respirar. En veinte minutos más, tal vez en menos, sería asunto terminado, permitiéndole salir de la sombra al sol como hombre libre y dueño de sí mismo, lejos de la Dora, un triunfador que a costa

322

de múltiples sacrificios ha logrado deshacerse de sus cargas para comenzar a crecer y existir plenamente. Sus temores se desvanecieron. La serenidad y la precisión de sus actos se concentraron en un fin maravillosamente definido. Pensó que si alguien lograra interponerse entre él y el contenido de la alacena, sería capaz de matarlo con la mayor calma.

En la biblioteca, entretanto, Estela había preguntado al caballero, acercándose a él un poco más de lo habitual, si iba a necesitarla, porque en caso contrario quería licencia para irse a dormir. Él se puso de pie como si leyera la intención que, avergonzada, la muchacha trataba de aprisionar dentro de sí misma para ocultarla. Cuando Estela se encaminó al *fumoir* turco adyacente a la biblioteca, una salita oscura donde brillaban los enconchados de las mesas y el cristal de los *narguilés*, Andrés la siguió.

He aquí que de pronto esa presencia que habitaba todos los resquicios de sus pensamientos desbaratados se le ofrecía. ¡Oh, no era necesario meditar que al ofrecérsele lo hacía de una manera procaz que restaba al ofrecimiento toda la poesía a que en otro tiempo había aspirado! Cuando su sed ya no estuviera secándole la garganta, entonces descubriría alguna manera de transformar la fealdad de todo esto en ternura, en esa ternura que aguardaba dentro de él, virgen y solitaria, lista para ser entregada. Ahora no. Otra cosa era más grave, más apremiante. De pie junto al diván cubierto de cojines de cuero trabajado, el cuerpo de la muchacha parecía cruzar los centímetros que lo separaban del suyo.

Aguardando algo, encogida como un animal que sabe que ya no puede defenderse, permaneció, sin embargo, ofrecida. Él, dentro de un momento, iba a acariciar esas palmas húmedas, rosadas, muelles, y esas palmas lo iban a acariciar a él, revelándole todos sus secretos, entregándole todo su poder. Él las necesitaba, determinadamente, esas palmas. Y Andrés sabía ahora que sólo lo incompleto, y por lo tanto lo que *necesita*, está vivo; que lo que se basta a sí mismo, en cambio, es piedra, objeto que no puede crecer ni morir ni aumentar más que en forma maquinal, porque la necesidad es la esencia misma de la vida. Entonces Andrés Ábalos enunció la pregunta en que conjugó todo su ser, todos sus años de soledad, todos sus años de ser *completo*, de ser piedra. La respuesta sería su sentencia:

—¿Me quieres, Estela?

Estela guardó silencio.

Como si deseara vengarse de ese silencio que lo despojaba de todo salvo de la brutalidad, Andrés se apoderó de Estela, apretándola a su cuerpo palpitante y transpirado, y entre sus labios calurosos apretó los labios de la muchacha.

Un doloroso vacío de repugnancia se abrió en ella. Quiso repeler ese cuerpo marchito, fétido de alcohol y de deseo, que la rodeaba de tal manera que resultaba imposible rechazarlo. Para separarlo del suyo, empujó el pecho de Andrés con las palmas abiertas sobre sus carnes ya un poco flácci-

das, allí donde el escote de la bata descubría las te-
tillas. Asco, asco, le había dicho a Mario.

—¿Me quieres? —volvió a preguntar Andrés.

—No... no... —gritó Estela sin poder contenerse.

La boca de Andrés, certera, volvió a devorar
los labios de la muchacha. Pero en la negrura de
ese beso, súbitamente, algo se aclaró como un re-
lámpago dentro de Estela. Asco, pero no asco del
pobre cuerpo de don Andrés, ni de este pobre beso hambriento. Asco de otras cosas que, de pronto
vio, eran mucho más importantes. Asco de toda
esta falta de respeto, de las dignidades ensuciadas,
sobre todo asco de que Mario la usara, de que usara su amor entregado tan completamente, sin con-
siderarla a ella, exponiéndola, ensuciándola. La rebelión de su dignidad de ser humano que se ha
visto engañada quemó repentinamente sus entra-
ñas, como para matar a ese hijo que allí crecía. La
mano del mal los había alcanzado a todos, estaban
confundidos en sus desesperaciones solitarias y el
mal se había aprovechado para llegar a cada uno
por un camino distinto.

¡Pero ella no era capaz de tolerar más tiempo todo este asco!

Y la colmó tal repugnancia que mordió salvajemente los labios que apresaban los suyos. Al
ver la humillación y el dolor sorpresivos con que
Andrés se llevó la mano a la boca, su valor la llenó
de una luz que lo aclaró todo, tanto, que un temblor compasivo la llevó a tocar un segundo la mano del caballero, como para ayudarlo de alguna

manera a mitigar su dolor. ¡Qué importaba ahora que él fuera un caballero y ella nada más que una huasa regalada por su madre! Era necesario salvarse, salvar a Mario, separarlo de René, castigar a René. Sin titubear, exclamó:

—Señor, están robando. Están robándose la platería de la alacena.

Andrés, estupefacto aún, se cubría la vergüenza de su boca sin comprender otra cosa que su propio dolor. Cuando Estela salió corriendo de la salita turca, dejándolo mareado y confuso, cayó entre los cojines del diván riéndose a mandíbula batiente, los ojos borrados por las lágrimas.

Estela abrió de golpe la puerta del pasillo. Las dos figuras encorvadas dejaron caer todos los objetos de plata, iniciando una huida aterrorizada hacia la cocina. Cuando Mario vio que era Estela, avanzó para abrazarla o para castigarla por la confusión que su llegada había causado.

—Vienen —dijo Estela, muy tranquila—. Avisé que estaban robándose las cosas de misiá Elisita...

René, que había comenzado a recoger la platería nuevamente, la dejó caer, presa de la furia y del pánico, y abofeteó a Estela en la cara. Ambos hermanos la arrastraron a través de la cocina hasta el jardín. Estela se debatía, rogando:

—No, no... no me hagan nada, por favor, no... Mario... no... no...

Afuera, René la tomó del pescuezo y la apoyó contra un muro. Esa respiración entrecortada por el furor y la presión de esas manos deshicieron todo en la mente de Estela, salvo el pánico. René comenzó a golpearle la cabeza contra el muro, diciéndole:

—¡Jetona! ¡Jetona de mierda! ¿Qué fuiste a hacer? ¡Toma, desgraciada! ¡Toma! ¡Nos jodiste a todos! ¡Toma! ¡Toma! Pero vai a salir más jodida que ninguno, vai a ver no más, toma, mierda, te va a llegar...

Azotaba y azotaba la cabeza de Estela contra el muro. Su odio lo había hecho olvidar el peligro de ser descubierto, y lloraba castigando, destruyendo a ese ser que había osado derribar sus esperanzas. Azotar, azotar. Descargar sobre ella toda la ira vengativa de sus miembros pesados y de sus ojos distintos e incandescentes, mojados por sus lágrimas en la oscuridad de la noche. Repetía como un gemido:

—¿Qué hiciste? ¿Qué hiciste, jetona? Toma...

Mario luchaba, no sabía si para librar a Estela de las manos de René, o para castigarla él también, o para golpear a su hermano. Por fin René soltó a la muchacha, helado por la conciencia del peligro, y Estela se desplomó exangüe. René dijo:

—Vamos, mejor, antes que la mate...

Mario contemplaba la cara sangrante de Estela, y esos ojos entornados que quizás ya no veían.

—Vamos, huevón —insistió René, tomando a Mario para llevárselo consigo.

Con un movimiento brusco, Mario se desprendió de la mano de René, y como quien da vuelta con el pie el cuerpo de un animal para ver si en efecto está muerto, dio una patada a Estela, que se quejaba.

—Vamos, mierda, que nos van a pescar... —repitió René.

Mario, que se había inclinado para zamarrear a Estela, no escuchó a su hermano. Al instante, René se dio cuenta de algo que Mario aún no sabía, y viéndose solo, dio un bofetón salvaje a su hermano. Exclamó con voz sorda:

—Vos también me la vai a pagar caro, mierda...

Y huyó del chubasco que se había dejado caer.

Mario hizo incorporarse a Estela, quizás para seguir castigándola, quizás para otra cosa, la hizo ponerse de pie, y a empellones la fue guiando a través del jardín turbio de lluvia. Ella, como sonámbula, sin escuchar los insultos del muchacho, con las facciones manchadas de sangre, caminaba. Sus piernas casi no le obedecían. Pero en el fondo de las tinieblas de su dolor físico había una chispa que podía transformarse en claridad, una certeza fiera de su triunfo. Salieron a la calle. Mario divisó por última vez las líneas de la casa borroneadas por la lluvia, una luz encendida en el piso bajo, otra, más débil, en el segundo piso. ¡Era necesario escapar, rápido, lejos! Dio un empujón a Estela para que caminara delante de él, otro empujón y otro más, porque si se quedaba atrás podía caerse y sería imposible recuperarla. Atravesaron varias bocacalles bajo el paño de la lluvia que pronto comenzó a amainar. Más allá, Mario limpió la cara de Estela con un trapo.

La pareja se perdió en las calles para buscar refugio, juntos, sin saber dónde, en alguna parte de la ciudad que pudiera proporcionarles amparo.

21

Andrés estuvo riéndose bastante rato. Pero de pronto enmudeció. Se incorporó en los cojines del diván.

¿Cómo era posible que Estela supiera con tanta certeza que eran precisamente las cosas de plata de la alacena lo que estaban robándose? ¿Era cómplice? ¿Y conociendo su debilidad por ella la aprovechó para quitarlo del camino y encubrir el robo? Claro. Ni la pasión de la ley más baja, ni la curiosidad, ni el aburrimiento de ese caserón lleno de viejos, la habían impulsado a tentarlo para que la sedujera. Lo había usado, nada más.

Súbitamente, un rayo de pánico hendió las tinieblas que cubrían el pensamiento de Andrés, penetrando como un vértigo hasta su mayor hondura, como si los dientes de la sirvientita, al clavarse agudamente en sus labios, hubieran cortado para siempre la arteria delgadísima de su vida. Él ya no era un ser vivo, ya no era un hombre. Estaba reducido a cosa, a materia que aguarda el momento de integrarse a la nada donde no hay ni tiempo ni extensión. Dentro de pocos años él iba a morir, y ese finalizar de su conciencia individual que lo separaba con una línea de claridad del resto de los objetos, era también el fin de eso que algunos saben llamar alma. Entonces, encerrado en el frío de su ataúd los gusanos iban a tardar un tiempo insignificante en reducir su cuerpo y todas las muestras materiales de su individualidad a polvo, dejando un pequeño montón de basura y unos huesos amarillentos. Años y siglos. Después, su ataúd, cansado de mantener la unidad de esos pobres restos suyos, se pudriría, mezclando esa sustancia a la tierra indiferenciada. Años y siglos y milenios, muchos milenios. La ciudad donde sus restos reposaban sería borrada de la faz de la tierra, y más tarde, cuando la familia humana no fuera ni siquiera una huella en la materia inanimada, el planeta quizás estallaría, uniéndose al polvo del caos.

¡No! ¡Era demasiado horrible! ¡Cualquier cosa menos afrontar la conciencia perpetua y el terror de ese futuro, sin tener un pasado vivo con el cual defenderse!

Estela, al morderlo, le negaba el derecho a vivir siquiera un poco, aunque fuera artificialmente y a destiempo. Sus años por venir ya no podían ser más que un acercarse a esa nada pavorosa, ver aproximarse lentamente, paso a paso, con cada minuto, hora, año concluido, la condena insoportable de la extinción.

¿O sólo había imaginado que Estela lo mordía? ¡Qué maravilloso descanso si todos estos dolores no fueran más que alucinaciones semejantes a las de su abuela! Estela y el mundo loco que rodaba por el tiempo sin concederle un sitio a él...

Repentinamente oyó el ruido de innumerables objetos metálicos que caían. Comenzó a reírse de nuevo y se puso de pie.

«Están robando...», se dijo.

Se encaminó al comedor. Al abrir la puerta del pasillo vio en el suelo todos los objetos de plata que Mario y René habían abandonado en el terror de la huida.

—¡Ladrones! —exclamó.

Se arrodilló para recoger los objetos, reponiéndolos en orden meticuloso dentro de la alacena. Al mirarlos uno a uno, los recuerdos que suscitaban iban desplazando sus pensamientos dolorosos. Los faisanes de plata que el embajador del Brasil le había regalado a su abuelo. La cuchillería de su madre. Las bandejitas gemelas que pertenecieron, según la leyenda familiar, al servicio de un Presidente de la República del siglo anterior. Tranquilamente, amorosamente, repuso hasta el último objeto en su lugar y comprobó que no faltaba ninguno.

¿Entonces no hubo robo? ¿Por qué tenía en la cabeza esta idea de un robo? ¿De dónde y por qué surgió?

«Ah, sí, me lo dijo ella después de morderme. ¿Pero cómo es esto de que los ladrones no se llevaron nada? ¡Ah! ¡Ya sé! Esto del robo es una alucinación mía. No ha habido robo. Lourdes dejó mal cerrada la puerta de la alacena, que se abrió con el peso de tanta cosa aglomerada, y se cayó toda la platería. Me lo imaginé todo, como mi pobre abuela se imagina que le roban sus horquillas de carey y sus guantes. Aunque quizás hayan robado en otra pieza...».

Recorrió meticulosamente todas las habitaciones, y al comprobar que nada faltaba se dejó caer en la otomana de felpa roja del vestíbulo.

«Claro», se dijo, «me estoy poniendo loco igual que mi abuelita. ¿Y la Estela?»

Se respondió a sí mismo:

«Debe estar durmiendo en su pieza como todas las noches. Debe estar durmiendo tranquilamente desde hará sus buenas dos o tres horas. No la he visto en toda la tarde. ¡Y yo imaginándome que la tenía abrazada, y que ella me besaba diciéndome que me quería!»

Llegado a esta conclusión, lo refrescó una gran tranquilidad, como si por fin, al darse cuenta de su locura y aceptarla, fuera capaz de huir de toda responsabilidad, aun de la de separar lo real de lo ficticio. Quizás la muerte, por último, no fuera más que una ficción espantosa. ¡Oh, entonces la locura era la libertad, la evasión verdadera! Él había sido siempre un loco, nada más que una sombra. Sonrió plácido.

Sentado en la otomana, sonreía aún cuando Lourdes y Rosario bajaron en puntillas del cuarto de misiá Elisita, apoyándose una en la otra, embozadas en trozos de boa, con cintas y restos de flores en la cabeza.

—¿Qué le pasa que está tan contento, don Andresito? —preguntó Lourdes.

—¿A mí? Nada. Ustedes ven, no puedo estar mejor. A ustedes parece que también les fue bien...

—Sí, estuvimos celebrando a misiá Elisita. Viera qué fiesta más linda le hicimos. La coronamos reina con una coronita de flores de plata y le pusimos el vestido de mostacillas, y hasta bailamos y todo, viera. Pero se nos pasó la hora y nos quedamos dormidas un rato.

—Vaya, qué par de locas. ¿Y por qué no me convidaron a mí? Me hubiera puesto mi colero y mi capa española. Yo he estado de lo más aburrido porque no me ha pasado nada en toda la noche.

—Como usted nos dijo que iba a esperar a don Carlitos... ¿No ha llegado todavía? ¡Qué horas para hacer visitas en una casa decente! Bueno, me voy a acostar, no puedo más de cansada y tengo la cabeza revuelta que parece que ya se me fuera a partir de dolor. ¿Vamos, Rosario? Ve, está medio dormida. Buenas noches, don Andresito.

—Buenas noches, Lourdes. Buenas noches, Rosario.

—Buenas noches, señor.

Al verlas desaparecer dando traspiés y bamboleándose, por la puerta de servicio, Andrés meditó:

«¿Esto también será alucinación? Sí, tiene que ser. ¡Las cosas que me he estado imaginando! Lourdes borracha, envuelta en el boa blanco de mi abuela... ja, ja, ja...».

La llegada de Carlos Gros interrumpió su carcajada.

—¿Qué te pasa? —le preguntó el médico.

—¿A mí? Nada. ¿Qué me va a pasar? Acaba de haber un robo.

—¿Un robo? ¿Y por eso te ríes? Llama a los detectives, mejor...

Andrés se levantó de la otomana y gritó, furioso:

—¿No me crees? ¿Crees que estoy loco? ¿Crees que estoy imaginándome robos, igual que mi abuelita? Si no me crees, anda a ver la alacena de la platería, en el pasillo al lado del comedor. Se lo llevaron todo, los faisanes, todo, todo. No dejaron absolutamente nada. Anda a ver, si no me crees...

Carlos fue a ver y encontró todo en perfecto orden. Al regresar le dijo a Andrés:

—Pero hombre, parece que está todo...

—¿Cómo? —aulló Andrés—. ¿Crees que me estoy figurando cosas o viendo visiones? Tú lo que crees es que estoy loco de remate...

Diciendo estas palabras Andrés sintió el placer de cortar sus últimas amarras con la realidad. Si era capaz de convencer a la gente, y sobre todo a Carlos, que era médico, de que él estaba loco, entonces simplemente lo estaba, y en ese caso ninguno de sus dolores era efectivo, y todos los acontecimientos de esa noche, ficción. Prosiguió:

—¿No me crees, idiota? ¿No me crees? ¿Crees que estoy loco, que he perdido la cabeza? Dime, atrévete a decírmelo...

—No, si no, Andrés. Tranquilízate. Siéntate. Claro que se llevaron las cosas de plata, todas...

—¿Y tampoco me vas a creer si te digo que esta noche la Estela se entregó a mí y me dijo que me quería? ¿No me crees, ah? Bueno, entonces anda a la salita turca y te convencerás. Anda a ver a la Estela, que está durmiendo ahí, en el mismo diván donde hicimos el amor. ¿Por qué no vas? ¿Crees que es otra mentira o locura mía? ¿O te parezco tan poca cosa que no soy digno ni siquiera del amor de una sirvienta? ¿Ah? Contéstame...

Andrés, con los ojos arrasados por las lágrimas y los labios un poco babosos, se acercó amenazante a Carlos, que murmuró:

—Espera, siéntate. Voy a ver.

Si a su regreso Carlos decía que Estela se hallaba dormida en el diván de la salita turca, era señal de que el médico no tenía dudas de su locura, porque sería mentira. Estela no estaba allí. Sería una mentira, como se miente a los enfermos graves y a los condenados a muerte.

—¿Qué hubo? ¿Te convenciste?

—Sí, estaba durmiendo en el diván...

Era su sentencia, la prueba que le faltaba. El asunto estaba terminado y ya no era necesario seguir sufriendo. Estela se había entregado a él y lo amaba. La muerte no era más que una leyenda, un cuco para asustar a los niños malos, y su vida se prolongaba hasta el infinito. Entonces, con toda tranquilidad, comenzó a relatarle a Carlos:

—¿Y sabes? La Rosario y la Lourdes y yo le hicimos una fiesta maravillosa a mi abuelita, la pobre estaba tan triste porque nadie vino para su santo. Ni siquiera tú, ni la Adriana. No la vinieron a ver porque está vieja y su vida ya no cuenta, como si hiciera treinta años que se murió, cuando comenzó a volverse loca. Pero sabes muy bien que no está loca, que es la única persona que sabe la verdad. Es la mujer más santa y más cuerda del mundo. ¿No la encuentras cuerda, Carlos?

—Sí, claro...

—¿Y sabes lo que hicimos?

—No...

—La coronamos, porque como dice que es princesa y ella nunca dice más que la verdad, había que coronarla. Bailamos toda la noche. Nos disfrazamos de magos, de hadas, de libélulas, de jóvenes. Yo me puse una capa española, y con un truco de prestidigitación que conozco saqué del colero de mi abuelo Ramón un conejo vivo, vivo pero con lunares verdes. ¡Imagínate, a quién se le ocurre, un conejo vivo con lunares verdes! Mira, mira, ahí va, mira, ahí, ahí va corriendo a meterse debajo del *boule*. ¿Y sabes una cosa? Fue con ese truco mágico que conquisté a la Estela. ¿No me crees? Porque, si no me crees, puedes decírmelo con toda tranquilidad. Tú comprendes que a mí eso no me puede afectar...

—Sí, sí, te creo...

Al escuchar estas palabras finales, Andrés se dejó caer contra el respaldo de la otomana, dando un suspiro de paz. Cerró los ojos. Las palabras de Carlos habían cortado sus últimas obligaciones con el mundo de los vivos. Todo se ordenaba en un universo nuevo, claro, limpio, con leyes propias y benignas cuyo gobierno sólo él comprendía, y esas leyes excluían todo lo que fuera angustia y humillación y fealdad. Andrés continuó:

—Fue una fiesta preciosa, Carlos; debías haber venido. Pero tú, por andar con tus preocupaciones de amor, no viniste. Hubo de un cuanto hay, vino y pasteles, y mucha, mucha gente, toda bella y toda joven... y nos portamos tan bien que nadie nos castigó...

Los pormenores de la fiesta duraron largo rato. Carlos reflexionó que mañana a primera hora convocaría a una junta de médicos para hacer examinar a este guiñapo de ser que en otro tiempo había sido su gran amigo. Quizás estuviera loco, quizás no fuera más que una crisis pasajera. En todo caso, Andrés había llegado a un rincón de la vida del cual no era fácil salir. En caso de que saliera, enfermo o no, su vida iba a ser muy distinta de aquí en adelante, como la de un ser irresponsable al que hay que cuidar, y comportarse con él como con un niño delicado. El corazón de Carlos se apretó con un estremecimiento cruel de compasión. Éste era un adiós al hombre Andrés Ábalos. De ahora en adelante podía seguir queriéndolo, pero no como a un igual. Porque su propia vida de hombre, de médico y de padre tenía aún un largo camino de plenitud que seguir. Ahora era necesario mandar a Andrés a acostarse para que reposara. Los especialistas, mañana, señalarían el camino que fuera necesario seguir, si es que había alguno.

—Bueno, Andrés, mi viejo, es tarde. Buena hora para acostarse. Estás con cara de cansancio...

—Sí, sí, ya voy —mintió Andrés—. Lourdes está arriba preparándome la cama. Ella me va a ayudar a acostarme porque, ¿sabes?, es cierto que estoy un poco cansado, no sé por qué será...

—Bueno. Acuéstate luego. Ah, mira. ¿Qué

querías decirme con tanta urgencia cuando hablamos por teléfono esta tarde?

—¿Cuándo hablamos por teléfono? Yo no te dije que vinieras...

Carlos iba a protestar, pero recordó:

—Ah...

Le fue difícil contener las lágrimas cuando pensó que afuera, en su automóvil, lo aguardaba la amiga más hermosa que jamás había tenido, con la que estaba a punto de iniciar lo que prometía ser la más maravillosa de todas las equivocaciones de su vida.

—Buenas noches, Andrés. Sube a descansar.

—Buenas noches. Saludos a la Adriana y a los niños. Ah, oye. ¿Es el diario de la tarde ése que tienes en el bolsillo? ¿Quieres hacer el favor de dejármelo si ya lo leíste?

Cuando Carlos partió, Andrés se puso sus gafas y extendió el periódico. Después lo puso a su lado y se dirigió a la biblioteca en busca de un cortaplumas. Cortó el diario en trozos regulares, bien cuadrados, con los que fue haciendo pajaritas de papel como las que su abuela le había enseñado a hacer durante un invierno muy lluvioso y muy frío que él pasó en cama enfermo de escarlatina, cuando era muy, muy niño.

22

Después del chubasco, el cielo se despejó sobre la ciudad, dejando un aire ligerísimo y equilibrado. Las constelaciones eran benignas en el cielo abierto, profusas, como si ofrecieran su abundancia a los pocos que a esa hora alzaban sus ojos desde las calles y los balcones, desde los cerros y los parques y las ventanas.

En el abandono de los barrios, el aire encontró múltiples entretenimientos para su ocio. Hacía errar los ruidos —el caer de una moneda, por ejemplo, o una conversación cualquiera— de cuadra en cuadra, en cuadra, en cuadra. Y después del paso de un perro lanzaba de nuevo las estrellas hasta el fondo mismo de un charco estático en la acera. A pesar del frío era agradable permanecer en una esquina, con el cuello del abrigo levantado, contemplando cómo el aire arrastraba de aquí para allá una hoja de periódico por la calle vacía, enredándola a un tronco, a una cuneta, a un tarro basurero, o aplastándola contra una pared o una reja empapada.

Una gran mano de luces lívidas se hallaba suspendida sobre el centro de la ciudad. Hacia el norte, hacia el poniente, hacia el sur, las casas disminuían, haciéndose más y más pobres, más y más bajas, hasta confundirse con el terreno de los campos colindantes. Quizás algunos —una pareja en busca de refugio, por ejemplo— recibieran también allí el regalo del cielo limpio.

En una calle tranquila, en su caserón emperifollado en medio de un jardín desfalleciente, misiá Elisa Grey de Ábalos, tocada con su corona de plata florecida, había despertado en su sillón junto a la ventana. Pero su sueño no era muy distinto de su vigilia, tan débil estaba. Ni Lourdes ni Rosario tuvieron la sabiduría de graduar el entusiasmo del festejo a la medida de un ser que el tiempo ha tornado frágil. Quedaba apenas una llamita de vida en la señora, casi, casi nada de conciencia. Sin embargo, divisó estrellas a través de los vidrios llovidos de la ventana, y como ya no era capaz de distinguir distancia ni cercanía, al ver luces remontando por los regueros de mostacillas del suelo hasta los brillos de su vestido de gran aparato, pensó que también eran estrellas del firmamento, y que la envolvían entera. Supuso, entonces, que ya había muerto, y que iba subiendo entre tanta y tanta estrella, subiendo muy suavemente camino directo del cielo.

Después cerró los ojos.

Estaba tan agotada que no se dio cuenta de que sólo en ese instante moría, y no antes, cuando creyó ver a todas las constelaciones rodeándola.

Bellavista, 1957
Isla Negra, 1957

Biografía

José Donoso nació en Santiago de Chile en 1924. Estudió en la Universidad de Chile y luego en Princeton, Estados Unidos. Entre 1967 y 1981 vivió en España, donde escribió algunas de sus novelas más importantes y se consolidó como una figura central del *boom* latinoamericano. Entre otras distinciones, obtuvo el Premio Nacional de Literatura en Chile, el Premio de la Crítica en España, el Premio Mondello en Italia y el Premio Roger Caillois en Francia. En 1995 fue condecorado con la Gran Cruz del Mérito Civil, otorgada por el Consejo de Ministros de España. Tras su regreso a Chile en 1981, dirigió por varios años un taller literario que jugó un rol fundamental en la gestación de la «nueva narrativa chilena». José Donoso murió en Santiago de Chile, en diciembre de 1996.